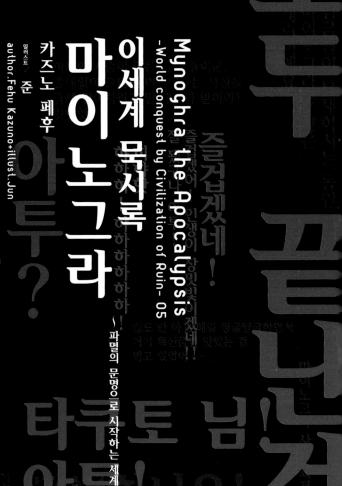

이세계 묵시록
# 마이노그라

카즈노 페후

일러스트 / 준

Mynoghra the Apocalypsis
-World conquest by Civilization of Ruin- 05

author.Fehu Kazuno+illust.Jun

~ 파멸의 문명으로 시작하는 세계 정복 ~

## 05

소용돌이치는 불꽃이 일그러지며 흔들렸다.
그것은 마치 **생명**과 **의지**를 가진 **생물**처럼
한 **덩어리**로 **변모**한다.

# 제5장: 어둠으로부터 온 이름도 없는 자

Mynoghr the Apocalypsis
-World conquest by Civilization of Ruin- 05
CONTENTS

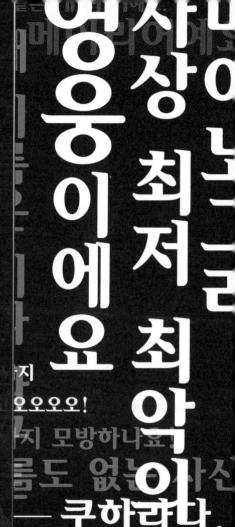

Mynoghra the Apocalypsis
-World conquest by Civilization of Ruin- 05

# 이세계 묵시록
# 마이노그라
~파멸의 문명으로 시작하는 세계 정복~
## 05

카즈노 페후
일러스트 / 준

author.Fehu Kazuno+illust.Jun

# 프롤로그

다민족 국가 폰카븐과의 교섭 끝에, 《용맥혈》을 품고 있는 도시 드래곤탄을 양도받은 마이노그라.

폰카븐과의 군사 동맹도 정식으로 체결되어 양국의 우호 아래 이제부터 더더욱 발전할 것으로 여겨졌다.

이변이 일어난 것은 드래곤탄 이양 식전 도중.

마이노그라의 지도자이자 파멸의 왕인 이라 타쿠토는 새로운 세력에게 습격을 당하고 만다.

경사에 마음이 느슨한 그들 앞에, 직접 나타난 것은 《화장의 성녀 소아리나》, 《고개 숙인 성녀 펜네》.

그리고 《흡입의 마녀 에라키노》.

게임 시스템의 은혜를 받은 플레이어와 신의 나라 최대 전력인 성녀가 손을 잡았다고는 꿈에도 생각하지 않았던 마이노그라는, 이 습격으로 치명적인 피해를 입고 만다.

그것은 영웅 《오니의 아투》 세뇌, 그리고 지도자인 이라 타쿠토 살해.

게임 마스터의 강제적인 행동 결과 변경이라는 불법이나 마찬가지인 능력에, 마이노그라는 일체의 저항도 못 하고 궤멸적인 상황에 빠진 것이다.

국가의 지도자를 잃은 이상, 타개책은 존재하지 않는다.

타쿠토가 가진 『Eternal Nations』 지도자로서의 힘이 있었기에 성립되던 마이노그라가 그와 운명을 함께하는 것은 필연이다.

이제 모든 희망은 사라진 것──처럼 여겨졌다.

이라 타쿠토가 죽는 일은 없었다.

절망에 빠진 다크 엘프 현자 몰타르 옹 앞에 당연하다는 듯이 나타난 그는, 마치 이제까지의 일이 없었던 것처럼 행동한다.

하지만 결코 잊지 말지어다.

타쿠토가 자신에게 적대한 자를 결코 용서치 않는다는 것을.

이제까지 수많은 난적을 그 신산귀모(神算鬼謀)로 묻어버렸다는 것을.

이라 타쿠토라는 이름이, 아직도 많은 사람들의 마음에 경외와 함께 새겨져 있다는 것을.


──그리고 복수가 시작된다.


끝없는 분노와 바닥없는 악의를 몸에 두르고…….

파멸의 왕 이라 타쿠토는 사로잡힌 아투를 찾아, 이 세계에 와서 처음으로 스스로 행동에 나서는 것이었다.

# 제1화 장막

성왕국 퀼리아로부터 반쯤 억지로 이탈하여, 성녀들의 손으로 건국된 새로운 신의 나라.

레네아 신광국에서는 과거의 적막이 마치 거짓말이었던 것처럼 활기가 넘치고, 아는 사람이 본다면 미간을 찌푸리며 종교 국가로서는 품위가 좀 없는 게 아닌가 할 만큼 시끌벅적했다.

그저 새롭게 다시 태어났다고 표현하고, 이해한다면 간단하다.

다만 이전의 퀼리아 남방주밖에 모르는 사람의 입장에서는 청천벽력이라고 해야 할 것이다.

특징적인 성기사 검과 하얀 장식이 아름다운 갑옷을 입은 그 남자도, 오랜만에 방문한 고향의 변한 모습에 놀라서 눈을 크게 뜨고 있었다.

"어라! 이것 참 보기 드문 분이 납셨네!"

등 뒤에서 날아든 싹싹한 목소리에 남자가 반응했다.

나라가 바뀌었다고는 해도, 성기사는 사람들에게 숭배의 대상인 일종의 특권직이다.

하지만 파격적인 성격으로 누구나 평등하게 대하고자 하는 남자는 그런 허례허식에 둔감했기에, 우호 관계가 넓었다.

정치적으로 적대하는 험담꾼들은, 그를 성직자가 아니라 양아치나 마찬가지라 부르기를 거리끼지 않았지만, 일부 백성들의 지지는 높은 구석이 있었다.

그렇기에 이렇듯 말을 건네는 사람이 나타나는 것도 당연하다
면 당연했다. 돌아본 곳에 있던 상대도 역시 남자가 잘 아는 인물
이었다.

　"응? 아…… 약재상 할멈인가. 오랜만이잖아."

　남자가 개인적으로 이용하는 약재상 주인이자 어릴 적부터 알
고 지낸 장년의 여성은, 마치 오랜만에 본가로 돌아온 아들을 상
대하듯이 기뻐하며 남자의 허리를 찰싹 때렸다.

　적잖이 난폭한 그 대응에 남자는 고개를 절레절레 내저었지만
정말로 싫어하는 것은 아닌지 거리 한복판임에도 오랜만의 재회
에 서로를 축복했다.

　"꽤나 오랫동안 얼굴을 못 봤는데, 어떻게 지냈어? 설마 또 일
을 땡땡이친 건 아니겠지?"

　"시끄러워! 이제 꼬맹이도 아니니까 그런 소리 말라고. 그보다
도 거리가 대체 왜 이렇게 변했어? 짜증 나는 녀석들의 기척도 없
는 게, 마치 다른 나라가 된 것 같다고."

　남자는 자신의 의문을 곧바로 입에 담았다.

　성기사답지 않은 불량한 태도였지만, 상대 여성도 그것을 신경
쓰는 기색은 없었다.

　그러기는커녕 기다렸다는 것처럼 남자의 질문에 수다스러워졌다.

　"너도 참, 무슨 소릴 하는 거야! 변했지, 변했어! 나라가 바뀌었
거든!"

　"응? 어떻게 된 거야. ……아아, 임무 탓에 한동안 정보가 들어
오지 않는 장소에 있었거든. 시간이 있다면 가르쳐 줘."

"그래, 나한테 맡겨! 우선은 말이지…….."

……결국 군데군데 탈선하는 여성의 기나긴 이야기에 어울리게 되어 남자는 예상 이상으로 시간을 소비하고 말았지만, 알고 싶은 정보를 알 수 있었기에 괜찮다고 납득했다.

오히려 그런 자잘한 일에 정신이 팔릴 여유가 없을 만큼 놀랐다는 것이 솔직한 심정일지도 모른다.

"……흐—응. 그런 일이 있었구나. 진짜로 놀랐다고, 일대 사건이잖아."

"그래! 뭘 하고 있었는지 모르겠지만 이런 중요한 시기에 없었다니, 정말로 너는 안 되겠네. 제대로 성기사로서 역할을 다하라고!"

"그만 좀 해. 내가 일을 안 한다는 헛소문 때문에 피해가 막심하다고. 이래 봬도 필사적으로 사악한 자들을 토벌하고 왔어. 내가 모르는 것도 위대한 신의 계획 안에 있다는 거지."

그렇게 손을 흔들며 가볍게 투덜대는 남자 주위로 점점 사람들이 모여들었다.

모두 그를 좋아하고 따르는, 옛날부터 어울리던 시민들이었다.

이래서야 좀처럼 풀어줄 것 같지가 않은데.

남자는 그렇게 판단하고는 연이어 인사를 하는 시민들을 향해 평소처럼 적당히 대답했다.

"뭐, 그래도. 오랜만에 너랑 만날 수 있어서 잘 됐어. 옛날부터 너는 말썽쟁이였으니까 말이지. 어디서 누군가를 구하다가 죽은 건 아닐지 요즘은 정말로 걱정이었거든. 하지만 역시나 신께서는 우리와 너를 버리시지 않았구나."

사람들이 생각하던 바를, 약재상 여성이 대변했다.

흐뭇한 얼굴에서는 진심 어린 안도가 느껴지고, 동시에 남자와 재회할 수 있었다는 기쁨이 넘쳤다.

그래, 그렇다. 그를 향한. 오랫동안 행방을 알 수 없었던 남자를 향한…….

"——어서 와. 우리의 자랑, 상급 성기사 베르델."

악의나 해의가 일체 없는 사람들의 순수한 환영에, 베르델은 환하게 웃으며 부끄러운 듯이 '다녀왔어'라고 대답했다.

성기사 베르델이 구 남방주 성기사단의 본부에 나타난 것은, 태양도 높이 떠서 사람들이 점심을 먹을 무렵이 된 시간이었다.

대성당에서 조금 떨어진 곳에 있는 그 건물은, 베르델이 알기로는 성기사의 훈련장이나 가족이 없는 이들의 주거지, 범죄자용 감옥이나 취조실이 딸린 간소하고 검소한 곳이었다.

하지만 지금 그곳에는 수많은 기사단원이나 무언가 업자로 여겨지는 민간인이 드나들고, 기사들이 식사를 하는 장소였던 식당에는 마치 대상회의 사무소처럼 수많은 서류가 쌓여 있었다.

친하지는 않지만 얼굴과 이름은 아는 성직자들이 유령 같은 표정으로 서류를 앞에 두고서 혼잣말을 중얼거리는가 싶더니, 견습 기사일 소년이 '또 주정뱅이 싸움이 발생했어요!'라며 사색이 되어서 뛰어들었다.

그러자 조금 전까지 바닥에 쓰러져 있던 하급 성기사가 벌떡 일어나서, 귀기 어린 엄청난 표정과 함께 밖으로 나갔다.

마치 전쟁 전야 같은 어수선한 분위기에 제아무리 베르델이라도 '으헤……' 하며 무어라 형용할 수 없는 표정을 짓고는, 최대한 주위에 방해가 되지 않도록 일찍이 그가 마음에 들어 하던 자리로 찾아갔다.

그 장소에 앉아 있던 것은, 평범한 남자보다도 큰 덩치에 바싹 깎은 머리카락이 특징적인 성기사 하나였다.

주위에 있는 이들과 마찬가지로 더없이 피로가 쌓인 그 모습에 쓴웃음 짓고는, 바쁘게 서류에 펜을 움직이는 것 따위는 개의치 않고 그의 어깨를 힘껏 때렸다.

"이것 참, 그 얼굴은 뭐야. 무슨 죽은 사람이 움직이는 것 같다고, 성기사 토마스."

"시끄러워. 나는 며칠이나 잠도 못 자고——."

토마스라고 불린 중급 성기사는 눈 밑에 그늘이 진, 건강이 염려되는 얼굴을 들고, 이윽고 놀라움과 기쁨이 뒤섞인 흥분한 모습으로 외쳤다.

"베르델! 내 친구 베르델이잖아! 연락도 없이…… 이 자식!"

조금 전의 피로가 가득한 태도는 어디로 갔는지, 토마스는 의자가 튕겨 나갈 기세로 펄쩍 뛰더니 양팔을 벌리고 감개무량한 모습으로 끌어안으며 그의 귀환을 축복했다.

그 태도에서 알 수 있듯이, 사실 그와 베르델의 관계는 수많은 위험한 임무를 함께 치르며 살아남은 전우라고도 부를 수 있을 정도였다.

그런 전우를 상대로도 베르델의 대응은 평소 그대로였다. 오히려 이제 이런 대화는 질렸다는 것처럼 토마스의 포옹을 밀어냈다.

"에잇! 큰 소리 내지 말라고. 그보다 떨어져! 여전히 후텁지근한 녀석이네. 그것보다, 지금 시간 있어?"

소란이 눈에 띄었을까. 대기 중인 다른 성기사들의 시선이 두 사람을 꿰뚫었다.

조금 놀란 모양이지만, 토마스처럼 과장스러운 태도를 드러내지 않는 것은 그들이 베르델과는 다른 파벌에 소속된 자들이기 때문이었다.

성왕국 퀼리아에서는 오랜 세월 평화로운 역사가 이어진 탓인지, 크고 작은 여러 파벌이 존재하며 각각 서로를 견제하고 있었다.

새로운 나라로서 성녀 아래에 다시 태어난 이곳 레네아 신광국에서도 그 역사가 안타깝게도 이어져서, 드러내어 대립하지는 않지만 서로의 거리감을 재고 있는 상태였다.

그런 사정과 과거의 편견으로 베르델 같은 문제아와 적극적으로 엮이려는 사람은 적었고, 그 안에 감추어진 정의의 마음을 이해하는 사람도 아직 소수였다.

그런 점에서 성기사 토마스는 베르델에게 오래전부터 인연이 이어진 귀중한 이해자이자 진정한 의미에서 동료라고 할 수 있었다.

그렇기에 그에게만 할 수 있는 이야기도 존재했다.

"시간인가. 마침 쉴 때인데. ⋯⋯뭐냐, 여기서는 못 하는 이야기인가?"

"뭐, 그런 참이겠네. 자, 저기서 날 노려보는 무서~운 사람들이 조용히 하라고 호들갑이니까 말이야. 가능하다면 조용한 곳에서 이야길 나누고 싶어."

그 말에 토마스는 미간을 찌푸렸다.

파벌이 존재한다고는 해도, 성기사단은 신에 대한 신앙 아래에 강한 인연으로 묶여 있다.

정치적인 입장이나 이해관계로 부딪치는 일은 있지만, 근본적으로는 같은 방향을 향하고 있다.

각자 사정은 있지만 사악 앞에서는 반드시 손을 맞잡는다. 그것이 토마스가 아는 성기사단이자, 성신 아로스의 신도로서 가질 자세이다.

그럼에도 불구하고 베르델의 태도는 무언가 떠오르게 만드는 구석이 있었다.

설마 또 성가신 일은 아니겠지? 그렇다면 과연 이번에는 무엇을 저질렀느냐. 수상쩍다는 표정으로 토마스는 친구에게 시선을 향했다.

"자자. 그렇게 무서운 표정 짓지 말고, 그렇게 대단한 일도 아니야. 아, 그리고 피요르드 아저씨한테는 아직 좀 감춰줘. 아무리 그래도 잔소리는 여행의 피로를 푼 다음에 듣고 싶어."

"뭐냐. 너 아직 피요르드 성기사단장한테 보고를 안 했냐? 정말이지, 그러고도 상급 성기사라니 세상도 참 신기하단 말이지."

"뭐, 평상시의 행실이라는 녀석이지. 그럼 밖에서 기다릴 테니까."

손을 흔들며 가벼운 태도로 그 자리를 뒤로하는 베르델을 지켜 보며 토마스는 크게 한숨을 내쉬었다.

그리고 그는 조금 늦은 점심 휴식을 취하고자, 멀찍이서 상황을 살피던 성기사 하나에게 외출하겠다고 전하는 것이었다.

………

……

…

토마스를 안내한 곳은 마을 한편에 있는 주택이었다.

굳이 따지자면 그다지 풍요롭지 않은 이를 위한 집인 듯, 전체 적으로 보면 작고 만듦새가 조잡했다.

그뿐만 아니라 최근 몇 년간 비어있었는지, 기둥 파손 따위는 없지만 아무래도 곰팡내가 나고 먼지가 엄청났다.

여전히 이런 장소를 잘도 찾아낸다며, 도무지 성기사에 어울리 지 않는 재주만 가진 친구가 그저 기가 막혔다.

그런 토마스의 속마음을 아는지 모르는지, 베르델의 흥미는 어 느새 다른 곳에 가 있었다.

"레네아 신광국……이라. 성녀님도 과감한 일을 하셨군."

"그래. 하지만 이 땅은 변했어. 많은 사람들에게 미소가 돌아오 고, 부정부패 따위도 바로잡히고 있지."

조금 전까지의 대화에서는 최근에 일어난 남방주의 동향을 베 르델에게 전달하는 것으로 일관했다.

신광국의 건국은 애당초 극비로 진행된 일이었다. 성기사에게 조차 감추어진 정보가 많았다고는 해도, 거리의 백성들보다는 많은 사실을 파악하고 있었다.

장기 임무로 뒤처진 베르델에게 그것들을 모조리 전했지만, 돌아온 말은 앞선 그대로.

아무래도 그에게는 놀랍기는 해도 자신들 같은 감동이나 기쁨은 없는 듯했다.

"부정부패…… 말이지. 그러고 보니 맨날 잔소리가 시끄럽던 영감들이 없다고 생각했는데, 전부 죽여 버렸다면 납득이 가네."

"듣기 거북하네. 신벌이 내렸다고 하자. 사실 우리와 관계가 깊은 사제님들은 화를 면했어. ……뭐, 몇 명은 신의 분노를 산 모양이었지만."

"그걸로 장애물이 줄어 들었다는 건가. 뭐, 파멸의 왕을 죽인 공적을 가진 성녀님의 말씀에는 거스를 수 없겠지. 어쨌든 신화 수준의 공적이야. 중앙이라고 해도 쉽사리 손을 댈 수는 없어."

쌓인 먼지를 신경도 쓰지 않고, 베르델은 테이블에 훌쩍 앉았다.

품위가 없는 그 행동에 토마스는 미간을 찌푸렸지만, 말해봐야 태도를 고칠 성격이 아니라는 것은 잘 이해하기에 가볍게 노려보기만 했다.

오오 무섭네, 그렇듯이 어깨를 으쓱이는 베르델을 보고 크게 한숨을 내쉬며, 베르델은 이야기를 되돌리고자 자신의 걱정거리를 이야기했다.

"문제가 있는 성직자들에게 올바른 심판이 내려지고, 지금은 우리가 주류파야. 과거에는 부끄러운 심정으로 눈감았던 많은 일들도 지금이라면 소리 높여 규탄할 수 있겠지. 정의가 이루어진 거야.”

그의 눈동자에는 어딘가 광신적인 면모조차 있었다.

베르델은 오래 알고 지낸 친구가 드러낸 그 표정에 눈매를 살짝 가늘게 만들더니, 들키지 않도록 또다시 평소의 어딘가 경박하게 느껴지는 태도로 돌아갔다.

“그래서 말이야, 베르델. 충고하지. 네가 그 안에 가진 정의를 나는 잘 이해하지만, 이 나라의 모두가 그렇다고 단정할 순 없어. 하물며 성녀님은 너를 몰라. 실수를 저질렀다가 성단을 당해서야 안 될 일이니, 지금 같은 태도를 고치고 조금 더 얌전히 있을 순 없겠어?”

“그러네. 그래도 이것만큼은 성격이니까 말이지…….”

“그 대답은 뭐냐, 베르델. 좀 진지해져. 이래 봬도 나는 진심으로 걱정하는 거라고.”

“그보다도 말이야, 토마스. 아까부터 뒤숭숭한 이야기뿐이었는데, 그 성단은 전부 성녀님께서 결정하신 일인가? 나는 좀 과격하다고 생각하는데.”

성단이라고 한다면 듣기에는 좋지만, 이른바 처형이라는 것이다.

베르델도 성직자 축에는 드는 자다. 이제까지 수많은 문제 행동을 벌였지만 일선을 넘은 적은 한 번도 없었다.

사실 과거에는 근신이 고작이고 거의 상사나 사제에게 듣는 잔소리가 대부분이었다.

그런 자신이 처형을 걱정하는 대상이 되다니, 겉보기 이상으로 내부가 긴장 상태인 건 아닌가 추측했다.

"아니…… 성녀님이 아니야. 피요르드 성기사단장과 에라키노 경이 성녀님을 위해 분주히 움직이고 있어. 아마도 혹독한 결단을 내린 건 그 둘이겠지."

"응? 에라키노라는 건 누구지? 내가 모르는 녀석 같은데……."

"에라키노 경은…… 뭐라고 할까, 화장의 성녀님의, 친구라는 입장에 계신 분이야. 아마도, 그럴 거야."

"흐응…… 친구, 말이지. 내 기억이 분명하다면, 성녀님께서 친구를 만들다니 전대미문의 일이라고 생각하는데."

"그에 대해서 내가 이러쿵저러쿵할 권리는 없어. 어쨌든 지금은 많은 사람들이 화장의 성녀 소아리나 님과 고개 숙인 성녀 펜네 님 곁으로 모여들고 있어. 성왕국과 정령 계약 연합과의 관계성은 미지수이지만, 틀림없이 우리의 생각을 헤아려 주겠지."

이야기의 큰 줄기가 보였다며 베르델은 머릿속으로 정보를 정리했다.

화장의 성녀와 고개 숙인 성녀가 어떠한 인물인지 베르델은 모르지만, 성녀가 그 기적의 대가로 무언가를 신에게 바치고 있다는 것은 잘 알고 있었다.

그래서 그녀들은 정신적으로 불안정한 부분이 있다.

그녀들이 희생 끝에 집착하는 것이 된 무언가가, 이번 건국에 이른 원동력이 되고 있을 것이다.

"네가 부탁한다면 일기의 성녀님도 우리에게──."

"그 이야기는 됐어. 그 녀석과는 마주할 낯이 없어."

"그런가…… 미안하네."

이미 오랫동안 만나지 않은 소녀를 머릿속으로 떠올리며, 베르 델은 작게 혀를 찼다.

모든 것은, 끝난 이야기다.

"저기, 베르델. 우리가 지금부터 이 나라를 바꾸는 거야. 옛날, 견습 기사였던 무렵에 막사에서 빠져나가 술집에서 나눈 이야길 기억하고 있어?"

"아, 그립네. 그 무렵에는 젊었지."

"나는 지금도 그때의 맹세를 잊지 않아. 사람들을 위해, 결코 슬퍼하는 이가 태어나지 않는 세계를 위해, 나는 성기사로서 신 의 사명을 완수할 생각이야."

주마등처럼 과거의 추억이 흘러들었다.

신을 믿고, 사람을 믿고, 자신을 믿고, 그리고 그저 달렸다.

모든 것은 끝난 이야기다.

"너는 어떠냐, 베르델. 그 무렵의 맹세는 변함이 없나? 사람들 을 위해서 바친 검은, 아직 그 빛을 잃지 않았나?"

"당연하잖아? 바보 같은 소리 말라고. 내 검의 빛과 신을 향한 신앙은 아직 또렷하다고. 뭐, 겉으로 봐서는 알 수 없을지도 모르 겠지만."

그렇다, 성기사 베르델에게는 확실하게 신앙이 있었다. 맹세가 바로 그곳에 있었다.

모두 과거의 이야기다.

"그러고 보니, 이야기가 있다고 그랬지. 늦어졌지만, 그건 대체 뭐지? 뭣하면 나도 같이 피요르드 단장한테 머리를 숙여주겠어."

딱딱한 이야기가 이어져서 그럴까, 어깨를 빙글빙글 돌린 토마스는 무언가 떠오른 듯 창문 쪽으로 걸어갔다.

오랫동안 사용되지 않아서 그런지 딱딱하게 굳은 나무 창문을 끼익 열더니 밖의 모습을 살폈다.

태양의 위치로 시각을 재는 것이었다.

그 등에…….

"아, 그랬지. 뭐, 간단한 일이야."

"간단한 일? 그렇다면 굳이 이런 곳에서 이야기할 것 없었잖아, 베르——."

베르델은 자신의 성기사 검을 찔러 넣었다.

"커헉! 무, 무슨…… 짓을."

토마스는 복부에서 튀어나온 성기사 검을 아연실색한 표정으로 바라봤다.

하지만 성기사로서의 단련이 무의식중에 몸을 움직였는지, 격통에 의식을 잃을 것만 같은 상황에서도 앞으로 굴러서 박힌 검을 뽑고, 필사적으로 거리를 벌리고서 돌아봤다.

그곳에 있던 것은 분명히 그의 오래된 동료이자, 고락을 함께한 남자였다.

틀림없는 상급 성기사 베르델이었다.

"어째서……."

"——모두, 끝난 일이니까."

마지막 말에는 일체의 감정이 담겨 있지 않았고, 그는 찰나의 순간에 피로 붉게 물든 성기사 검을 휘둘렀다.

자신을 바라보는 차가운 그 눈동자는, 토마스의 의식이 영원한 어둠으로 끌려 들어갈 때까지 변하지 않았다.

성기사단 대기소에는 여전히 일에 쫓기는 가련한 관계자가 넘쳐났다.

조금 전까지 부족한 부대 예산을 어디서 짜낼지 고민하던 어느 상급 성기사는, 문득 입구에서 아는 인물을 발견하고 말을 건넸다.

"음, 돌아왔나. ……뭐야, 귀공 혼자인가?"

틀림없이 같이 돌아올 것이라 생각했는데, 아무래도 그렇지는 않은 모양이었다.

그들 두 사람이 소곤소곤 무엇을 이야기했는지는 신경 쓰이지만, 쓸데없이 다른 파벌에게 참견해서 문제를 일으킬 수는 없다며 괜히 파고들지는 않았다.

상대도 딱히 무언가 이야기할 생각은 없는 모양인지 그저 말없이 고개만 끄덕일 뿐이니까 전혀 문제는 없었다.

"뭐, 됐어. 일은 산더미처럼 쌓여 있어. 오랜만에 그와 만나서 좋은 휴식이 되었을 테지. 일을 계속해 달라고."

그렇다면 자신들이 해야 할 일은 눈앞의 업무를 정리하는 것. 슬프게도 이것들은 내버려 두면 점점 늘어나는 습성이 있기에 시급한 대처가 필요했다.

그 상급 성기사는 그가 외출한 동안에 또 일이 늘어난 것을 떠올리고, 서류 다발을 손에 들고서 고개를 들었다.

"아, 그렇지. 미안하지만 일이 추가로 더 왔어, 그쪽도 부탁할 수 있을까?"

여기까지 굳이 찾아와준 그에게, 미안하다며 서류를 건넸다.

불평 하나 없이 받아드는 그 태도에 미안하다는 감정이 솟구치지만, 그렇다고 해서 어떻게 될 일도 아니었다.

그 대신, 감사의 마음을 담아서 인사를 건네기로 했다.

"고맙네, **성기사 토마스.**"

자신의 책상으로 돌아가는 남자를 향해, 상급 성기사는 그리 말했다.

## Eterpedia

### 🌿 성기사
전투 유닛

전투력 : 3~7　이동력 : 1

《신성》
《성검기》
《신앙》

### 해설

## ~빛의 군세의, 빛의 전사~

성기사는 성왕국 퀼리아 및 레네아 성광국의 유닛입니다.
사악한 세력을 상대로 특효를 가진 그들은, 상위의 유닛과도 호각으로 싸울 수 있는 강력한 보너스를 지니고 있습니다.
반면에 다른 특징이 희박하기에 선 세력이나 중립 세력 유닛을 상대로는 그다지 우위에 설 수는 없습니다.

성스러운 자들이 하루하루의 생활을 영위하는 도시는, '신의 도시 아블리타'라는 호칭에서 받을 수 있는 인상과는 달리 도시 설계가 무척 번잡하게 되어 있다.

이것은 딱히 일부러 그런 설계가 된 것은 아니고, 먼 옛날부터 많은 부분에서 증축개축, 보수, 재설계가 진행되었기에 도시 그 자체가 복잡해진 것이 원인이었다.

레네아 신광국의 수도가 된 구 퀼리아 남방주 최대 도시이자, 현재의 수도인 이 도시 역시도 같은 병리를 품고 있었다.

대로라면 모를까, 주택가나 구 상업 구역에라도 가려고 한다면 구부러진 골목 하나만 잘못 접어들어도 완전히 반대 방향으로 가 버리는 경우도 흔하고, 지리에 밝을 터인 지역 사람들조차 모르는 길이 존재하는 상황이었다.

그렇게 이리저리 구부러진 골목의 막다른 곳.

2층 구조의 주택으로 둘러싸여 햇빛이 닿지 않아 어스름하고 꺼림칙하게 느껴지는 장소를, 상급 성기사이자 성기사단의 수장인 피요르드는 근처에 사는 주민의 안내로 찾아왔다.

"오래 기다리셨습니다. 케이먼 의료 사제."

"오, 피요르드 성기사단장님 아니십니까. 기다리고 있었습니다."

그 자리에 몇 명인가 있던 성직자들 중에서 가장 연로한 남자가 대답을 하고, 땅바닥에 있던 무언가로부터 이쪽으로 시선을 향하더니 느릿한 동작으로 일어서서 깊이 인사를 했다.

이 교구를 담당하는 케이먼이라는 이름의 의료 사제였다.

……의료 사제란 주로 퀼리아 안에서 의료 업무에 종사하던 이

를 가리키고, 이곳 레네아에서도 계속하여 같은 업무를 맡고 있는 자들이다.

사람들을 괴롭히는 병과 상처에 대하여 깊은 지식을 자랑하는 그들은, 과거에는 중앙의 지시에 따라 신도에게 다양한 지도를 행하였고, 현재는 성녀들의 명령에 따라 국내의 의료 활동에 종사하고 있었다.

성직자 중에서도 무척 특수한 위치에 있는 그들은, 무척 높은 지식수준이 요구되는 전문직으로서 다방면에 걸쳐 일하고 있다.

일반적인 진료부터 조산 지도. 시장에 유통되는 식료품의 독성이나 부패 검사.

오랫동안 평화로웠던 이 시대에는 전례가 많지 않지만, 전시에는 군의관으로서 종사하는 경우도 있다.

그리고 또 하나, 그들에게는 중요한 역할이 있었다.

"이쪽이, 그 사람입니까?"

"예, 신의 곁으로 여행을 떠난 자입니다. 이 사람에게 영원한 안식이 찾아오기를, 모쪼록 피요르드 님께서도 기도를……."

침통한 표정으로 시선을 향한 곳에 있는 그것은, 원형을 간신히 알 수 있을 정도로 탄화된 소사체.

다양한 이유로 부자연스러운 죽음을 맞이한 시체를 검시하는 것 역시도 그들의 역할이었다.

"물론입니다. 그럼 실례하죠."

그 말에 맞추어 사제들과, 피요르드와 동행한 성기사들이 조용히 눈을 감았다.

죽은 자에게 경의를 보내고, 그 영혼을 이끄는 것은 성신 아로스를 믿는 그들의 역할이다.

헤매지 않고 신의 곁으로 갈 수 있기를, 성직자들의 기도와 성구는 엄숙하게 흘렀다.

이윽고 피요르드의 간이 장송구가 끝나고, 누구 할 것 없이 고개를 끄덕이며 의식 종료를 고했다.

조용히 눈을 뜬 피요르드는, 강한 정의의 의지가 깃든 눈동자로 소사체를 바라보고는 '그건 그렇고'라며 말을 이었다.

"……너무나도, 지독하군. 대체 무슨 일이."

"전신의 타박으로 인한 골절, 날붙이로 인한 자상이 있습니다. 게다가 산 채로 온몸이 엄청난 불꽃으로 완전히 탔습니다. 이런 방식, 도저히 인간의 소행으로는 여겨지지 않습니다."

오히려 몬스터의 소행에 가깝다. 피요르드의 직감은 그렇게 고하고 있었지만, 불안을 부추길 말은 결코 입 밖으로 꺼내지 않았다.

그것은 즉, 한 사람의 인간을 이렇게까지 파괴할 수 있을 정도의 사악이 이 도시에 숨어 있다는 것을 의미하니까.

문득 피요르드는 주위를 둘러봤다. 사체 이외에 불탄 흔적이 없다는 사실을 깨달은 것이었다.

"살해 현장은…… 여기가 아닌 겁니까?"

"사람만을 한정적으로 이렇게까지 탄화시킬 수 있는 기술이라니, 저는 전혀 들어본 적이 없습니다. 수많은 마를 멸하고, 이런저런 부정한 자에 대해서도 견식이 깊은 기사단장님은 어떻게 보십니까?"

"죄송합니다. 저도, 이런 건……."

불꽃 마법 사용자라면 다소 짚이는 바는 있었다. 불꽃을 뿜어내는 몬스터도 모르지는 않았다.

하지만 이렇게까지 강력하면서 기묘한 것은 제아무리 피요르드라도 지식 밖이었다.

다른 장소에서 살해한 뒤에 굳이 옮겼는지, 아니면 인지를 초월한 불꽃 마법을 이용한 소행인지.

기묘한 점은 그것만이 아니었다.

이 사체에서 보이는 기이한 상황에 피요르드는 전율을 감출 수가 없었다.

불탄 흔적만이 눈에 띄지만, 피요르드의 눈은 상상을 초월하는 힘으로 파괴당했을 그 몸의 흔적을 결코 놓치지 않았던 것이다.

무엇부터 손을 대야 할까. 도저히 상정하지 않았던 사태에, 문제에 대한 대처에 익숙한 피요르드도 잠시 숙고의 시간이 필요했다.

"피, 피요르드 단장님!"

그 침묵의 시간을 메우고, 동행한 젊은 성기사단원 하나가 안색이 바뀌어서는 외쳤다.

"무슨 일이냐? 이 광경에 놀란 건 알겠다만, 시신 앞이다. 조금 더 냉정해라."

"그, 그 사람은……, 그게, 그 사람은!"

가볍게 돌아보며 확인한 얼굴에는 그저 놀라움이 드리워 있었다.

하지만 피요르드도 그의 동요에 무턱대고 주의를 주는 것은 아니었다. 젊을 때는 경험이 부족하고, 무엇보다 이번 사건은 피해자가 문제였다.

"그 성기사는, 대체 누굽니까?!"

사체는, 성기사의 것이었다.

탄화해서 형체는커녕 성별조차 판별할 수 없을 정도로 타버린 시신이었지만, 지옥의 업화와 맞닥뜨리고서도 일부 형태를 유지하고 있는 성기사 갑옷이 그 자의 소속을 더없이 밝히고 있었다.

사악한 자를 상대하는 검이자 방패인 존재. 성신 아로스의 신도와 그 나라가 절대적으로 신뢰하는 전사들의 무리. 압도적인 강자일 터인 성기사가, 그 자리에 시체가 되어 쓰러져 있었다.

하지만 그는 누구인가? 대체 누가 피해를 당했는가? 이 자리에서 그것을 알기에는 도저히 정보가 부족했다.

"판별할 수 있는 것은 남겨져 있지 않습니다. 유일하게 남은 건, 탄화하여 일부가 녹은 성기사 갑옷이겠지요. 용맹하고 과감하며 두려움을 모르는 성기사가 설마 이런 일을 당하다니……."

젊은 성기사의 비명과도 닮은 물음에, 케이먼 의료 사제가 대신해서 입을 열었다.

하지만 그의 입술이 희미하게 떨리는 것을 보면, 이 두려운 사태에 어떻게 판단을 내려야 할지 알 수 없는 모양이었다.

그 후로도 피요르드는 의료 사제와 함께 몇 가지 검사를 진행했다.

무언가 유품 따위가 남아 있지는 않은지, 본인을 확인할 수 있는 것이 없는지를 조사했지만 결국은 알 수 없었다.

특히 안면은 공들여서 파괴당한 모양이라, 고의인지 어떤지는 알 수 없지만 고인의 판별을 더욱 어렵게 만들었다.

유일하게 판명된 사실은 이 피해자가 아마도 중급~상급 성기사라는, 심각성을 더욱 강조하는 사실뿐이었다.

중급의 성기사는 리치에게, 상급의 성기사 정도 되면 하위 드래곤에게 필적하는 강함을 자랑한다.

시체의 손상 정도를 보아 흔해 빠진 존재의 범행으로는 여겨지지 않는다. 그렇다면 이 도시에 무언가 무시무시한 괴물이 섞여들었다고 생각할 수밖에 없었다.

혹은 무언가 조직적인 범행인가…….

"시신을 이 교구의 시신 안치소로 이송해 주십시오. 어려울지도 모르겠지만, 계속해서 검시를 부탁합니다. 그리고 무언가 알아낸다면 저 피요르드에게 직접 연락을 주시길 부탁하고 싶습니다."

"알겠습니다. 신께 맹세하고."

큰일이 벌어지지 않는다면 좋겠지만…….

원한. 미지의 악귀. 타국의 암살자. 이런저런 가능성이 떠올랐다.

아직 레네아 신광국은 불안정한 위치에 놓여 있다.

이런 상황 아래에서 대체 신은 어떠한 시련을 주려 하시는가.

피요르드는 표현할 길 없는 불안을 품으며, 간과하기 힘든 이 사건을 성녀들에게 보고하고자 대성당으로 향하는 것이었다.

피요르드가 새로운 나라의 지배자인 소녀들에게 예의 사건을 보고한 것은, 앞선 검시 다음 날이었다.

국가 경영에 더해서 많은 제례나 유력자와의 회담에 이리저리 끌려 다니는 이 성녀들의 시간을 빌릴 수 있었던 것은 기적이라고도 할 수 있었다.

그렇지만 이 자리에 나타난 성녀는 고개 숙인 성녀 펜네뿐. 화장의 성녀 소아리나는 안타깝게도 면회할 수가 없었다.

그리고…… 한가하다라는, 구경꾼 기질이 엿보이는 이유로 어느샌가 나타난 에라키노 정도일까.

물론 피요르드는 에라키노의 참가도 환영했다.

그녀가 가진 미지의 힘과 식견은 자신들 성기사를 웃돌고, 실제로 그녀의 조력이 있었기에 수많은 부정부패를 발견할 수 있었던 것이다.

하지만 이번만큼은 그녀의 힘을 빌릴 수는 없었다.

"어어?! 성기사가 살해당했다고? 대체 누구한테?"

눈을 동그랗게 뜨며 놀란 표정을 내비치는 에라키노를 보고 피요르드는 남몰래 결의했다.

"그건 여전히 불명입니다. 다만 신성한 이 도시에 살인범이 섞여 있기에, 기사단의 경비를 엄중히 하였습니다. 이곳에 계시지 않은 소아리나 님도 포함하여, 두 분께도 경비 인력을 좀 더 붙여야겠습니다. 답답하실지도 모르겠지만 모쪼록 이해해 주시기를."

깊이 머리를 숙이고 성기사단 단장으로서의 판단을 보고했다.

이것은 의견을 구하는 것이 아니라 결론이었다. 레네아 신광국으로서 새로운 출발을 이루어 낸 이 나라의 가장 중요한 시기에,

성녀들을 위험에 드러낼 수는 없었다.

이 나라는 그녀들 없이 결코 성립되지 않는다.

피요르드는 미지의 위험이 그녀들에게 미치는 것을 우려하여, 그를 막기 위해서는 만전을 다할 생각이었다.

"경비 강화. 그건 당연해. 오히려 이런 바쁜 상황에 부담이 더 해질 당신들이 걱정이야."

"걱정하실 것 없습니다. 기사단은, 지켜야 할 것을 지키기 위해 존재하는 것입니다."

고개 숙인 성녀 펜네가 조용히 배려의 말을 꺼내면서도 그의 결단에 찬동했다.

동요나 놀란 감정이 보이지 않는 그 음색에서 어떤 든든함을 품으며, 피요르드는 그녀의 말에 걱정할 필요 없다며 단언했다.

성기사단은 그렇게까지 허술하지 않다. 오히려 걱정되는 것은 그녀들이었다.

단독으로 성기사를 넘어서는 전투 능력을 가진 성녀라고 해도 틈은 존재한다. 오히려 영원히 긴장을 유지할 수 있는 인간 따위는 어디에도 없다.

그렇기에 그들 성기사단이 목숨을 걸고서 그녀들의 틈을 메우고, 지켜낸다.

그런 피요르드의 결의와는 별개로, 펜네의 사고는 또 다른 곳으로 향하고 있었다.

"그래서…… 이번에 사망한 건 누구지? 내 쪽에서 가족들에게 위로문을 쓸게. 정체 모를 성녀의 편지라고 해도 한때의 위안 정도는 되겠지."

앞선 결단력 넘치던 태도와는 달리, 피요르드는 입을 다물었다.

『당치도 않습니다. 유족들은 다정하고 자애로우신 성녀와 접하고, 마음의 상처를 치유하겠죠.』

그렇게 대답해야 했다. 본래라면 그것이 당연한 말이었다.

하지만……

"……죄송합니다. 이번에 희생된 기사를 아직 알 수가 없습니다."

피요르드가 꺼낸 말은 전혀 다른 것.

펜네의 자학적인 말을 부정하지도 나무라지도 않고, 그저 사죄의 말만을 늘어놓았다.

성기사단장으로서 있을 수 없는 대답과, 악문 입가에 작게 들리는 빠드득 소리가 그의 고뇌를 여실하게 드러냈다.

그 말에 펜네는 베일 아래에서 살짝 미간을 찌푸렸다.

"……범인이 불명인 건 그래도 이해할 수 있어. 어째서 피해를 당한 사람의 정체를 알 수가 없다는 거지? 시신의 상황은 이해하겠지만, 성기사라는 사실은 판명되었잖아?"

"말씀하시는 그대로입니다. 하지만 현재 성기사단에서는 각 단원에게 다양한 임무가 주어졌고, 이 도시에서 국내의 다른 도시로 파견된 사람도 있습니다. 현재 모든 수단을 사용하여 연락을 취하고 있습니다만, 부끄럽게도 제대로 기능하지 않는 것이 실정입니다."

"그러네, 너무 많이 죽었구나."

본래 성기사단은 사무 업무 담당이 아니다. 그들의 역할은 담당하는 교구 내의 치안 유지나 도시 내외에서 발생하는 문제에 무력 대처, 요인 경호, 그리고 외부에서 찾아올 위협에 대한 수비까지.

그럼에도 불구하고 최근의 성기사단은 완전히 사무 역할이 주가 되어, 영내의 경비 활동 같은 본래의 업무가 소홀해졌고 적당히 대처하는 경향이 있었다.

이유는 안다. 과감한 결단은, 동시에 큰 뒤틀림을 낳는다.

아니다⋯⋯. 이제까지의 뒤틀림이 컸기에, 원래대로 되돌리기 위해서 힘겹게 발버둥 치는 것일지도 모른다.

부정을 저지른 수많은 성직자 숙청은 그만큼 사무 업무를 맡을 인원의 소실을 의미하고, 동시에 부정부패 검증과 개선은 더욱 많은 작업을 만들어 낸다.

현재 하늘 위에서 심판받고 있을 자들은, 원래 돈 계산과 장부 처리에 있어서는 확실히 유능했던 것이다.

그것만이 아니다.

레네아 신광국은 지나치게 욕심을 부리고 있었다. 처음부터 완벽한 국가 운영을 목표로 한 나머지, 그에 따르는 혼란과 문제 발생을 추측하지 못했다.

연락 부족이나 절차적 실수, 끝내는 담당자 망실까지.

본래라면 구조적으로 보조해야 할 부분이나, 다양한 변경이 동시에 진행되는 개혁의 시기에는 그것도 불가능했다.

그렇기에 누가 어디에 있는가? 지금 어떤 상황에서 임무를 진행하고 있는가? 그런 기초 중의 기초라고도 할 수 있을 상황 파악조차 만족스럽게 하지 못하고 있었다.

혹시…… 예의 살인 사건의 범인이 이 사실을 알면서 범행에 이르렀다면.

틀림없이 그것은 무서울 정도로 머리가 잘 돌아가는 인물일 것이다.

그런 생각에 펜네가 자신들이 할 수 있는 일은 없을지 생각하노라니, 생각지 않은 곳에서 도움의 손길이 다가왔다.

"으─응! 그럼 에라키노가 파박 해결해 줄까? 기사단장 군은 알고 있을 테지만, 사실 에라키노는 이런 조사가 정말 특기거든! 마치 해답을 아는 것처럼, 샤샥 해결이야♪"

기발한 발상이었다.

펜네는 자신들의 진영이 가진 패가 얼마나 흉악한지 떠올리고 어렴풋이 웃었다.

그렇다, 이것이 있기에 그녀들 레네아 신광국은 이런 무모한 꿈을 이룰 수 있었던 것이다.

온갖 사상(事象)의 결과를 생각하는 대로 강제할 수 있는 능력.

에라키노가 게임 마스터라 부르는 그 인물이 다루는 힘은 그야말로 신의 위업이라 해도 과언이 아닌 것.

적어도 성녀들이 한꺼번에 덤빌지라도 그 힘 앞에서는 무릎을 꿇게 될 것이다.

그렇기에…… 그녀들은 무적이다.

이 사건도, 레네아 신광국에게는 전혀 타격이랄 것도 없이 해결될 것이다.

그럼에도 불구하고.

"죄송합니다. 그것은 사양하고 싶습니다, 에라키노 경."

"호에?! 어, 어째서? 해답을 알고 싶지 않은 거야?"

에라키노가 눈을 끔벅거리며 놀란 표정을 지었다.

펜네도 그 의견에 동의했다. 취할 수 있는 수단을 취하지 않는다니 어리석음의 극치다.

하지만 피요르드도 딱히 허세나 헛소리로 하는 말이 아니라는 것은 그의 태도로 알 수 있었다.

"에라키노 경. 성기사단에게 동료 단원이란 신의 위광 아래에 함께 정의를 맹세한, 특별한 존재입니다."

진지한 표정으로 피요르드는 이야기했다.

그의 눈동자 안에는 수많은 감정이 뒤섞여 있는 것처럼 보였다.

"신의 검이자 사람들의 방패. 그 긍지가 이번 사건으로 상처를 입은 것입니다. 이것은 저희 레네아 성기사단만의 문제가 아닙니다. 저희의 부덕 탓에, 신에 대한 반역이 벌어진 것입니다."

에라키노와 펜네는 입을 다물었다.

이 나라는 성신 아로스를 주님으로 모시는 종교에 따르는 국가로서 퀼리아 시대부터 그 역사를 쌓아 올렸다.

그것은 사악한 자들과 벌인 싸움의 역사이기도 하고, 신에게 계속하여 신앙을 바친 기도의 역사이기도 하다.

그렇기에 정당한 이유 없이 벌어진 성직자를 향한 공격은, 다시 말해 신을 향한 공격이라 볼 수 있는 것이다.

피요르드의 바람은 단순했다. 성기사단이 직접 이 문제를 해결하겠다는 것이었다.

그곳에는 이 이상 성녀들에게 폐를 끼치고 싶지 않다는 마음과, 동료가 무참하게도 살해당했다는 분노. 무엇보다도 신의 검을 자부하면서도 맥없이 사악한 자들에게 쓰러졌다는 사실에 대한 정의감의 폭주가 있었다.

신을 향한 신앙. 그리고 성기사단으로서의 프라이드.

이 두 가지 요소가, 일찍이 남방주에는 바로 그가 있노라고 칭송받던 성기사 《명예로운 피요르드》의 눈마저 흐려지게 만들고 있었다.

"단원에게 무슨 일이 있다면, 저희 성기사단은 신의 분노 아래에 그 오명을 반드시 씻어내야만 합니다. 그것은 동료인 저희의 역할. ……물론 에라키노 경이 동료가 아니라고 할 생각은 털끝만큼도 없습니다. 허나 이것은 저희의 싸움입니다."

깊이 머리를 숙였다.

고위 직책에 있는 사람이 함부로 이런 행동을 해서는 안 되겠지만, 반대로 말하면 이번 요청은 그만큼 중요하다고도 할 수 있었다.

피요르드가 머리를 숙인 자세 그대로 '부디 제 청을 들어주십시오'라며 말하고, 그대로 입을 다물었다.

긍지나 희망은 도리를 뒤집는다……. 사랑은 때로 어리석으며 흔들림이 없다.

어디선가 들은 시편의 내용이, 한순간 펜네의 뇌리를 스쳤다.

이 자리에서 말하자면, 동료를 향한 동포애라고 할까. 펜네는 조용히 눈을 감았다.

"으—음……."

하지만 이에 납득하지 못하는 것은 에라키노였다.

기껏 자신이 도와주겠다는데도 쌀쌀맞게 거절당했다는 사실이 살짝 마음에 들지 않는 것이었다.

그들의 마음은 뭐 어찌어찌 알 수는 있고, 에라키노도 소아리나가 같은 일을 당한다면 반드시 자신의 손으로 복수를 이루기를 바랄 것이다.

하지만 그것이 가능한지는 별개의 문제다.

이야기를 듣기로는 아직 상대의 정체를 추측조차 못 하는 모양. 과연 그런 상황에서 용맹하며 과감한 말을 현실로 만들 수 있을까?

피해를 당한 성기사라는 녀석도, 어쩌면 에라키노가 알았거나 대화를 나눈 인물일 가능성도 있다.

그것만으로도 심각하게 불안한데, 만에 하나라도 피해가 더욱 확대된다면…….

그녀는 진실로 성기사단을 걱정하고 있었다.

"유감이네, 에라키노. 지금은 그에게 양보해 줘. 네 마음에 드는 사람이잖아?"

펜네가 끼어들었다.

그녀의 심경이 어떠한지는 알 수 없지만, 얼른 이야기를 마무리하고 싶다는 생각만큼은 어찌어찌 느껴졌다.

틀림없이 이 이상 자신이 무언가 불평을 덧붙이더라도 어떻게 될 일이 아닐 것이다.

오랫동안 함께 어울리는 사이, 이 성녀도 성기사단장도 무척 완고한 인물이라는 사실을 이해했으니까……

에라키노는 이제 어쩔 수 없다는 것처럼 보란 듯이 한숨을 내쉬더니, 손을 활짝 펴며 장난스러운 태도를 취했다.

"어쩔 수 없네—! 하지만 도저히 안 될 것 같으면 바로 에라키노한테 부탁하라고♪ 아직 다들 일을 맡아 줘야 하니까. 더 이상 기사단원 여러분도 위험한 일을 당하는 것도 금지니까! 알겠지?"

"감사합니다. 에라키노 경."

결국 응어리 같은 불안만이 남는 대화가 되어버렸다.

에라키노로서는 얼른 해결해야 한다 생각을 했고, 그러자고 마음먹었다.

하지만 피요르드의 요청도 공감할 수 있는 것이었다.

그 생각 사이에서 아직 인생 경험이 얕은 그녀는 흔들리고, 무어라 형용할 수 없는 답답한 심정을 느꼈다.

"호위에 대해서는 나중에. 그리고 이번 사건, 반드시 해결하겠습니다. 성기사단의 긍지에 걸고. ……그럼 저는 이만 실례하겠습니다."

"그래, 신의 축복이 당신에게 있기를."

"바이바—이!"

이윽고 견본처럼 공손히 정중한 인사를 하고 피요르드가 방을 나가자, 에라키노는 펜네가 앉은 소파 앞까지 굳이 와서는 익살을 떨었다.

뭔가 정체 모를 것이 바로 앞까지 기어오는 것 같은 기척마저 느껴졌기에, 일단 누구라도 좋으니 대화를 나누고 싶다는 생각이었다.

"이것 참, 완전히 미스터리네, 펜네! 아, 미스터리라고 그래도 모르나. 수수께끼네, 수수께끼♪ 대체 범인은 누구냐?!"

"그거, 갑작스럽게 미안하지만 네 마스터에게 부탁해서 해답을 들을 수 있을까?"

"어? 어어?!"

절규가 응접실에 울리고, 황급히 입을 닫았다.

갑자기 테이블이 확 뒤집혔다. 조금 전의 대화는 대체 무엇이었을까? 애당초 펜네 본인이 피요르드의 말을 받아들여서 에라키노를 설득했을 터.

《흡입의 마녀》라고 불린 소녀는, 이 시점에서 혼란의 극치에 다다랐다.

"어라? 못 들었어? 네 마스터한테 해답을 물어보라고 그랬어."

"아니! 자, 잠깐 스톱스톱! 단장 군이랑 기사단 사람들의 바람은?! 그보다도 아까 대화는 뭐였어?! 엄청 납득 그 자체라는 느낌이었잖아! 성기사단의 긍지를 걸고, 사건을 해결하겠다고 그랬잖아!"

허둥지둥하며 시끄럽게 투덜대는 에라키노를 보고 펜네는 한순간 어이가 없다는 듯 얕게 한숨을 내쉬더니, 요란스러운 마녀와는 반대로 조용히 진의를 이야기했다.

"긍지…… 말이지. 아름답고 듣기 좋은 말이네. 하지만 신념이나 바람을 위해서 위험성 높은 수단을 선택할 수는 없어. 만에 하나 그가 실패했을 경우, 그 대가는 사람들의 생명일지도 모르니까."

에라키노도 이성으로는 그 주장을 이해했다. 당초에는 그녀도 같은 감상을 품었으니까.

하지만 지금은 감정의 부분에서는 납득할 수 없었다. 그만한 결의를 이다지도 간단히 무위로 돌리는 것이, 과연 옳은 일일까? 대체 누구의 주장을 받아들여야 하나? 그녀는 펜네가 생각할 시간을 주었기에 마침 잘 됐다며, 곧바로 자신의 마스터에게 의견을 물었다.

『이, 있지있지 마스터! 이건 대체 누가 옳은 거야?! 그보다 에라키노 모르겠어! 마스터는 어느 쪽?!』

대답은 이윽고 돌아왔다.

하지만 그 역시도 펜네에게 동의했다. 그 사실이 그녀의 고독감을 더더욱 크게 만들어 무어라 형용할 수 없는 기분이 들었다.

성기사들의, 피요르드의 마음을 경시하고 배신했다는 기분이 들었으니까.

소아리나나 펜네와 마찬가지로, 그녀에게 이제 성기사단의 단원들도 어엿한 동료였다.

그런 동료를 상대로 이런 배신, 이런 모략을 저질러도 되는 것인가? 결코 배신하지 않고, 마지막까지 내치지 않고 진지하게 대하는 것이 동료라는 존재 아닌가?

이 자리에 소아리나가 있었다면 틀림없이 자신의 편을 들어 줬을 텐데. 그런 어린아이 같은 감상을 에라키노가 품는 가운데, 펜네는 어린애를 타이르듯이 그녀에게 말을 건넸다.

"괜찮아. 때로는 이런 거짓말도 필요해. 일단 우리는 해답을 알아 놓기만 하고, 그 사람한테는 말하지 말자. 만에 하나의 일이 벌어질 때를 대비해서."

"하지만, 기분은 별로 좋지 않네……."

"순수하구나, 너는. 그러네, 그럼 이렇게 하자. 나는 호기심이 왕성해. 지금 당장에라도 해답을 알고 싶어. 어디까지나 내가 투정을 부리는 거야. 너는 잘못이 없어."

무척 억지스러웠다.

완고한 부분은 있지만, 이렇게까지 억지스럽게 자신의 의견을 관철하는 일이 없는 펜네가 드러낸 태도로는 꽤나 드문 태도로 보였다.

그만큼 이 문제에 위기감을 품은 것이리라.

확실히 아무것도 모른다는 상황은 지나치게 위험했다.

자신들의 능력이 절대적이며 이미 마이노그라라는 플레이어 세력을 격파했다고는 해도, 미지의 세력이 출현할 가능성은 충분히 존재하는 것이었다.

그리고 틀림없이 강력한 능력을 지니고 있을 상대에게 선수를 빼앗기는 것은 분명히 치명적이다.

게임 마스터…… GM으로서 가진 그 《심판자》의 능력은 타의 추종을 불허하는 강력한 것이지만, 그렇다고 해서 마음을 놓아도 될 이유는 어디에도 없었다.

펜네만이 아니라 GM 역시도 그녀를 설득했다.

그는 에라키노의 의견을 존중하고 싶다는 자세였지만, 그의 본심이 해답을 아는 것에 찬성하고 있음은 쉽게 알 수 있었다.

아무래도 그녀의 아군은 이곳에는 없는 듯했다.

"부탁할게, 에라키노. 너와 마스터의 힘이 우리에게는 필요해. 소아리나가 앞으로도 평온하게 살기 위해서."

그렇게 말해서야 더는 버틸 수가 없다. 그녀의 이름을 꺼내는 것은 치사하다.

어느 정도 양보를 받았다는 점도 에라키노를 납득시키는 요인이 되었다.

어쩐지 구워삶는 말에 제대로 넘어가는 것 같은 느낌도 들지만, 지금은 저 이야기에 넘어가도 될 것이다.

무엇보다 모두가 서로의 무사와 평온을 바라기에 행동한다는 것은 명백했으니까.

그리고 에라키노는 결단했다.

마스터에게 부탁하여, 누구도 이룰 수 없는 무적의 힘을 구사할 것을.

"으음…… 어쩔 수 없네. 정말로 어쩔 수 없어! 어쩔 수 없으니까 말이지!! 그럼 마스터! 게임 마스터! 바로 부탁할게! 치트로, 비기로 완벽한 해답을, 치사하게 처음부터 알아내는 거야! 서포트 부탁할게 ♪《점술》!!"

**에라키노의 《점술》판정 1d100=【78】**
**판정: 성공**

GM: Message

게임 마스터 권한 행사.

주사위 판정을 파기하고 확정 성공으로 합니다.

판정: 크리티컬

모든 것은 밝혀진다.

기사단원 살해범도, 그의 의도도.

어떠한 간계도 절대적인 그 능력 앞에서는 달아날 수는 없으니.

에라키노가 품은 작은 죄책감과, 자신들이 절대자라는 흥분.

그리고 그곳에는 대체 어떠한 비밀이 있을까? 라는 강한 흥미로 대답을 확인하고자 의식을 집중하고——.

**결과: 기사단원 살해의 범인은 불명입니다.**

"……허?"

그 결과에, 그저 놀라서 얼빠진 목소리를 높였다.

"……? 왜 그래, 에라키노? 혹시 의외의 인물이었어?"

있을 수 없다. 그런 일은 있을 수 없다. 있어서는 안 된다.

영문을 알 수가 없어서 빙글빙글 사고가 회전한다. 무슨 일이 벌어졌지? 그런 의문만이 해답 없이 뇌리를 맴돌고, 혹시 자신들이 실수를 저지른 건? 그런 의심조차 품었다.

"그, 그럼 누가 죽은 거야? 그 정도라면 알 수 있겠지?! 마, 마스터!!"

외침에, 그 뒷말도 기다리지 않고 그녀의 주인이 판정을 내렸다.


GM: Message

**게임 마스터 권한 행사.**

**정보 개시 요구.**

**기사단원 살해 사건에서 피해자의 이름을 표시하라.**


**결과: 살해당한 기사단원은 불명입니다.**


깊고 깊은 어둠은, 바로 그곳까지 와 있었다.

# 제2화 진실과 거짓

레네아 신광국에 성기사단원 살해 사건으로 어수선한 분위기가 드리우기 시작할 그 무렵.

마이노그라 측 또한, 이런저런 문제를 처리하기 위해서 분주했다.

드래곤탄, 시청 한편에 있는 회의실.

"자, 모두 모였군. 의제는 다름 아닌, 앞으로 어떻게 하느냐……일세."

마이노그라에서 가장 지혜 깊은 신하인 몰타르 옹은 그 자리에 모인 멤버들을 빙 둘러보더니, 조용히 개시를 알렸다.

하지만 신기하게도 평소라면 다양한 지혜를 내고, 회의를 원활하게 진행할 수 있는 윤활제가 될 터인 그가 이 상황에서는 입을 다물고 있었다.

그 대신, 조용한 눈동자는 쌍둥이 소녀를 향했다.

"임금님이 부재하시는 동안, 마이노그라를 맡은 캐리어예요."

"메어리어예요!"

소녀의 기운찬 목소리가 회의실에 울려 퍼졌다.

기묘한 분위기이기는 했지만 어쩐지 익숙한 느낌은 있었다.

"하지만…… 설마 왕께서 너희에게 직접 대리를 부탁하실 줄이야."

그 자리에 있는 기아와 에므루의 시선도 두 사람을 향했다. 드래곤탄 도시장인 안텔리제는 어디까지나 도시장이라는 입장이기에 참가하지는 않았다.

타쿠토와 아투를 제외한 평소의 멤버였지만, 이번에는 역할이 크게 달라졌다. 굳이 말하자면 입장이 정반대라고 해야 할까.

"열심히 할게!"

"임금님께서 명령하셨으니 어쩔 수 없는 거예요. ……불안은 있지만요."

"그 사실에 이의는 없다. 왕께서 판단하신 일이야. 우리도 열심히 도울 터이니, 왕의 기대에 부응할 수 있도록."

그렇게 말하고 몰타르 옹은 입을 다물었지만, 납득이 안 간다는 분위기가 여실하게 엿보였다.

그 태도에 내심 곤란하게 되었다며 한숨을 내쉰 캐리어는, 멍하니 타쿠토로부터 이 임무를 받았을 때를 떠올렸다.

어딘가 곤란하다는 모습으로 부탁하는 타쿠토의 말에 당초에는 불만도 있었지만, 이래서는 어쩔 수 없겠네, 하고 포기하게 되었다.

'몰타르 할아버지가 그다지 써먹을 수 없을 것 같으니까 대타를 맡겼다고 했는데…… 이건 정답이었네요.'

표정으로 드러내지 않았을 터인데도, 옆에 앉은 언니에게서 의미심장한 미소가 날아왔다.

실제로 몰타르 옹을 비롯한 다크 엘프 어른팀은 현재 거의 쓸 수가 없는 상태였다.

왕이 습격을 당하고 목숨을 빼앗겼다는 흉보.

미지의 능력을 가진 적에게 일체 저항할 수 없었다는 사실과,

최대 전력이자 대적할 자가 없다고 생각하던 영웅 아투를 빼앗겼다는 절망.

타쿠토가 무언가 수단을 사용해서 그 위기 상황에서 탈출했다고는 해도, 그 충격은 그들의 마음에서 아직도 평상심을 빼앗은 상태였다.

……성녀들의 소굴로 침입을 꾀하는 도중, 몰타르 옹에게 연락을 취한 타쿠토는 그와의 대화에서 다크 엘프들의 동요를 확실하게 느낀 것이었다.

이번 작전은 자신이 주가 되어 진행한다고는 해도, 백업은 결코 경시할 수 없었다.

그들 다크 엘프들이 제대로 움직이지 못하는 사태를 허용할 여유 따위는 어디에도 없었다.

따라서 타쿠토는 급히 작전을 변경, 본래보다도 훨씬 많은 권한을 엘프루 자매에게 주기로 했다.

엘프루 자매…… 그녀들은 《마녀》다.

마녀는 이 정도로 동요하지 않는다.

그들 안에 간직한 증오와 후회는, 동요 같은 유약한 감정을 일체 허락하지 않으니까.

……그렇다고는 해도, 그녀들에게는 왜 아직 어린 자신들이 그런 엄청난 역할을 해야만 하느냐는 불만이 있었다.

아니, 불만만 가득했다.

그런 점에서 마녀라고는 해도 아직 어린아이였다.

"일단은 말이에요. 캐리랑 언니가 열심히 노력할 테니까, 여러분은 지시에 따라주시면 기쁜 거예요."

"안 따르는 사람은 처형이야—."

"윽! 으, 음. 뭐, 그렇게 압박할 필요는 없다고."

기아가 살짝 정색한 기색으로 말했다. 왜냐면 메어리어의 눈이 웃고 있지 않기 때문이었다.

아무래도 메어리어로서는 어른들의 이런 한심스러운 태도에 적잖이 불만이 있는 듯했다.

지금은 낮 시간대. 달은 떠 있지 않고 주위도 밝다.

그렇다고 해도 못을 박는 정도의 일이라면, 마녀가 된 쌍둥이라도 가능했다.

"그럼 우선은 드래곤탄의 현상 확인부터예요. 에므루 언니. 사전에 전달했던 것처럼 정보 조작은 되고 있나요?"

"아, 예. 당일의 일에 대해서는 중앙 광장에 설치한 무대가 원인 모를 화재로 타버렸다는 형태로 설명을 진행하고 있어요. 도시 주민 등은 이 이야기에 의문을 가지지 않는 것 같지만, 최근 며칠 허둥지둥하던 탓에 저희와 가까운 자일수록 수상쩍게 여기는 모양이에요. 왕과 아투 씨가 모습을 드러내지 않는 것도 원인 중 하나겠죠."

"본국인 대주계의 다크 엘프들에게는 우리 쪽에서 제대로 설명해 두었지만, 드래곤탄에 사는 이들은 그럴 수도 없겠지. 시급한 대처가 필요할 게야."

마이노그라를 덮친 혼란은 최근 며칠 사이에 수습되고 있었다.

그렇다기보다도 대부분의 사람들은 무슨 일이 있었는지 모른다고 하는 편이 옳았다.

그만한 사건이 있었던 것치고는 이상하게 상황이 괜찮았다.

그도 그럴 터, 그들 다크 엘프는 원래 엘 나 정령 계약 연합의 엘프들 밑에서 뒷공작을 맡던 자들이다.

이런 정보 통제는 특기 분야 중에서도 특기 분야였다.

덧붙여서 도시의 치안 유지 능력을 가진 《브레인 이터》가 여럿, 드래곤탄 도시 안에 머무르고 있는 것도 효과가 있었다.

현재 상황은 놀랄 정도로 평온해서, 얼핏 보면 전혀 문제가 일어나지 않은 것처럼도 여겨졌다.

눈에 띄지 않지만 이런 강고한 통제력이야말로, 마이노그라가 가진 중요한 힘 중 하나였다.

"기본적으로 국내의 통제는 계속해서 진행하는 거예요. 마이노그라의 중추에 가까운 사람들에게는 어느 정도 설명이 필요하니까, 얼마나 정보를 공유할지는 나중에 검토해야겠지만……."

그렇다고는 해도 슬슬 손을 써야 할 것이다.

캐리어는 왕으로부터 사전에 들은 대략적인 예정을 떠올리고, 옆에서 즐겁게 웃는 언니를 흘끗 보며 앞으로의 일에 대해서 설명했다.

"그리고 폰카븐에는 자세한 사정을 설명해야만 한다고 생각해요. 임금님께 그에 대해서도 양해를 받았으니까, 이쪽도 우리가 대응할 거예요."

"국내보다도 오히려 그쪽이 문제일지도 모르겠군. 상대가 어느 정도 사정을 헤아려 주어서, 특별히 아무 말도 없지만, 빠른 시일

내에 회담을 열지 않는다면 양국의 신뢰 관계나 앞으로의 대응 대책에 영향을 미치고 말 수도 있어."

캐리어는 기아의 말에 끄덕이며 동의했다.

폰카븐과는 강한 관계를 구축하고 있지만 어디까지나 동맹국이라는 입장이다.

상대에 대한 배려도 필요하고, 마이노그라가 현재 처한 상황을 생각하면 무언가 협력을 요청할 필요도 있다.

경우에 따라서는 못을 박아둘 필요도 있었다. 국가의 우정은 계약과 상호 이익의 이름 아래에 성립된다.

이쪽의 약점을 찔러서 더욱 좋은 조건을 끌어내고자 교섭하려 할 수도 있으니까…….

그것보다도.

"이번 일의 범인은 퀼리아의 성녀다. 그렇다면, 그 나라와 전쟁 상태에 돌입하는 것도 시야에 넣어야만 해. 오히려 이 걱정이 현실이 될 가능성이 더 높겠지."

기아의 견해대로, 전쟁 발발은 이미 불가피한 상황이었다.

그들 마이노그라의 왕인 이라 타쿠토가 어떠한 전략을 그리고 있는지는 불명이었지만, 규모와 별개로 성스러운 자들과의 싸움이 시작된 것은 틀림없었다.

여하튼 국가의 저력에서 뒤처지는 마이노그라로서는 반드시 폰카븐을 아군으로 끌어들여야 한다.

아무리 강력한 전력을 가지고 있을지라도 숫자의 폭력에는 때로 무력한 것이다.

하물며 지금은 영웅 중 하나인 아투를 빼앗긴 상태다.

상황은 무척 힘겹다고 할 수밖에 없었다.

"그쪽도…… 이야기를 나눠 봐야겠군. 상대로서는 그다지 다른 나라에 참견하고 싶지 않다고 생각할 테지만, 우리로서는 그럴 수도 없겠지."

"그런 쪽으로는 양보할 생각인 거예요. 최악의 경우라도, 이곳 암흑 대륙의 양국 지배 영역을 감시해 주는 정도로 충분한 거예요."

그 후로도 국가 운영에 대한 몇 가지 화제가 올라오고, 결정되었다.

결국 쌍둥이가 내린 결론과 앞으로의 방침은 참으로 무난한 내용이 되었다.

국내 안정화에 계속 리소스를 할애하고, 중요한 동맹국인 폰카 븐과의 연계를 밀접하게 한다.

그 후, 적시에 이라 타쿠토로부터 명령을 받아서 그가 바라는 그대로 행동한다.

특별한 구석은 전혀 없고, 눈에 띄는 점은 전혀 없다.

다만 그런 평범한 결론조차 내릴 수가 없는 것이, 현재 마이노그라 상층부의 상태였다.

위태롭다면 위태로운 상황이었지만, 이들 두 소녀가 있는 이상 아무래도 그것도 기우로 그칠 듯했다.

"그런데…… 왕께서는 어떻게 지내고 계시지? 아투 경은 무사하실까?"

그리고 화제가 바뀌었다. 오히려 그들에게는 이쪽이 진짜 주제라고 해야 할까.

어른들의 눈동자가 흥미로 물들고, 무언가 조금이라도 정보는 없느냐며 소녀들에게 시선이 집중되었다.

불안해할 이유가 뭐가 있다는 걸까? 살짝 남들과 동떨어진 감성으로 감상을 품은 캐리어는, 적당히 얼버무려 봐야 불만이 쌓일 뿐이라 생각하며 가볍게 한숨을 내쉬었다.

"임금님은 퀼리아…… 지금은 레네아 신광국이라 자칭하는 장소의, 어느 마을에 있는 모양이에요. 구 남방주라 불린 지역이 그거예요. 이번에 마이노그라에 공격을 가한 자들도 이 나라에 있어요."

상황은 어지럽게 변하고 있다.

애당초 전제 조건이 토대부터 뒤집힌 상황이었다. 캐리어는 현 시점에서 알고 있는 정보를 그들에게 전달했다.

성왕국 퀼리아로부터 성녀 일부가 이탈한 것, 그녀들이 이라 타쿠토 토벌의 공적을 이용하여 나라를 일으킨 것. 그 지역이, 일찍이 퀼리아에서 남방주라고 불리던 지역이라는 것을…… 말이다.

"남방주인가. 비옥한 대지가 이어지는 토지야. 그곳 일대가 퀼리아에서 이탈할 줄이야. 게다가 우리 왕을 멸한 것을 이용했다고?! 이 무슨 오만! 이 무슨 불손! 속이 부글부글 끓어오르는 것만 같군! 애당초 말이다! 어째서 그런 중요한 사실을 먼저 말하지 않느냐?!"

"다음 의제였으니까ー."

"그리고 덧붙이자면, 의제로 올리기 전에 임금님의 동향에 대해서 질문한 건 여러분인 거예요."

그 말에 한순간 몰타르 옹이 머쓱해했다.

그야말로 겸연쩍은 상황이라고 할까, 회의는 아직 끝나지 않았고 정보를 구석구석까지 세세히 조사하고 확인해야 할 상황에서 마음이 들떴다는 것을 이해했으니까.

몰타르 옹이 말로 눌렀다는 사실에 간신히 어른들도 자신들이 냉정을 잃었다는 사실을 자각하기 시작했다.

다만 바로 눈앞에서 왕이 쓰러졌기에 그들의 불안이 뿌리 깊게 박혀, 본인들의 의지로 어떻게 할 수 있는 수준이 아니었다.

이래서는 왕이 납득할 정도로 임무를 수행할 수는 없다.

그들은 자학하는 기분을 느꼈지만, 어떻게든 그런 어두운 분위기를 불식시키고자 기아가 애써 화제를 바꾸었다.

"헌데 왕께서 직접 가셨으니, 적은 이미 풍전등화. 오히려 이미 아투 경을 탈환하셨을지도 모르겠군."

낙관적인 말이기는 했지만, 동시에 왕에 대한 절대적인 신뢰의 증표라고도 할 수 있었다.

그들 스스로가 왕이 직접 싸우는 모습을 본 적은 한 번도 없었다.

하지만 부하인《오니의 아투》, 그리고 잃기는 했지만《모든 벌레의 여왕 이슬라》. 그 외에도 존재하는 영웅들과 무수한 부하들.

그들을 이끄는 파멸의 왕이 약하다는 생각은, 마음속 어디에도 없었던 것이다.

"그게 어렵다는 모양이에요."

하지만 그 말도 곧바로 부정당했다. 오히려 그 말투는 낙관적인 상상을 채택하지 말라는 주의도 포함된 것처럼 여겨졌다.

"어째서냐?!"

그것을 납득하지 못한 것은 몰타르 옹이었다.

"그들의 힘을 잊은 건가요? 확실히 임금님은 무사했어요. 하지만 결국 아투 씨를 빼앗기고 만 거예요."

으윽, 신음을 흘리며 입을 다문 것은 반론의 여지가 없다는 증거였다.

"임금님도 적의 힘을 미처 헤아리지 못하신 거예요. 현재로서는 아무것도 알 수 없고, 대처 방법을 하나도 취할 수가 없다고 그러신 거예요. 그러니까 조금 시간이 걸릴지도 몰라요."

캐리어가 침통한 표정으로 중얼거렸다.

그 말에, 마이노그라 수뇌진에게 단숨에 불안이 밀려들고, 마치 장례식이라도 벌어지는 것 같은 분위기가 되었다.


——지금 이야기는, 대부분이 거짓말이다.

왕인 이라 타쿠토는 그런 소리를 하지 않았다. 그런 상황 설명도 물론 받지 않았다. 그저 자세한 상황을 물어봐도 대답을 거절당했을 뿐이었다.

캐리어는 곁눈으로 흘끗 언니를 봤다.

생글생글 웃는 소녀는 어른들이 고개를 숙이고서 생각에 잠긴 것을 기회로 쉬잇, 자신의 손가락을 입가에 대더니 잔혹한 미소를 지었다.

왕과 관련된 온갖 정보를 마구 휘저으라는 뜻이었다.

이것은 왕도 넌지시 이야기한 것이었다.

왕이 다크 엘프들을 신뢰하지 않는 것은 아니었다.

오히려 적의 능력을 강하게 경계하기 때문에 하는 행동이라고, 캐리어와 메어리어는 이해하고 있었다.

쌍둥이 소녀는 습격 당시 그 자리에 없었다.

그래서 어떠한 상황이었는지를 직접 본 것은 아니지만, 그럼에도 무슨 일이 벌어졌는지는 자세한 설명을 들었다.

그러고서 상대가 무언가 규격 밖의 능력을 가지고 있으며 그에 대한 대처는 최대한 신중하게 임해야 한다고 판단을 했다.

그래서 자신들조차 속이도록, 의도적으로 거짓 정보를 섞어서 모두에게 설명한 것이다.

방첩 대책이 완벽하게 된 아군 깊은 곳의 한 방에서 사실을 입에 담는다.

그런 행위조차 현재는 위험하니까.

"그럼 너희는 어떠냐? 이슬라 경으로부터 힘을 계승했다는 건 안다. 영웅으로서 힘을 계승했다면, 그 불가사의한 힘에도 대처할 수 있는 게 아니냐?"

"어려워. 상대의 힘이 미지수. 알 수 없는 건 『잊을』 수가 없는걸."

"그러네요, 언니⋯⋯ 설령 우리가 전력으로 싸울 수 있는 상황이었을지라도, 그 힘 앞에서는 패배했을 가능성이 높아요. 무엇보다 아투 씨가 맥없이 세뇌를 당했으니까요."

"그런가⋯⋯."

그녀들은 두 번째 어머니인 이슬라를 잃었을 때에 자신들이 이해할 수 없는 능력의 위험성에 대해서 그 몸으로 철저하게 배웠다.

결코 거스를 수 없는, 마치 세계의 법칙이라고 말하는 것만 같은 강제력.

그것들은 단순한 힘이나 지혜로는 어찌할 수 없는 사상이다.

마이노그라의 왕인 이라 타쿠토가 신과 같은 힘으로 국가와 어둠의 부하를 거느릴 수 있는 것과 마찬가지로, 적 또한 불가사의한 힘을 가지고 있다.

'적이 우리로부터 정보를 빼낼 능력을 가지고 있지 않다는 보증, 어디에도 없는 거예요.'

그렇기에 왕도 말을 흐리고 정보를 봉쇄했을 것이다.

이미 바둑판 위의 승부는 단순한 힘겨루기가 아니고, 서로의 카드를 감추고 속이는 사기꾼의 속임수 대결로 넘어갔다.

모르는 것은 그들뿐이다. 아니, 이 상황에서 모든 것을 헤아리라는 것이 어려울지도 모른다.

"왕께서는, 어째서 우리를 의지하지 않으시는 것인가? 어째서 모든 것을 밝히지 않으시는 것인가? 우리가 왕을 배신할 리가 없는데도, 그만큼 우리가 한심한가?"

"아마도 모두를 잃고 싶지 않다고 생각하시는 거예요. 전날 습격 당시, 다크 엘프 전사들이 몇 명인가 순직했어요. 그들은 결코 약하지 않았지만, 전혀 저항할 수 없었어요."

"벌레 씨랑 새대가리 씨도 죽었어. 틀림없이 임금님은 그걸 되풀이하는 게 괴로운 거야."

뚝뚝, 언니 메어리어가 눈물을 흘렸다.

그 모습을 본 캐리어가 허둥지둥 자리에서 일어나더니 언니에게 다가가서 끌어안았다.

"언니, 울지 말아요. 캐리까지 슬퍼지는 거예요……."

그렇게 흐느끼며, 두 사람은 서로를 달랬다.

물론 나오는 대로 떠드는 것이었다.

전부 거짓말이고, 멋대로 만들어 낸 스토리였다.

전혀 슬프지는 않고, 이 눈물도 억지로 짜낸 가짜였다.

하지만 이것으로 됐다.

틀림없이 왕도 자신들에게 그렇게 거짓말을 하고 있으니까.

"왕이시여…… 그렇게까지 저희를. 젠장, 이 어찌나 한심한가!"

소녀들의 명연기에 속았는지, 아니면 눈이 흐려졌는지.

기아를 필두로 어른들이 지극히 감격한 표정을 지었다.

노리고서 한 일이긴 했지만, 캐리어와 메어리어는 너무나도 간단히 속는 어른들을 보고 더욱 불안감이 커졌다.

"이 무슨, 이 무슨 자비! 우리를 그렇게까지! 우리를 위해서 그렇게까지!"

그런 상황인 줄은 전혀 모르고. 폭포수 같은 눈물을 흘리며 늙은 현자가 감정을 폭발시켰다.

마이노그라의 국민이 된 뒤로 왕에 대한 의존이 컸기에 그 대가도 한층 더 컸다.

반면에 정서가 불안정한 어른들을 보는 소녀의 눈빛은 몹시 차가웠다.

한심한 어른밖에 없다면, 어린이는 성장할 수밖에 없을지도 모른다.

여하튼, 중요한 것은 그 부분이 아니다.

캐리어는 언니와 포옹을 나누며 생각했다.

'앞으로 진행될 건, 그저 정보의 교란과 속임수. 무엇이 정말이고 무엇이 거짓인지, 아무도 알 수 없는 거예요…….'

적은 어떠한 수단을 사용해서 공격한 것인가? 왕은 어째서 심장을 뚫리고서도 태연하게 부활했나?

어째서 왕은 홀로 적진으로 향했나?

왕은 무엇을 알고, 무엇을 할 생각인가?

모든 것은 아직 깊은 어둠으로 뒤덮여 있다.

그것은 틀림없이 모든 일이 끝나는 그때까지 결코 밝혀지지 않을 것이다.

'캐리어도 깜박 속지 않도록 조심해야 하는 거예요.'

캐리어는 떠올렸다. 이 상황에서 가장 중요하며 잊어서는 안 되는 것을.

그렇다…….

'임금님이, 처음으로 직접 움직인 거니까요…….'

진실과 거짓이 뒤섞이고, 그것은 거부할 길 없이 자신들을 희롱한다.

모든 것을 아는 자는 단 하나, 마이노그라의 왕 이라 타쿠토뿐이었다.

## SYSTEM MESSAGE

일시적으로 《후회의 마녀 엘프루 자매》가 마이노그
라의 지도자가 되었습니다.
같은 기간 중, 이라 타쿠토는 지도자에서 벗어납니다.

OK

# 한담 변장

회의가 춤췄지만, 다행히도 우직하게 걸음을 옮긴다.

엘프루 자매가 주도하는 국가 운영은, 그 배후에 왕인 이라 타쿠토의 지시도 있어서 어떻게든 원래 궤도로 되돌아가려 하고 있었다. 그러나 그려놓은 청사진 그대로 무슨 일이든 진행되지 않는 것이 세상의 이치.

자잘하고 작은 문제가 실무 단계에서 드러나고, 그것들의 대응에 시달리는 것 역시도 조직 운영의 이치였다.

"임금님이 건재하다고, 국내외에 알리겠어요."

"음? 그 의도는 뭐지? 왕께서 습격을 당하셨다는 것을 아는 자는 무척 한정적이야. 그리고 그런 자들도 왕께서 무사하시다는 건 알고 있어. 모른다고 한다면…… 습격자인 성녀들뿐이라고 생각한다만."

"그 성녀들이 상대예요."

"상대를 혼란에 빠뜨리는 거야—."

"그렇군. 듣자하니 레네아 신광국이라는 국가는 아직 막 태어난 갓난아기 같은 존재. 퀼리아로부터 억지스러운 형태로 독립했으니, 일부러 상대의 귀에 들어가도록 왕의 존재를 내비쳐서 동요를 유도한다는 건가."

"예. 상대측은 임금님을 쓰러뜨렸다고 생각해요. 그래서 임금님이 살아있다는 걸 안다면, 적잖이 경계할 거예요."

"거짓말인지 사실인지 알 수가 없는걸—."

마이노그라 국내의 통제는 탄탄해서 파고들 틈이 없을 정도였다.

그러니까 이번 작전은 대외적인 것. 성녀들의 진영에 정보의 측면에서 공세를 가하는 것이었다.

"상대에게 직접적인 피해를 줄 필요는 없는 거예요. 그저 주의와 동요를 부를 수 있다면 충분. 잘만 한다면 그 틈을 임금님이 이용할 거예요."

왕이 어떠한 작전을 생각하는지는 이곳에 있는 누구도 알지 못한다.

다만 엘프루 자매에게 큰 권한이 주어진 이상, 이런 수단을 취하리라는 것도 이미 예상하고, 반영했을 터.

성녀들을 흔드는 것이 과연 왕을 돕는 일이 될지는 본인밖에 모르겠지만, 적어도 발목을 붙잡는 일이 되지는 않을 것이다.

"흠, 설령 적의 동요를 부르지 못하더라도 손해가 되지는 않는다는 건가. ……음? 잠깐만 기다렸으면 한다만."

딱히 단점이 존재하지 않는 작전에 기아가 수긍하려던 참에, 문득 깨달았다.

해결해야만 하는 문제가 하나 있었기 때문이었다.

"예를 들면 이전의 사건——이른바 습격의 위장 정보에 대해서는, 왕의 이름으로 그 사정을 포고한다면 자연스러운 형태로 건재를 내외에 알릴 수 있겠지. 하지만 왕 본인이 모습을 드러내지 않는 것에는 의문이 남을 거라고. 그런 부분은 어떤 대책을 취할 생각이냐."

정론이었다.

아무리 왕의 명의로 선언하더라도 본인이 모습을 드러내지 않고서는 존재가 의문시될 것이다.

물론 국내를 대상으로 한다면 그것으로도 충분하다. 애당초 이라 타쿠토는 그다지 겉으로 나오지 않았으니까 사람들도 신경 쓰지는 않을 것이다.

다만 성스러운 세력은 다르다. 반드시 조사가 들어오고, 모습을 드러내지 않아서는 쉽게 부재가 밝혀지고 만다.

무언가 대책이 필요했지만, 이쪽도 문제는 없었다. 이에 대해서도 이 쌍둥이 소녀는 해결책을 이미 준비했다.

"에므루 언니."

"아, 예. 뭘까요?"

거의 대화에 참가하지 못하던 에므루가 황급히 고개를 들었다.

자신이 끼어들 여지는 없겠다며 철저히 듣고만 있던 참에, 갑자기 허를 찔린 모양새였다.

그렇게 옆에서 보면 우스꽝스러울 만큼 허둥대는 에므루를 상대로, 캐리어는 딱히 무언가 감상을 품은 기색도 없이 태연한 표정으로 말했다.

"내일부터, 언니가 임금님이에요."

"어, 어어어!!"

얼빠진 비명을 터뜨리고, 회의는 더욱 혼란스러운 상황으로 빠져들었다.

………

……

…

얼마 정도 지났을까? 여전히 멤버들은 회의실을 채우고 있었지만, 조금 전과 달리 그곳에는 익숙하지 않은 인물이 있었다.

아니…… 익숙하지 않은 인물이, 익숙한 모습으로, 결과적으로 익숙하지 않은 용모가 된 것이었다.

"으, 으으으…… 제가 왕을 대신하다니, 너무 황송해요오오!"

입을 열자마자 한심한 목소리로 우는 에므루는 왕으로 변장하고 있었다.

왕이 입던 것과 같은 외투를 입은 에므루는 반쯤 우는 것 같은 목소리로 그렇게 불만을 흘렸다.

복장도 일부러 맞추고, 아무리 그래도 속일 수 없겠다 싶은 눈매만을 가린 특제 마스크를 쓰고 있었다.

키와 체격이 비슷해서, 새로운 복장을 입은 왕이라고 하면 쉽게 부정할 수는 없을 것이다. 마스크도 정신이 약한 사람이 왕과 시선을 마주하는 것이 반쯤 금기시되고 있기에 자비 깊은 왕이 배려했다고 해두면 얼마든지 얼버무릴 수 있다.

총평하자면, 모두가 상상하는 것 이상으로 그 모습이 왕의 대역으로 합격점. 이제는 적당한 타이밍에 슬며시 모습을 드러내면 그만일 뿐이었다.

"키가 마침 비슷했으니까 어쩔 수 없는 거예요. 그 모습이라면 중요 서류를 건드리더라도 위화감이 없으니까 일석이조인 거예요."

"으으, 그런 말을 해도……."

시무룩한 모습으로 에므루가 낙담했다.

그 모습이 이전에 본 이슬라에게 혼나는 타쿠토와 똑같다고 생각한 캐리어는, 혹시 이건 예상보다 더 성과를 올리지는 않을까? 그렇게 만족과 동시에 작게 기쁨을 품었다.

"이 녀석! 야무지게 못 하겠느냐! 그런 태도로 왕의 대역을 완수할 수 있다고 생각하느냐?!"

하지만 그런 캐리어의 속마음과는 달리, 귀찮은 노인이 곧바로 귀찮은 주문을 달기 시작했다.

이에 캐리어도 에므루도 얼굴을 찌푸리고서 불만을 드러냈다.

덧붙여서 에므루 같은 경우에는 '그렇게 생각하면 네가 변장해서 이 불편한 심정을 체험해 봐'라며 마음속으로 투덜대는 꼴.

자신들의 목숨을 구해주고 미래에 희망을 준 존재. 경외와 두려움을 품은 위대한 왕의 모습을 빌리는 것이 얼마나 중압감을 주는지.

그렇다고는 해도, 그런 불평을 해봐야 어쩔 수도 없고, 애당초 그녀도 그렇게까지 성격이 드세지는 않았기에 불만을 태도로 드러낼 뿐이었다.

그런 태도가 역시나 문제였을까.

귀찮은 남자 2호, 그러니까 전사장 기아가 참전했다.

"역시 가장 큰 문제는 패기가 없는 점이로군. 우리의 왕과는 외모는 몰라도 내용물은 달라. 내가 아는 왕은, 좀 더 위대하시어 영혼부터 떨리는 것이 있었지. 당연하다고는 해도 에므루는 그 백 분의 일도 따라할 수가 없어."

팔짱을 끼며 평론가처럼 트집을 잡는 전사장.

마치 자신이야말로 왕이 어떠한 존재인지를 안다는 것 같은 태도였지만, 그런 태도이기에 어리석게도 밟아서는 안 되는 지뢰가 바로 그곳에 있음을 깨닫지 못했다.

"하지만 가슴이 작은 건 다행이군. 쓸데없이 크다면 여성이라는 사실을 금세 들키고 말 테니까 말이야! 핫핫핫!"

"——허?"

평소부터 소극적이고 분쟁을 몹시 꺼리는 에므루도 이 말에는 순식간에 끓어올랐다.

눈앞에 있는 무례하기 짝이 없는 남자가 다크 엘프 여성을 상대로 결코 해서는 안 되는 말을 던졌다.

날이 선 말과 함께 찌릿 노려보는 눈빛은 기아를 똑바로 꿰뚫고, 틈만 있다면 달려들어서 안면에 주먹을 내지를 것만 같은 기백. 몸에서 새어 나오는 기세도 몇 배는 늘어났다.

"……그, 그 기개다. 뭐냐, 조금이나마 왕의 경외를 따라할 수 있잖으냐?"

"이 사람, 사형시켜도 될까요? 대역이라고는 해도 지금 저는 왕이잖아요? 그렇다면 할 수 있다고요, 사형?"

"그럼 처형 명령서 주세요."

"결재할게—!"

다크 엘프 여성은 대체로 가슴이 작다.

이것은 종족적인 특징으로, 본인들의 노력으로는 어찌하기 어려운 점이 있었다.

그래서 그녀들은 그에 대해서 건드리면 순식간에 급탕기처럼 끓어오른다.

현명한 남자라면 결코 건드리지 않는 화약고인 것이다.

"뭐, 기다려라 에므루여. 이 녀석은 아직 쓸 수 있으니까, 사형시키는 건 조금만 더 기다려다오. 왕께서 돌아오시면 냉큼 목을 매달아도 상관없으니까 말이다."

"괴로워하며 후회하게 만드는 거예요."

"목을 잘라서 기둥에 매달자ー!"

조금 더 덧붙이자면, 마이노그라가 자랑하는 영웅인 오니의 아투도 가슴에 있어서는 얌전한 편으로 다크 엘프 여성들의 심정에 가까웠다.

왕인 이라 타쿠토는 이런 경우에 노코멘트로 일관하고, 애당초 여성의 가슴에 대해서 특별히 언급하는 것은 세심하지 못한 행위라고 제대로 인식하고 있었다.

물론 몰타르 옹이 이 일에 도움을 줄 생각은 일체 없었다.

사면초가란 그야말로 이런 것이었다.

"아, 아니…… 하하하. 뭐냐, 노, 농담 아니냐. 나는 에므루의 위장은 완벽하다 생각한다고, 응!"

"조용히 해줄래요? 이에 대해서는 왕께서 돌아오신 다음에 직접 호소할 테니까요."

빤히 얼버무리는 소리를 날선 말만으로 침묵시킨 에므루는, 얼른 기분을 전환해서 왕의 대역으로서 직무를 성실하게 하기로 했다.

이렇게 되어버렸으니 어쩔 수 없다. 마지막까지 자신의 역할을 성실하게 할 뿐이다.

"그보다도 이야기를 되돌리겠는데, 혹시 누군가 말을 건다면 어떻게 하나요? 저랑 왕은 목소리가 전혀 다르니까, 말 한 마디만으로 들켜버릴 거라 생각하는데……."

"그 점은 괜찮은 거예요."

"아니, 어째서?"

자신의 의문에 당연하다는 듯이 답하는 캐리어를 상대로 무심코 고개를 갸웃거리고 말았다.

용모에 대해서는 몹시 아니꼽지만 인정하자. 얼굴도 마스크가 있다면 문제는 없다.

하지만 목소리의 경우에는 큰 문제가 있을 터.

아무리 그녀라도 왕의 성대모사까지는 불가능하고, 애당초 음질이 다르다.

그렇게 생각했지만…….

"임금님은 모르는 사람이랑 이야기를 안 하니까요."

"커뮤증—!"

"…………그, 그래."

문제는 예상 밖의 부분에서 해결되었다.

무어라 형용할 수 없는 분위기가 그 자리에 널리 퍼졌다. 이리하여 회의는 살짝 다부지지 못한 형태로 끝났다.

이 이상 쓸데없는 소리를 해봐야 무덤을 파는 일이 될 것이다.

아직 혼란스러운 다크 엘프들이라고 해도, 그 정도 배려에 신경 쓸 정도의 여유는 있었다.

# Eterpedia

## 🌱 성녀

유닛 종류

이드라기아 대륙 구세 칠대 성녀

화장의 성녀 소아리나
고개 숙인 성녀 펜네 카므에르
일기의 성녀——
신위의 성녀——
✖✖✖✖✖
✖✖✖✖✖
✖✖✖✖✖

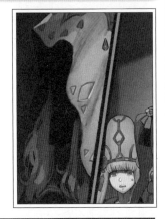

### 해설

성녀는 특수한 유닛입니다.
동시에 세계에 일곱밖에 존재하지 않고, 그들 모두가 신으로부터 강력한 전투력과
특수한 능력을 받고 있습니다.
현재 그녀들은 각자가 독자적인 가치관에 따라 행동하며, 그것은 반드시 세계의 평
화에 기여하는 것은 아닙니다.
현재 확인된 성녀는 위와 같습니다.

# 제3화 소녀 각성

이상이란 이루어지지 않는 것일까? 모든 것은 희생 없이는 얻을 수 없는 것일까? 유사 이래, 성녀라는 존재는 그렇게 되기까지 반드시 무언가를 신에게 바쳤다.

소아리나가 에라키노를 상대로 일종의 집착을 내비치는 이유는, 그 희생에 따른 것이었다.

마찬가지로 펜네 역시도 자신이 성녀로서 신에게 선택되었을 때에 희생을 바쳤다.

그럴 정도로, 그저 행복해지기를 바라는 것은, 해서는 안 되는 일일까?

적어도 사람들이 괴로움이나 슬픔을 느끼지 않고 평온하게 살기를 바라는 것은, 이만한 시련을 받기에 상응할 만큼 지나친 바람일까?

《고개 숙인 성녀 펜네》는 아무도 알지 못하는 질문의 해답을 찾으며, 멍하니 성기사단장 피요르드의 보고에 귀를 기울이고 있었다.

"이상입니다. 최근 며칠 주변 국가의 동향 가운데, 특별히 중요한 것을 전달하였습니다."

나머지는 자기들이 처리하겠다고 이야기하는 눈앞의 남자는, 얼마나 신뢰할 가치가 있는 것일까? 결국 그만큼 기세등등하던 성기사단원 살해 사건도 해결하지 못하고, 그저 문제가 잇따라 밀려들었다.

이럴 때에, 대체 자신은 무엇을 하고 있는 것일까?

"드래곤탄에서 파멸의 왕 이라 타쿠토의 건재가 확인되었단…… 말이지. 그건 본인일까?"

"아마도 가짜겠죠. 국내의 혼란을 수습하기에는 손쉬운 방법입니다."

사색을 두지 않고 대답이 돌아왔다.

이미 성기사단 안에서 검토한 내용이었는지, 혹은 처음부터 지적을 상정하고 있었는지.

사람의 기색을 읽는 것에는 나름대로 자신이 있었을 터인데, 지금의 그에게서는 어떠한 감정도 읽을 수 없었다.

"피요르드. 그 정보원은 어디서 온 거야? 성기사단은 바쁘다고 들었는데."

베일 아래로 펜네의 시선이 피요르드를 꿰뚫었다.

어딘가 따지는 것 같은 말투였지만, 당사자는 그다지 신경 쓰는 기색도 없이 대답했다.

"드래곤탄은 이전부터 퀄리아와 교류가 깊었으니까 말입니다. 마이노그라의 지배 아래에 놓였다고는 해도, 아직 정보를 입수할 수단은 다소 남아 있습니다. 이번에는 그쪽에서 온 정보입니다."

"그래……."

피요르드는 펜네가 베일을 살며시 들추어 한쪽 눈으로 직접 자신을 바라보는 것을 깨닫고, 놀랐다.

이제까지 결코 맨살을 드러낸 적이 없었던 그녀의 갑작스러운 행동과, 그 아래로 어렴풋이 보이는 쇠약한 피부를 시야에 넣고 말았으니까.

예상 밖의 그 모습에 피요르드는 한순간 깜짝 놀랐지만, 당황한 듯 자세를 다잡았다.

"왜, 왜 그러십니까?"

"아니, 아무것도 아니야. 바쁜 와중에 폐를 끼쳤네. 계속해서 조사를 진행해 줘. ……특히 파멸의 왕이 진짜인지 어떤지 정보가 필요해. 가능한 한 빨리."

"알겠습니다. 성기사단 이외에도 유능한 자가 몇 명인가 있습니다. 상응하는 보수를 원하는 자들입니다만, 말을 건네어 보죠."

"그래, 잘 부탁할게."

보고가 끝났기에 피요르드가 방을 나섰다.

그 후에 남은 것은 고개 숙인 성녀 펜네와, 그리고 적막뿐.

"확인이 됐을까?"

하지만 의아하게도, 펜네는 아무도 없을 터인 그 장소에서 마치 동석자에게 질문하듯 입을 열었다.

**위장을 해제합니다.**

그와 동시에, 없을 터인 동석자의 기척이 나타났다.

GM: Message
**게임 마스터 권한에 따라 정보를 요청.**

《명예로운 피요르드》가 범인인지는 불명입니다.

《명예로운 피요르드》는 레네아 신광국에게 적대하지 않습니다.

《명예로운 피요르드》는 정신 오염이나 세뇌의 영향 아래에 있지 않습니다.

《명예로운 피요르드》는 앞선 대화에서 거짓말을 하지 않았습니다.


펜네는 나타난 기척에게 시선을 향했다.

그녀가 앉은 소파 옆, 조금 전까지 아무도 없었을 터인 장소에는 《화장의 성녀 소아리나》와 《흡입의 마녀 에라키노》가 홀연히 나타난 것처럼 머무르고 있었다.

"지금, 마스터한테 확인했어. 기사단장 군은 무죄. ……그러니까, 누군가의 앞잡이라든지 어디선가 세뇌당했다든지, 그런 수상한 점은 전혀 없다는 거야!"

"그래. 그 사람한테는 미안한 짓을 했네."

널리 모든 것을 매료하는 그 음색이 가볍게 떨리고, 펜네는 그렇게 후회의 말을 흘렸다.

"……정말로 비참하구나, 신뢰하는 동료를 의심하는 건."

"현재 상황을 고려하면 어쩔 수 없는 일이라고 생각해요. 펜네 님."

펜네의 고뇌를 위로하듯 소아리나가 말을 건넸다.

배려심 넘치는 말이지만, 그것은 자신들을 속이는 것에 불과했다.

생각은 어쨌든 행동은 명백하니까.

그녀들은 피요르드 개인을 의심하는 것이 아니었다.

성기사단원 모두를 의심하고 있었다.

반드시 해결하겠다고 피요르드가 선언한 뒤로 이미 며칠. 범인 은커녕 피해자조차 알 수 없는 상황.

게다가 정보가 퍼지지 않게 잘 뭉개고 있는 모양이지만, 피해 자가 또 하나 늘어났다.

이것이 자신들의 프라이드를 지키기 위하여 성기사단이 벌인 얄팍한 은폐인지, 아니면 무언가 암약이 진행된 결과인지는 분명 하지 않았다.

다만 성녀들은 이미 성기사단으로서는 해결할 수 없다며, 모양 새도 개의치 않고 그 능력을 활용하여 범인과 피해자 특정으로 분주했다.

하지만 그 결과는 앞서 보시다시피.

GM의 권한으로도 밝혀내지 못하고, 그렇기에 이런저런 측면 에서 진행하는 추론과 검증도 모두 무위로 그쳤다.

펜네는 창밖을 바라봤다.

해는 높이 뜨고, 작은 새가 사랑의 노래를 지저귀고, 사람들의 활기 넘치는 목소리가 들렸다.

지극히 평화롭고, 평온하고, 아무런 경이도 없이, 두려움 따위 는 어디에도 없는 이상적인 나라.

하지만 이 나라는 현재, 미지의 존재에게 공격받고 있다는 게 명확한 사실이다.

"에라키노. 파멸의 왕에 대해서는 어때? 그 상황에서는 결코 부활할 수 없을 거라 생각하지만……."

GM: Message

**파멸의 왕 이라 타쿠토의 생사에 대한 개시(開示) 요구.**

**결과: 불명**

"이라 타쿠토에 대해서는 불명이야. 일체의 정보를 확인할 수 없어."

하아, 크게 한숨을 내쉬고 에라키노가 고개를 가로저었다.

최근 며칠은 이렇듯이 조사 삼매경이었다. 모든 맹점을 메우고 결론을 찾으려 하는 마스터와, 그 결과를 성녀들에게 전달하는 에라키노는 말로 표현하지는 않을지라도 몹시 지쳐 있었다.

"불명이라는 건, 살아있다는 게 아닌가요? 모르겠다는 건 다시 말해 상대측이 무언가 위장을 진행한다는 증거라고 생각하는데……."

"그건 아니야, 소아리나. 게임 시스템에 대해서는 에라키노랑 마스터도 완전히 파악한 게 아니니까, 플레이어가 죽은 뒤에 어떻게 움직이는지 모르거든."

"그렇군요."

"게다가 다른 게임의 플레이어와 그에 강하게 영향을 받는 부하는 애당초 이쪽에서 영향을 미치기 힘들어. 아마도 다른 게임 시스템의 영향이 강하니까 이쪽에서 간섭하기가 어려워진다고 생각해. 요전처럼 직접 눈앞에서 한다면 다르겠지만, 원격으로 무언가를 하는 건 불가능한 것 같아."

에라키노와 GM은 자신들의 출신을 두 성녀에게 고백했다.

테이블 토크 RPG라는 게임의 능력을 가지고 이 세계로 찾아온 것, 아마도 비슷한 처지인 사람들이 여럿 존재한다는 것.

그리고 그런 이들끼리 승부를 결정하는 게임이 진행되고 있으리라는 것.

처음에는 황당무계하다고도 할 수 있는 장대한 그 이야기에 성녀들은 놀라움과 의심을 품었지만, 어느 시기를 기점으로 그 말을 사실이라 확신하기에 이르렀다.

'오랜 성녀의 신탁서' 안에 『종말의 도래』라고 제목이 붙은, 온몸의 털이 곤두서는 무서운 일이 그려져 있었던 것이다.

이 세계를 무대로 한 신들의 다툼.

반쯤 수상쩍은 것이나 과대 표현되었던 신화서의 예언이 진짜라면, 이 대륙 전체를 끌어들이는 다툼이 벌어진다는 것을 시사한다.

패자가 모든 것을 잃고, 승자가 모든 것을 얻는다.

사람들을 위해서라도 그녀들은 결코 질 수는 없었다.

이미 주사위는 던져졌고, 말은 결코 뒤로 돌아갈 수 없는 곳까지 나아간 것이었다.

"결국 어느 선부터 공격하는지도 모른 채로 끝이라는 거네. 충분히 시간과 여유가 있었는데도 들떠서는 시체를 확인하지 않았던 게, 아마도 잘못이었겠지."

드물게도 짜증이 났는지, 펜네가 양손을 쥐락펴락하며 중얼거렸다.

그 말에 의기소침한 것처럼 소아리나가 고개를 숙이고, 그녀를 배려하듯 에라키노가 허둥지둥 자리에서 일어났다.

"하지만하지만, 소아리나의 강력한 공격은 이라 타쿠토한테 확실하게 통했어. 에라키노도 봤는데, 그러고서 살아있을 리가 없어! 그렇지, 소아리나?"

"예, 틀림없이 신의 불꽃은 그 파멸의 왕을 완전히 불태웠어요. 그건 확실해요. 하지만…… 어쩌면."

시체를 확인하지 않았던 것은 잘못이라면 잘못이었다.

하지만 그 상황에서 누가 이라 타쿠토의 생존을 의심할 수 있을까?

절대적인 살의와 폭력으로 공격을 가하고, 그것들이 조금의 의심할 여지도 없이 상대에게 박혔다.

그에 의문을 제기한다면, 애당초 일련의 이 계획은 붕괴한다.

이라 타쿠토는 틀림없이 죽었다. 틀림없이 죽였다. 그것이 그녀들이 내린 판단이다.

하지만 이제 그 판단은 토대부터 무너지려 했다.

"이라 타쿠토가 살아있는지는 불명. 다만 무언가 위협이 존재하는 것은 자명. 어째서 성기사단원을 개별적으로 노린다는 에두른 방식을 사용하는지 알 수는 없지만, 적이 바로 앞까지 와 있는 건 분명해."

이미 GM의 능력을 사용하여 레네아에게 위협이 되는 세력의 조사는 마쳤다.

퀼리아도 엘 나도 현재로서는 관망하는 상황이고, 다른 암흑 대륙의 크고 작은 국가나 민족 중에도 자신들에게 적대 행동을 취하는 존재는 없다.

그렇다면 소거법으로 해답은 하나로 좁혀진다.

시스템의 간섭이 발생하여 생각대로 정보를 얻을 수가 없는 마이노그라뿐이다.

이미 방치해도 위협이 되지 않는다며 내버려 두었던 나라가, 지금은 꺼림칙할 정도의 존재감을 발하고 있었다.

"대체 무엇이 이번 사건을 일으키고 있을까요?"

지금 가장 먼저 고려할 수 있는 상황은…… 이라 타쿠토의 부하가 따로 존재했다. 그것이었다.

파멸의 왕의 유래가 시뮬레이션 게임이라는 사실은 암살 당시에 확인을 마친 정보다. 그녀들이 손에 넣은 《오니의 아투》는 그중에서 영웅이라는 카테고리에 들어갔는데, 혹시 그런 영웅이 아직 더 남아 있다면 파멸의 왕을 대신해서 나라를 움직일 가능성은 있었다.

그렇게 에라키노가 마스터가 전한 추측을 듣고, 성녀들의 표정이 어두워졌다.

영웅이 남아 있다니, 그것이 파멸의 왕을 대신하여 나라를 움직이고 있다니, 그런 이야기는 못 들었다고 생각했다. 하지만 그것을 지적해 봐야 무언가가 바뀔 리도 없었다.

오히려 GM도 에라키노도, 그리고 두 성녀도…….

수많은 정보가 주어지고, 게다가 정보를 얻어낼 수 있는 입장이면서도 그 점에 대해서 미처 주의를 기울이지 않았던 것이 가장 큰 문제였다.

모든 것을 아는 능력이 있다고 해서 모든 일에 최적의 해를 낼 수 있다고 단정할 수는 없다.

어렴풋했던 적의 존재가 점점 형태를 갖추고 있었다.

"에라키노 같은 게임의 존재는, 각자가 엄청 위험하고 엄청 강한 능력을 가지고 있거든. 그중에서도 마스터가 사용하는 《심판자》로서의 권능에 맞설 적 따윈 없지만, 그렇다고 다른 녀석이 약해지는 건 아니란 말이지…… 적이 아직 남아 있다면 빨리 대처해야 해."

사실 파멸의 왕 격파 당시에 에라키노는 아슬아슬한 시점까지 몰렸다.

다크 엘프들도 총기로 무장했고, 이라 타쿠토도 그 상황에서 순간적으로 자신들에게 대응해 냈다.

근소한 차이의 승리였기에, 결코 낙관시할 수는 없다.

에라키노의 독백에 두 성녀의 위기감이 격해졌다. 그녀들이 넘어서야 할 시련은, 아직 끝나지 않고 이어지는 중이었다.

"당장 위험한 건, 앞으로도 마이노그라가 활발하게 활동하는 거야. 으음…… 파멸의 왕을 확실하게 쓰러뜨렸다는 실적이 무척 중요하단 말이지, 펜네."

"그 말이 옳아. 파멸의 왕이 이끄는 나라인 마이노그라가 건재하다면 우리의 정당성을 의심받을 수 있고, 만에 하나 파멸의 왕이 살아 있다면 모든 것이 전제부터 무너지겠지. 그렇게 되어버리면 우리는 허위 선언으로 나라를 일으킨 선동가. 파문은 물론 목숨까지 위태롭겠지."

레네아 신광국은 파멸의 왕을 무찌르고, 세계를 덮치는 위협으로부터 미연에 사람들을 지킨 공적을 바탕으로 새로운 건국이 어느 정도 묵인되는 상태다.

신화 수준의 위업인 파멸의 왕 살해를 실패했다면, 그녀들의 입장은 그 순간에 위태로워진다.

그것은 마이노그라 활성화도 마찬가지. 가장 신에게 가까운 신도인 성녀에게 실수는 용납되지 않는다. 의혹의 시선을 보내는 것조차, 그녀들로서는 심각한 대미지가 될 수 있으니까…….

하지만 그녀들의 협력자는 신의 신도만이 아니다. 마에 속한 자 역시도 그들의 동료이고, 그것이야말로 광명이라고 할 수도 있었다.

"뭐! 그래봐야 아직 우리 턴은 끝나지 않았어! 여하튼 이쪽에는 전과 다르게 굉~장한 카드가 존재하니까 말이지♪"

"카드? 그건 뭐지, 에라키노?"

"후후후, 그거야 그거, 그거그거!"

""……?""

두 성녀가 동시에 고개를 갸웃거렸다. 그 모습이 어딘가 우스웠던 에라키노가 품 작게 웃음을 터뜨리더니, 이제까지의 분위기를 날려버리듯이 더욱 과장스럽게 익살을 떨었다.

"그러니까, 바로 게스트를 불러 버리죠! 마이노그라에서 온, 오니의 아투입니다!!"

이 시점에서 에라키노는 비장의 카드를 꺼내기로 한 것이었다.

..........

......

...

꿈을 꾸고 있었다.

어둡고 어두운, 어둠조차 존재하지 않은 암흑의 깊은 밑바닥에서 누군가가 말을 건네는 꿈이다.

그것은 무척 거대하고, 무척 무섭고, 다만 어딘가 곤혹스러워하는 모양이라······.

그것은 자신에게 무슨 말을 했나? 어떻게든 떠올리려고 했지만, 기억이 지독히 애매해서 안개가 드리운 것처럼 명료하지 않다.

다만 분명하게 알 수 있는 것이 있다.

그 누군가의 말은, 어딘가 다정하게 느껴지는 것이었다.

"······여기, 는?"

아투의 의식이 각성했다.

무언가 소중한 꿈을 꾸던 것 같지만, 전혀 떠오르지 않았다.

그 대신에 이 상황을 이해하고자 주위를 둘러보고, 간신히 자신이 처한 상황과 환경을 이해했다.

"──너희는!"

증오의 말이 뻗어나갔다.

동시에 가장 먼저 눈앞에서 헤실헤실 경박한 미소를 짓는 마녀를 꿰어 죽이고자 촉수를 뻗었지만······ 하지만 그 순간, 그 공격성은 불가사의한 힘으로 산산이 흩어졌다.

공격이 막힌 것은 아니었다. 아투는 자신의 의지로 공격을 그만두었다.

"아―, 안 돼 안 돼. 아투는 우리의 동료가 됐으니까 공격 같은 건 못 한다고. 말하자면 NTR! 그러니까 이제 과거의 남자는 잊고, 새로운 친구들과 친하게 지내자고? 자, 다들 아투를 기다리고 있으니까♪"

흘끗 주위를 둘러봤다.

주위에 있는 성녀가 자신을 빈틈없이 살피는 것을 확인하고, 기억을 되짚었다.

자신의 주인에게 손을 대고 말았다는 후회와, 동시에 증오할 터인 그녀들이 동료라는 실감.

그리고 마이노그라는 이제 자신이 돌아갈 장소가 아니라 적지라는 확신에 이르러서, 아투는 자신이 무언가의 능력으로 소속이 변경되었다고 이해했다.

"구역질이 나네요. ……공격할 수 없는 것은 물론 공격의 의지조차 생기지 않아. 기분이 좋겠네요. 그렇게 상대의 존엄을 짓밟는 것은."

"글쎄, 어떨까? 그저 우리도 필사적이었던 거야. 꿈을 이루기 위해서는 힘과 실적이 필요했고, 마침 그때 굴러다니던 그것에 위험을 알면서도 베팅했어. 결과적으로 모든 걸 손에 넣었을 뿐인 이야기♪"

서로의 말에 가시는 있지만, 팽팽한 긴장감은 이미 없었다.

굳이 따지자면 그다지 상성이 좋지 않은 동료들끼리 대화를 시작하고, 주위에서 가볍게 의식한다고 해야 할까.

시스템이 초래한 은혜는 절대적이었다.

에라키노가 가진 고유의 능력인 《흡입》으로 완전히 성녀 진영에 소속된 아투는, 반항적이지만 완전히 그녀들의 아군이 되어 있었다.

"힘과 실적…… 트로피가 될 생각은 없지만 뭐, 지금의 저는 사로잡힌 몸. 그러고 보니 동료니까 사로잡힌 것도 아니겠군요——그래서, 굳이 이렇게 의식을 깨웠으니 무언가 시킬 일이 있는 거겠죠?"

"홋홋홋. 이해가 빠르구나, 아투."

의미심장한 그 말에 아투는 싫다는 표정을 지었다.

변변치도 않은 일임은 자명하고, 귀찮은 일의 예감이 들었으니까.

"실은 말이지! 네 옛날 주인, 파멸의 왕과 그가 지배하는 마이노그라에게 대해서 가르쳐 줬으면 해! 너희가 가진 능력을! 파멸의 왕으로서의 권능을! 그리고 플레이어, 이라 타쿠토의 모든 것을!"

으득 이를 갈았다. 에라키노의 태도가 지독히 거슬렸다.

아투는 애당초 타쿠토의 생존에 의문을 품지는 않는다. 그를 상처 입혔다는 죄책감과 후회는 있었지만, 도저히 그 정도로 죽어 버렸다고 여겨지지는 않는 것이었다.

그녀가 타쿠토에게 가진 신뢰는 절대적이었다.

하지만 동시에 마이노그라 진영이 가진 능력의 모든 것…… 타쿠토의 능력이 밝혀지는 것의 중요성도 강하게 이해하고 있었다.

혹시 그녀가 지금 마이노그라 측이었다면 치명적인 그 상황에 얼굴이 새파래졌을 것이다.

그러나 이제 아투는 성녀들의 동료.

오히려 자신과 동료를 위해서 그 정보를 모조리 밝히는 것에 저항감은 없었다.

"물론 대답해 주겠지? 그게 말이지, 에라키노랑 아투는 동료니까."

다만 동료일지라도…… 에라키노가 짓고 있는 어딘가 내려다보는 것 같은 헤실헤실 살짝 기분 나쁜 미소는, 아투에게 강한 혐오를 품게 만들었다.

# 게임 마스터

게임 마스터 ( 이후 GM 으로 표기 ) 란 , 주로 테이블 토크 RPG 에서 시나리오를 주도하고 세션 참가자의 원활한 게임 플레이를 돕기 위한 존재입니다 .

---

그 역할에 따라 다양한 권한이 주어지고 , 규칙에 기재되지 않은 사항의 판단 , 때로는 규칙을 무시한 특별 판정도 인정되고 있습니다 .
게임의 원활한 진행과 더욱 좋은 플레이 체험을 창출한다는 목적에 합치하는 한 , GM 은 게임에 대하여 모든 권리를 행사할 수 있습니다 .

---

게임에 참가한 각 플레이어는 원칙적으로 GM 의 지시에 따를 필요가 있고 , 그 판정 결과를 받아들일 의무가 존재합니다 .
이에 항의할 경우에는 정당성 있는 이유가 필요하고 , 부당한 항의는 게임 진행 방해로서 페널티가 발생하는 경우도 있으니 주의하여 주십시오 .

---

GM 에게는 게임의 원활한 진행을 막은 플레이어에게 엄벌을 내릴 의무가 존재합니다 .
또한 그때에는 참가자 전원이 납득하는 심판을 반드시 진행해야만 합니다 .

---

GM 의 권한에서 이해해 둘 것이 있습니다 .
그것은 GM 은 어디까지나 한 사람의 참가자이고 , 역할에 필요하기에 권한이 주어진 것에 불과하다는 사실입니다 .
그래서 GM 은 누구보다도 높은 양식과 윤리관을 가지고 게임을 원활하게 진행할 필요가 있습니다 .

---

권리와 의무는 동시에 존재합니다 . 이것은 모든 참가자가 가져야만 하는 공통 인식입니다 .

"그래서 말이죠. 타쿠토 님은 이렇게 말씀하셨어요. 『딱히, 아투는 같이 있어주는 것만으로 충분해』하고. 그 말을 듣고 저는 역시나 타쿠토 님은 세계에서 가장 멋있고 훌륭한 분이라며 충성심을──."

"저기, 아투……."

한 소녀의 성대한 연설이 펼쳐지고 있었다.

그것은 조금 전부터 멈추지 않고, 차례차례 끝도 없이 이어졌다.

"아아, 멋있다고 한다면 이 이야기도 있었어요. 제가 장래를 위해서 요리를 배우려고 크게 결심했을 때의 이야기에요. 몰래 연습하고 있었는데 타쿠토 님께서 어디선지 모르게 알고서는 제가 손수 만든 요리를──."

"아투? 저기, 아투!"

첫 번째는 조심스럽게, 그리고 다음은 조금 강한 말투로.

곤혹스러운 마녀의 참견이 조금 전부터 들어왔지만, 잔뜩 들뜬 그 연설은 멈추지 않고 오히려 더더욱 열광적으로 진행되었다.

"그러고서 제대로 만들지 못했던 제게 타쿠토 님은 이렇게 말씀하셨어요. 『아투가 만들어 준 요리라면 뭐든지──』."

"이야기 좀 그만해! 이 팔불출!!"

연설이 최고조로 고양되었을 때, 마찬가지로 분노가 최고조에 다다른 에라키노의 노성에 아무도 원하지 않는 아투의 수다가 간신히 멈추었다.

아니, 어쩔 수 없이 멈췄다고 하는 편이 옳을 것이다.

실제로 그녀는 즐거운 한때에 찬물을 끼얹었다는 듯이 에라키노에게 불쾌한 시선을 보냈으니까.

"······어라? 아직 있었나요, 마녀."

"마녀가 아니야! 아니, 마녀이긴 한데······ 에라키노라는 이름이 있으니까 제대로 이름으로 부를 것!"

퍽퍽 책상을 기세 좋게 두드리며 외쳤지만, 상대하는 아투는 보다시피 마이동풍.

그녀는 에라키노가 이라 타쿠토의 정보를 요청하자마자 그저 그와의 추억 이야기로 꽃을 피운 것이었다.

제아무리 마녀 에라키노라도 이 모습에는 기겁하고 말았다.

정신없이 분노해서 냅다 외친 것도 무리는 아닐 것이다.

반면에 아투는 기가 죽은 기색도 없었다. 당연히 반성하지도 않았다.

"그래서 어땠나요, 마녀? 지금 엄청 좋은 부분이었다고요. 기껏 제가 직접 타쿠토 님과의 따스하고 친근한 에피소드를 가르쳐 주려는데 무례하기 짝이 없군요. 애당초 타쿠토 님에 대해서 듣고 싶다던 건 당신들이 아닌가요?"

"아니, 뭐 그렇기는 한데. 듣고 싶은 건 그런 사랑 이야기가 아니고······ 그보다도! 아투는 우리 진영이잖아?! 어째서 배신했는데도 적인 이라 타쿠토와의 추억 이야기를 태평하게 늘어놓는 거야?!"

"서로 적으로 찢어졌더라도 더더욱 서로에게 이끌리는 남녀라는 건······ 로맨틱하다고 생각하지 않나요?"

"이, 이 연애뇌가······!"

에라키노의 머리에 힘줄이 떠올랐다.

얼핏 보면 웃고는 있지만, 뺨이 굳었고 애당초 눈이 웃고 있지 않았다.

소중한 친구가 흐트러진 모습을 보다 못해서 옆에 앉아 있던 소 아리나가 허둥지둥 달랬지만, 그럼에도 에라키노의 분노는 수습 될 기색은 없었다.

그런 마녀를 상대로 같은 마녀인 아투는 의아하다는 시선을 보 내고는 이유도 알 수 없는 크나큰 한숨을 내쉬고, 마치 무지한 자 에게 가르침을 주듯이 조금 전부터 수다스러운 입을 다시 열었다.

"뭐, 확실히 저는 이미 당신들의 동료. 분하게도 타쿠토 님과는 적. 그건 틀림없어요. 전장에서 일단 마주한다면 일체의 자비 없 이 칼날을 내지르겠죠. 다만! 말씀드린다면! 제가 타쿠토 님께 품 은 이 마음 또한 진짜예요!"

"에, 에라키노는 너무나도 불안해졌어……."

묻지도 않은 선언을 하고 득의양양하게 가슴을 펴는 아투. 본 인은 만족스러워 보였지만, 막상 에라키노는 이미 한계였다.

끝내는 머리를 부여잡고서 그 자리에 푹 웅크리고 말았다.

옆에서 그녀를 달래는 소아리나도 이것만큼은 어쩔 수도 없었다.

이렇게나 머리가 꽃밭인 소녀가 꿈꾸는 심경으로 늘어놓는 망 언을 들으려고 부른 것이 아니었다. 이야기는 전혀 진행되지 않 았다.

"그래서, 조금 전부터 시끄러운 마녀는 제쳐놓고. 거기 성녀. 당신이 더 대화가 통할 것 같군요. 질문은 뭐죠? 타쿠토 님에 대 해서만 대답해 주도록 하죠."

에라키노가 강제 종료되어버린 것을 기회로, 다음 창끝은 옆에서 철저히 제삼자 입장에 있던 성녀로 넘어갔다.

자신에게 질문이 던져진 것에 소아리나가 어깨를 움찔 떨었다.

저도 모르게 도움을 청하듯이 펜네에게 시선을 향했지만, 그녀는 조금 떨어진 장소에서 벽에 기대어서는 이쪽을 관찰할 뿐, 대화에 들어올 기척은 일체 없었다.

지금은 중요한 상황이다. 질문 내용에 주의를 기울이지 않는다면 또다시 모노드라마가 시작되고 만다.

사랑에 빠진 소녀의 연극은 이미 질릴 만큼 들었다. 중요한 것은 앞으로 자신들의 운명을 좌우할 전략적인 정보였다.

"어어, 우선 파멸의 왕이 살아있는지를 알고 싶어요. 당신의 생각을──."

"살아있어요."

곱씹고 또 곱씹은 질문이 끝나기도 전에, 명확한 대답이 돌아왔다.

조금 전의 팔불출 같은 태도와는 돌변하여 진지한 모습이지만, 그 발언을 해석하기에 아투가 이라 타쿠토의 생존에 확신을 품고 있는 것은 딱히 신기한 일이 아니었다.

시선으로 계속 하라는 말이 날아와서, 생각에 잠겼다.

다음은 무엇을 물어봐야 할까? 애당초 그녀는 무엇을 바탕으로 이라 타쿠토의 생존을 확신하기에 이르렀나. 그 점에 대해서는 물어보고 싶은 참이었다.

"……이유는─? 그 상황에서 살아있을 리가 없잖아. 애당초 어디의 누구께서 심장을 꿰뚫었더라?"

조금은 회복한 에라키노가 소아리나를 대신해서 곧바로 날카로운 지적을 던졌다.

이렇게까지 단언한다는 것은, 무언가 속임수가 틀림없이 존재할 터.

확실하게 심장을 꿰뚫고 불태웠다. 그 안에서 생존한다는 것은 과연 어떠한 방식이나 능력을 사용했다는 말인가.

"타쿠토 님께서 살아있는 이유 말인가요? 이유는…… 굳이 말하자면 타쿠토 님이시니까요. 그것 말고는 없어요."

하지만 해답이 되지 않는 대답이 돌아왔다. 게다가 설명하기 어려운 부분은 완전 무시. 그래 놓고서 쓸데없이 자신만만했다.

또 이거다. 동료이기에 거짓말을 할 가능성도 낮으니 아무래도 진심으로 그렇게 생각하는 모양.

이래서는 어찌할 도리가 없다.

"이유가 안 된다고…… 그건 그렇고, 파멸의 왕의 첨병인 오니의 마녀가 이렇게나 사랑에 빠진 연애뇌였다니, 에라키노는 쇼크야. 그러고도 이제까지 잘도 제 역할을 했구나♪"

"저는 항상 완벽하게 역할을 수행했어요. 한 번도 실수나 제멋대로 굴어서 타쿠토 님을 곤란하게 만든 적은 없어요."

"정말이야? 그거 틀림없이 거짓말이야……."

그녀들은 착각하고 있지만, 애당초 이것이 아투의 본성이었다.

영웅이라는 역할이 있기에 어느 정도 자제하고 있었지만, 이제는 그것도 없다.

영웅으로서의 책무도, 부하로서의 의무도, 마에 속한 자로서의 본능도 더는 존재하지 않는 그녀는, 이제는 그저 이라 타쿠토를 너무나도 좋아하는 소녀에 불과했다.

쓸 수 있겠다며 확신에 가득 차서 투입한 카드였지만, 터무니없는 오산이었다.

"아, 겸사겸사 말을 하자면. 타쿠토 님께서 살아있는 건 확실하지만, 그 방법을 저는 전혀 알 수 없어요. 이건 절대 거짓말이 아니고, 이제 당신들의 동료인 제게 그걸 감출 필요 따위는 어디에도 존재하지 않아요. 오히려 제가 어떻게 한 것인지 알고 싶을 정도니까 나쁘게 생각하지 마시길."

"그럼 파멸의 왕 이라 타쿠토는, 당신에게 결코 알리지도 밝히지도 않은, 무언가의 방법으로 그 상황에서 생환 혹은 부활했다는 이야긴가요?"

"예, 저도 놀랍지만 타쿠토 님이라면 가능하겠죠. 역시 타쿠토 님, 적이지만 훌륭하세요!"

어딘가 황홀한 표정으로 허공을 바라보는 아투.

또다시 자신의 세계로 들어갈 태세인 소녀를 필사적으로 이쪽 세계로 돌려놓기 위한 말을 사고의 바다에서 짜내려던 소아리나는, 너무나도 배려가 없는 일임을 이해하면서도 그녀가 확실히 반응할 말을 입에 담았다.

"저, 저기! 아투…… 씨가 모른다고 한다면, 역시나 사실 파멸의 왕은 사라진 게 아닌가요? 그게, 당신에게는 잔혹한 이야기일지도 모르지만요."

"그럼 어째서 여러분은 제 조언을 원하는 건가요?"

그 말에, 조금 전까지의 대화로 어쩐지 붕 뜬 기분이었던 일종의 열기가 급속하게 식었다.

그녀의 말대로, 당초의 예정을 벗어나 오니의 아투에게 조력을 청한 시점에서 긴급사태였다.

그 지적에 바로 대답할 수 있는 사람이 이곳에 없다는 사실이, 아투의 말이 옳다는 사실을 더없이 증명하는 것이었다.

"혹시 정말로 파멸의 왕 이라 타쿠토가 사라졌다면, 여러분은 순풍에 돛 단 기분으로 국가를 계속 운영할 수 있겠죠. 다소의 저항은 있을지라도 당신들이 사용하는 그 비겁한 기술 앞에 적은 없어요. 그리고 저도 그대로 꿈에 빠져서, 결코 깨지 않는 인형으로서 끝나는 날까지 지냈을 테죠. 제 말이 틀렸나요?"

틀리지 않다. 전혀 틀리지 않았다.

이제까지 그 파멸의 왕을 상대로 사랑 이야기를 늘어놓던 네가 할 말이냐? 그런 기분은 다분히 있었지만, 그렇더라도 아투의 지적은 정곡을 찌르고 있었다.

오히려 어디까지나 부정할 수 없는 그 정확한 지적이, 그녀들이 처한 상황의 위험성을 똑똑히 보여주었다.

어스름하게, 결코 빛 아래로 나오지 않는 어둠이, 어디선지 모르게 다가오는 기척을 느낀다.

이해할 수 없다는 단순한 감정은, 그녀들에게 꺼림칙한 공포를 주기에 충분했다.

"애당초 말이죠. 모르실 테니까 말해두겠는데, 『Eternal Nations』

에서는 지도자가 패배하면 동시에 국가도 소멸하는 구조예요. 다시 말해서, 마이노그라가 존재한다는 것 그 자체가, 타쿠토 님께서 아직 건재하다는 증거인 거죠. 아앗! 타쿠토 님, 제가 없어서 쓸쓸하시진 않으실까요? 저는 쓸쓸해요, 타쿠토 님!!"

또다시 타쿠토에 대한 사랑을 이야기하기 시작한 아투를 제외한 전원이, 경악하여 아연실색했다.

지금 그녀는 무엇이라 했는가? 마치 당연하다는 듯이 이야기한 말은, 반쯤 그 사실을 예상하고 있던 그들로서도 받아들이기에는 조금 시간이 걸렸다.

"어라? 아, 아무래도 몰랐나 보네요. 잘됐네요, 이것으로 파멸의 왕의 건재는 확정되었어요. ……그래서, 어떻게 할 건가요?"

냉혹한 시선이 그들을 꿰뚫었다.

비난이나 부정이 아니었다. 단순하게 묻는 것이었다.

세계에 파멸을 초래할 존재를 앞에 두고, 다음은 어떻게 하느냐고?

"타쿠토 님은, 강하다고요?"

그저 그것뿐인 말에, 그들은 아무 말도 못 하고 한순간 압도당하고 말았다.

"그렇다고 해도 말이야! 우리는 이 사건을 해결해야만 해! 이라 타쿠토가 살아있을지라도, 패배할 수는 없다는 거야! 알겠어?! 패배할 순 없어! 절대로!!"

울컥 짜증이 난 에라키노가 히스테릭하게 외쳤다.

그 말에 아투는 무언가 생각에 잠긴 모습을 드러내더니, 이윽고 '으—옹' 하며 귀여운 목소리로 턱에 검지를 대며 아무것도 없는 천장으로 시선을 옮겼다.

"평범하게 불가능하니까 얼른 항복하는 건 어떨까요? 일단 동료의 인연으로 목숨 구걸의 탄원 정도는 해줄게요. 타쿠토 님도 제 부탁이라면 어느 정도는 들어주시겠죠. 타쿠토 님께 특별한 제 부탁이니까 들어주시는 거라고요? 그러니 지금 여기서 펑펑 눈물을 흘리며 기뻐하고 감사하세요, 제가 당신들의 동료라는 사실을."

흔들리지 않는다.

완전히 이라 타쿠토가 이길 것이라 생각하고 있다.

그리고 자신은 틀림없이 용서를 받고 살아날 수 있으리라 진심으로 믿고 있다.

티 하나 없는 그 눈빛은 이라 타쿠토를 일체 의심하지 않고, 배신하여 동료가 되었을 터인 자신들의 패배를 확신하고 있다.

그 자신감이 너무나도 짜증났다.

이제 한계라는 듯 에라키노는 있는 대로 싫은 소리를 늘어놓았다.

"애당초 아투는 이라 타쿠토를 배신해서 여기 있는 거라고? 우리의 힘으로 세뇌당했다고 해도, 파멸의 왕이 그런 배신자를 용서할까~? 어쩌면 이미 정나미가 떨어진 거 아냐? 따로 여자를 만들었을지도? 안 됐네, 차여버리다니 가여워라—♪"

"그럴 일은 없어요. 타쿠토 님은 언제나 제게 다정하고, 저를 이해하고, 저를 받아들여 주시는 거예요. 이번에도 틀림없이 전부 잘 풀려서, 최종적으로는 타쿠토 님께서 걱정했다며 다정하게 말을 건네주시겠죠. 어떠한 때라도 저를 가장 우선으로 생각해 주세요. 그것이 타쿠토 님이에요!"

"이해심 있는 남친이 아니니까 말이지! 그런 소녀의 망상 같은 일이 벌어질 리가 없잖아, 현실을 보라고!"

테이블을 쾅 걷어찼다.

마녀의 완력으로 걷어찬 테이블은, 넘쳐나는 폭거에 천장에 박히려고 했지만……, 그 전에 아투가 촉수로 받아냈다.

"남친이라니! 타쿠토 님과 저는 아직 사귀진 않아요! 무, 물론! 그, 그게, 그런 관계가 될 수 있다면 좋겠다고 생각은 하지만……."

손끝을 꼼지락꼼지락 움직이며 뺨을 붉히고 테이블을 살며시 원래 있던 장소로 되돌리는 아투.

기이하게도 상대하는 에라키노의 뺨도 붉게 물들어 있었다. 물론 그 이유는 정반대였다.

"즐겁겠네! 즐겁겠어! 인생이 장밋빛이겠네!! 잘됐구나, 아투! 서로 목숨을 걸고 있다는 거 알아? 죽고 죽이는 사이라고?!"

"물론 이해하고서 하는 말이에요. 당신들이야말로 알고는 있나요? 지금 당하고 있는 공격의 정체고 뭐고, 전혀 판명하지 못했잖아요?"

정곡을 찔린 모양새가 되었다.

기본적으로 사랑에 빠진 상태인 마녀 아투이지만, 요소요소에서 날카로운 지적을 날렸다.

확실히 이미 페이스는 상대측으로 넘어갔다고 할 수 있을 것이다.

이쪽은 일방적으로 피해를 당하고, 선수를 빼앗기는 상황이라

할 수밖에 없었다.

위험한 상황이라는 사실은, 새삼스럽게 말하지 않더라도 이곳에 있는 전원이 아는 바였다.

"저는 용서를 받겠지만, 여러분은 틀림없이 모두 죽을 거예요. 살려줄 이유가 어디에도 없으니까요. 제 입장에서 보면, 여러분이야말로 당사자라는 의식과 위기감이 부족해요. 상대는 바로 그 타쿠토 님이니까요."

"바로 그렇다면 우리는 저항해야 해, 마녀 아투. 가르쳐 줘…….네가 아는 지식에서, 이라 타쿠토의 카드 안에 이 상황을 일으킬 수 있는 자나 방법이 존재하는지를."

펜네가 간신히 입을 열었다.

베일에 가려서 표정은 보이지 않지만, 무언가 깊은 의도를 가지고 간신히 이 무대에 올라온 것처럼도 여겨졌다.

아투는 조금 의아하다는 듯 펜네를 바라보고, 잠시 후에는 조금 전과 전혀 다른 무뚝뚝한 표정으로 그 이름을 언급했다.

"해당되는 인물이 하나 있어요. 《행복해지는 설화(舌禍) 비토리오》. 적국의 선동과 소란에 뛰어난 영웅이에요. 그 영웅이 있다면 기만 정보 따위로 우리를 혼란시키는 것도 쉽겠죠. 더구나 제가 가장 싫어하는 영웅이에요."

"그것이 소환되었을 가능성은?"

펜네가 거듭 물었다. 처음으로 아투에게서 명확한 정보가 나온다는 사실에, 에라키노와 소아리나도 마른 침을 삼키며 지켜보고 있었다.

"없다고 단언할 수는 없겠지만, 적어도 제가 있던 무렵에 소환된 기억은 없어요. 현재의 시설과 연구도로 생산은 가능하니까 가능성은 버릴 수 없겠지만 말이죠. ……다만, 저는 아니라고 생각하지만."

이라 타쿠토의 생존 확신과 마찬가지로 근거 없는 감에 따른 것이었다.

하지만 현재로서는 그 정보로도 충분했다. 이 상황을 일으킬 수 있는 영웅이 상대측에 존재할 가능성이 있다는 사실이 명확해진 것만으로도 이쪽은 진실에 한 걸음 가까워진 것이니까.

"그 밖에 걱정해야 할 점은?"

"중요한 것이 몇 가지 있으니까 나중에 이야기할게요. ……아무래도 여러분은 지나치게 낙관시하는 것 같으니까 저도 걱정이에요."

아투는 잠시 생각하며, 눈앞의 소녀들이 가진 형용할 수 없는 위태로운 부분을 떠올렸다.

이 상담을 받았을 때, 자신과 타쿠토가 『Eternal Nations』라는 시뮬레이션 게임의 능력을 가진 존재라는 사실은 가르쳐 주고 공유했다.

하지만 표면적인 게임 시스템의 특징 이외에도 그들이 모르는 많은 현상이 존재하는 것이었다.

예를 들면 마이노그라가 브레이브 퀘스투스 마왕군이 가져온 금화로 급속하게 갖춘 군사력. 예를 들면 폰카븐과의 동맹 관계와 무기 공여. 예를 들면 만월에 힘이 가장 강해지고, 광기와 함께 무차별적인 피해를 주위에 초래하는 자매…….

그녀가 진심으로 경애하는 타쿠토가 설령 그때 목숨을 잃었을지라도, 그녀들의 어리석음을 놓치지 않고 계속해서 불씨가 남아 있음은 확정적이라고 할 수 있을 것이다.

본인들은 공들여서 준비를 갖추었다고 생각하는 모양이지만, 모든 것이 지나치게 적당주의였다.

그저 억지로 진행시킬 능력이 있었기에 여기까지 올 수 있었을 뿐인 이야기였다.

"여러분과 저는, 우선 타쿠토 님께서 미지의 방법을 사용하여 이쪽에 공격을 가한다는 걸 이해해야 하겠죠. 온갖 상황을 의심하고, 항상 대처할 수 있도록 해두세요. 지금부터 저도 여러분과 항상 함께 행동할 테니까 결코 떨어지지 않도록. 지금 이 순간부터 싸움이 시작되더라도 이상하지 않으니까요."

"……그러네, 경계심을 높이는 건 동의할게. 그리고 이야기해 줘, 오니의 아투. 이라 타쿠토가 살아있다고 가정하고, 굳이 몰래 움직이는 이유는 알 수 있을까?"

"——뭐, 십중팔구 제 신병이겠죠!"

하아…… 누구 할 것 없이 한숨을 내쉬었다.

그것으로 끝이었다. 이 이상은 또다시 사랑 이야기를 들어야만 할 것이다.

아니, 그녀도 이해하지 못하는 것이었다. 이라 타쿠토가 무엇을 하고 있을지를.

"아투는 사로잡힌 공주님이라는 거구나. ——그렇다면 조금 더 얌전히 있어 줬으면 좋겠는데."

"요즘 시대에, 그런 건 유행하지 않는다고요?"

"대체 그게 무슨 시대야! 여긴 판타지 세계인데!!"

더는 비아냥거릴 말도 없었는지, 적당히 대답을 하며 에라키노는 이제까지 나온 정보를 곱씹었다.

아투의 말은 여전히 편견으로 가득했지만, 그녀의 신병을 원하여 이라 타쿠토가 이런 암약을 거듭하는 것은 어떤 의미로 옳은 추측일지도 모른다.

그만큼 공들인 준비를 통해서 파멸의 왕을 처리했지만 사실은 살아있다니 부아가 치밀지만, 이 마당에 이르러서야 그 사실도 받아들여야만 할 것이다.

이라 타쿠토는 살아있다. 그리고 지금 이 순간에도 이쪽을 향해 손을 뻗고 있다. 그것을 전제로 행동해야만 한다.

파멸의 왕은, 무언가 미지의 수단을 이용하여 그녀들이 가진 절대적인 능력을 봉쇄했다.

그렇지 않다면 《심판자》로서의 능력을 가진 이쪽이 이렇게까지 곤란에 빠질 리가 없었다.

그들이 각자 생각에 잠겼기에 기묘할 정도로 조용한 시간이 찾아왔다.

그대로 영원히 이어질 것만 같던 침묵을 깬 것은, 자연스러운 동작으로 검지를 딱 세워든 아투였다.

그 동작에 모두의 시선이 그녀에게 모였다.

"제가 아는 한 타쿠토 님은 틀림없이 일반인이고, 《지도자》로서의 권능 이외에는 물리적인 힘을 가지시지 않으셨어요. 하지만 지금 벌어지고 있는 일은 그것들을 모두 부정하고 있죠."

아투는 담담하게 이야기했다.

이라 타쿠토라는 인물이 가진 위험성을. 다름 아닌 동료를 위해서.

타쿠토는…… 그는 틀림없이 일반인이었다. 『Eternal Nations』의 국가 지도자로서의 힘을 가진 것 말고는 아무런 특이한 점도 없는, 중병으로 젊은 나이에 목숨을 잃었을 뿐인 보잘 것 없는 평범한 인간.

하지만 본래는 불가능할 터인 일을 이루어낸다. 그것을 결코 보통이라고는 말하지 않는다.

이라 타쿠토는, 이상하다.

"조심하세요. 타쿠토 님은 저희의 이해가 미치지 않는 저 높은 곳에서, 모든 것을 꿰뚫어 보고서 행동하신다는 거예요. 그렇죠, 적인 저를 빼앗기 위해!"

가장 하고 싶은 대사를 외친 아투는, 만족스럽게 소파 깊이 푸─욱 몸을 파묻었다. 하고 싶은 이야기를 전부 마쳤는지 이상하게 기분이 좋았다.

"하아……. 결국 아무것도 알아내지 못하고 끝. 모른다는 걸 알았을 뿐인가. 아투 도움 안 돼……."

"아뇨, 저는 무척 도움이 되었어요. 그게 말이죠, 모두가 살아남을 유일한 조언을 할 수 있었으니까요. ──냉큼 항복해요. 그것만이 살아남을 방법이에요."

그렇게 단언하고 만족스럽게 눈을 감는 아투.

아직 이야기는 끝나지 않았다는 듯 에라키노가 그녀에게 거듭 질문했지만 결국 이후로는 이라 타쿠토에 대한 뜨거운 마음을 이야기할 뿐, 정말로 의미 없는 시간이 지나가는 것이었다.

## 제4화 불난 집의 도둑

레네아 신광국.

정통 대륙의 남부에 위치한 신생 국가는, 달리 말하면 암흑 대륙과 지리상 접촉하고 있다.

당연히 그것은 암흑 대륙의 국가와 쉽게 교류가 가능함을 의미하고, 비례하여 영토와 관련한 문제가 발생하는 것을 의미한다.

하물며 이런 상황이다. 많은 생각이 뒤얽히고, 예상하지 못한 일로서 출현하는 것은 당연한 귀결이다.

"이야기가 안 통하네요! 더 높은 사람을 불러줘요! 당신하고는 대화가 안 돼요!"

"이, 이건 큰일인데……."

부대를 지휘하는 상급 성기사 남자는, 눈앞에서 무척 격렬한 자기주장을 펼치는 폰카븐 사람 때문에 몹시 곤란했다.

모든 일의 시작은 언제였던가.

새로운 국가가 탄생하는 격동의 그날부터 그다지 시간이 흐르지 않은, 지배 지역의 각 촌락에서 진정서가 산더미처럼 날아오던 것은 기억에도 새롭다.

그중에서도 긴급성이 아득히 높았던 것이, 암흑 대륙과의 접촉 지역에 나타난 미지의 괴물에 대한 것이었다.

첫 진정서는 누가 보낸 것이었던가, 아마도 암흑 대륙과 정통 대륙을 오가는 행상인의 진정서였을 터.

암흑 대륙 근처에서 미지의 몬스터를 발견했으니 성기사에게 토벌을 청한다. 이런 내용이었다.

발견 장소에서 그다지 거리를 두지 않고 작은 촌락이 있었던 것, 게다가 정확도는 낮지만 무척 흉악한 존재라는 것이 보고에 시사되어 있었기에 무척 당황했던 것을 상급 성기사 남성은 기억하고 있었다.

'안 그래도 몬스터 위협이 남아 있는데, 이대로는 시간만 잡아먹는 게 아닌가!'

상층부가 건국의 혼란으로 움직임을 취할 수 없는 가운데, 서둘러서 손이 비는 동료 성기사나 부하 병사들에게 말을 건네어 토벌대를 조직했지만, 그곳에서 본 광경은 상상을 넘어서는 것이었다.

보는 것만으로 정신이 오염될 것 같은 괴이한 괴물들.

거대하고, 흉악하고, 어떠한 생물의 특징에서도 벗어나 있었다.

마치 성서에서 말하는, 이계에서 솟아나온 것 같은 이형의 존재들은, 겉모습 이상의 위험성을 내포하여 결사의 각오로 토벌을 진행해야만 했다.

그런 가운데 우연히 조우하여 그들과 마찬가지로 지역 평정을 위해 몬스터 토벌에 나섰다고 주장하는 것이, 그들 폰카븐의 무리였다.

"그ー러ー니ー까ー! 할 일이 같다면, 나라들끼리 함께 협력하는 편이 낫다고 하는 거예요! 어째서 그걸 모르나요?! 적당히 하지 않으면 나도 화낼 거라고요!"

"아니, 이미 화내고 있는 것 같기도 한데……."

"그야 당연하죠! 정말로 벽창호네요!"

큰일이다.

그것이 레네아의 성기사들이 한결같이 품은 감상이었다.

그들은 원래부터 백성의 안녕을 위해 이 땅을 찾았다. 처음부터 목표는 미지의 몬스터 토벌이고, 어떻게든 모양새만이라도 갖춘 준비는 모두 그 목표를 위해서 존재한다.

그렇기에 이 자리에서 정치적인 대응은 예상 밖으로, 가능하다면 판단을 피하고 싶은 참이었다.

레네아 신광국은 성왕국 퀼리아로부터 갈라져 나온 종교 국가이다.

모든 것에서 성서를 바탕으로 한 법치가 국가의 기초이고, 선조의 영혼을 믿는 독자적인 종교관을 가진 폰카븐과의 교류는 신중을 기할 필요성이 다분히 있었던 것이다.

"어·쨌·든! 비공식이라도 괜찮으니까 높은 사람이랑 이야길 하게 해줘요! 이대로는 당신 나라도, 우리나라도 큰일이 벌어진다고요. 아, 가능하다면 성녀님이랑 친해지고 싶으니까, 성녀님으로 부탁해요!"

동료들이 술렁이고, 황급히 등 뒤로 진정하라며 신호를 보냈다.

무슨 생각인지는 모르겠지만, 신에게 직접 은총을 받은 성녀를 지명하다니 오만불손함에 참을 수 없다는 반응이었다.

동료들의 분노도 지당, 하지만 지금 이쪽에서 손을 대는 것은 악수나 마찬가지. 폭언이나 비난도 조심해야 할 것이다.

그에게도 위기감이 있고, 그것은 일정하게 이해할 수도 있다.

먼저 싸운 박쥐 날개를 가진 뱀 몬스터를 떠올리고, 이 부대의 통솔을 맡은 대장 성기사는 냉정을 되찾고자 작게 심호흡했다.

쓸데없는 언쟁을 벌여서 사명을 잊을 정도로, 상급 성기사라는 존재는 무능하지 않다.

다만 기탄없이 자신에게 의견을 부딪치는 소년에게 어째선지 호감을 품고 있기도 하지만…….

"성녀님은 쉽게 모습을 보여주실 수 없어. 게다가 현재는 가장 중요한 시기이기에 찾아 뵙는 것도 어려워. 귀공도 이해할 거라 생각한다만, 애당초 시간이 부족해. 이 상황은 우리끼리만 해결할 필요가 있다고 생각하는데."

"으─응, 확실히 그러네요! 알겠어요! 그럼 딱히 당신이라도 상관없으니까 퀼리아와 폰카븐의 계약을 맺죠! 지금! 여기서!"

"아, 아무리 그래도 그건 내 권한이 아니야! 그렇게 제멋대로 구는 게 허락될 리가 없잖아! 그리고 퀼리아가 아니라 우리는 레네아 신광국이다!"

"그런가요. 어쨌든 저는 제대로 권리가 있으니까 괜찮아요. 그보다도 귀찮으니까 여기서 정식으로 국교를 성립해 버릴까요. 이만큼 이야기했다면 그걸로 이제 충분하겠죠."

"아니, 안 되지! 귀공은 괜찮아도 우리가 문제라고!"

"에~~."

갑자기 이야기가 비약할 뻔해서 황급히 소년의 말을 막았다.

어린아이의 헛소리라고는 생각하지만, 방치했다가는 너무도 위험했다.

과연 이런 어린아이한테 그런 권한이 있을까?

만에 하나라도 어딘가 도련님의 막무가내 월권 행위였을 경우에는 자신들의 권위에도 손상이 간다.

그런 자기보신과도 비슷한 생각이 자신의 뇌리를 스쳤지만, 어쨌든 대답할 근거도 권리도 없는 것이 다행이었다.

물론 외교적 대응을 보류하더라도 현실적으로 존재하는 문제── 그러니까 미지의 몬스터가 해결되는 것은 아니다.

"문제는 없다고 생각하는데요. ……그래도 이거, 솔직히 위험하지 않나요? 이 몬스터, 상상 이상으로 강해요. 우리는 어떻게든 격파할 수 있었지만, 대충 보기에도 나름대로 숫자가 있을 것 같아요. 놓친 녀석이 퀄리아의 마을로 갔다가는 큰일이라고 생각하는데……."

"퀄리아가 아니라 레네아다. 하지만, 그건, 확실히 그렇겠지. 으음……."

소년──페페의 이야기를 듣고 있던 성기사들은 무심코 동료나 부하에게 시선을 향했다.

높은 전투 능력을 가진 중~상급 성기사들은 문제없지만, 하급 성기사나 병사들의 소모가 극심했다.

다행히 사망자나 중상자는 나오지 않았지만, 이 상황이 이어진다면 언젠가 희생자가 나올 것은 자명하리라.

암흑 대륙과의 접촉 부분은 지리적으로 오므라들어 좁은 형태라고는 해도, 부하들만으로 일망타진하기에는 지나치게 광대했다.

폰카븐의 힘을 빌릴 수 있다면 얼마나 도움이 될까.

그들이 가진 의문의 무기는, 한마디로 하자면 기묘했다.

지팡이 같은 것이지만, 끝에서 파열음과 함께 작은 돌 같은 것이 발사되었다.

무언가 마도구의 일종일까? 하지만 수십 명 정도인 그들 폰카븐군 전원이 장비하고 있었다.

위력과 높은 숙련도를 봐서는 정예 부대나 실험 부대라고 생각하지만, 부대를 이끄는 자가 이상하게 허물없는 이 소년인 만큼, 위화감이 더 강한 인상을 받았다.

대장인 상급 성기사는 대답이 궁했다.

여기서는 이야기가 안 된다며 상대를 돌려보내는 것은 간단하다.

하지만 자신들이 새로운 지도자를 맞이하여 갓 탄생한 이 나라는, 아직 불안정한 상황에 처해 있었다.

아무리 성녀와 신의 가호가 있을지라도, 눈앞에 있는 문제가 곧바로 해결되는 것도 아니다.

적어도 과거의 고향이었던 퀼리아 본국과의 관계는 어쩔 수 없이 긴장 상태에 빠질 테고, 게다가 엘 나와의 관계도 걱정된다.

덧붙여서 건국에 따른 혼란으로 상층부의 지시도 어지러운 느낌이었다.

성녀 명의의 지령서와 성기사단장 명의의 지령서가 따로 전달되고, 내용도 정반대로 오고 있었다.

자신들도 반쯤 억지로 움직여서, 처벌도 각오하고서 이곳을 방문했다.

그렇다고 해서 자신의 잘못을 더더욱 늘리고 싶은 것은 아니고, 덧붙여서 현재 타국과 문제를 일으킬 여력 따위는 자국 어디에도 없었다.

일찍이 대국이었던 무렵과는 달리, 아무리 암흑 대륙에 사는 문화가 뒤처지는 국가라고 해도 경시할 수 없는 사정이 있었다.

"일단 협력해서 몬스터를 퇴치하죠. 난 제대로 입 다물 테니까 안 들킬 거예요……."

어째선지 나쁜 장난을 꾸미는 것처럼 작은 목소리로 그렇게 이야기하는 소년.

그에게 이끌렸는지 아니면 우연인지, 동료들도 작은 목소리로 의견을 진언했다.

"대장님…… 지금은 일시적으로라도 협력하는 편이. 우선 몬스터를 퇴치하고, 희생자를 내지 않는 게 우선입니다."

"아니, 신도의 견본인 성기사가 월권행위라니, 아무리 긴급이라고는 해도 이 이상은 허락되지 않는 일입니다! 최소한이라도 국방의 권한을 가진 사제님의 허가가 필요하지 않겠습니까."

"그보다도 그들이 사용하는 무기 말입니다. 저 위력은 간과할 수 없습니다. 바로 조사할 것을 건의 드립니다."

삼인삼색의 의견이었다.

아니, 데려온 기사단원의 숫자만큼 제각각의 의견이 올라왔다.

급하게 편성한 부대이기에 통솔이 제대로 되지 않았다.

성기사들은 다들 일기당천의 맹자이지만 굳이 따지자면 개개인의 임무가 많기에, 이런 돌발적인 정치적 판단이 필요한 상황에서는 그다지 쓸모가 없었다.

물론 이 자리에서 대장을 맡은 상급 성기사 남자도 예외가 아니었다.

상대부터가 무슨 막무가내 도련님인지 불명이다. 하지만 일사불란한 대열을 갖추고, 그의 배후에서 경계를 하며 지령을 기다리는 폰카븐군에게 문화에서 뒤처진다는 평가는 어울리지 않았다.

이래서는 누가 문명국인지 알 수가 없군.

그다지 칭찬받을 일이 아님을 알면서도, 차별적인 마음이 자연스럽게 드러나 버릴 만큼 남자는 몰려 있었다.

'젠장, 어째서 이 타이밍에 몬스터 따위가 나타난 거냐. 한 달만 있으면 문제없이 대처할 수 있었을 텐데…….'

'정식적인 협력은 거절하고서, 서로에게 무언가 문제가 있다면 원호하는 형태로 움직일까? 전력 분산은 뼈아프지만 최악의 경우, 촌락 부근의 방어와 주변 지역 경계에만 주력한다면 가능하겠지.'

'하지만 그들의 무기가 문제야. 저건 어떠한 원리로 움직이는 거지? 그들의 독자적인 마법 기술일까? 적어도 퀼리아나 엘 나에서는 들어본 적 없어. 성기사라면 모를까, 일반 병사로서는 전혀 상대도 안 되겠지. 시급히 조사할 필요가 있어.'

'애매모호하게…… 이 상황을 적당히 얼버무리고, 어떻게든 몬스터를 퇴치할 수 있을 애매모호한 대답이 필요해. 뭔가, 뭔가 없느냐.'

최종적으로 대답 회피와 문제 연기라는 판단을 내리고자 했다.

빨리 무언가 방침을 정하고, 우선은 몬스터 토벌에 주력하고 싶다는 생각이 있었다.

하지만 아주 조금, 그 판단은 늦었다.

"──적이다!!"

""윽?!""

주변을 경계하던 폰카븐 병사가 보고하는 목소리를 높였다.

모두가 말없이 생각에 잠겨 있었기에 제대로 울린 그 목소리는, 이 자리에 있는 모든 이의 의식을 바꿔놓았다.

보고한 그곳에서는, 몇 번인가 목격한 미지의 괴물이 이쪽으로 돌진하고 있었다.

"젠장! 총원 발검! 중급과 상급 성기사는 앞으로! 신의 위광을 보여주는 것이다!"

"와─앗! 와─앗! 총원 전투태세! 퀄리아 여러분한테 오사하지는 말도록!"

"퀄리아가 아니다! 우리는 레네아 신광국이다!"

몬스터가 내지르는 심장을 움켜쥐는 것만 같은 꺼림칙한 외침을 신호로, 빛의 나라의 기사들과 다종족 국가의 전사들이 공통의 적을 조준했다.

이렇듯이 정통 대륙과 암흑 대륙의 접촉 지역은 혼란이 극에 달하는 모습이었다.

테이블 토크 RPG의 캐릭터로 제작되고, 암흑 대륙의 누름돌로서 소환되어 GM의 감시와 관리에서 벗어난 괴물 때문에.

혼란은 혼란을 부르고, 상황의 긴급성도 있어서 그 후로는 어쩔 수 없는 분위기로 협력 태세가 갖추어졌다.

성기사들은 자신의 직무를 다할 뿐이었다. 그들의 임무는 백성의 검이자 방패가 되는 것.

그 본질은 어디까지나 전사였다.

그렇기에 그들을 비난할 수는 없다.

이런 혼란을 틈타 폰카븐의 부대가 구 퀼리아 남방주 지역──다시 말해 레네아 영토까지 진군하여 은근슬쩍 자리 잡을 계산일 줄은…… 그야말로 예상도 못 할 일이었으니까.

"그아────악!!"

밤도 으슥할 무렵. 폰카븐의 몬스터 토벌 부대 야영지에서 순수하고 분별력 없는 소년의 외침이 메아리쳤다.

"어째서 멋대로 부대를 움직이는 짓을 한 거냐, 이 멍청이! 이 상황에서 움직이다니 나라를 멸망시키고 싶은 거냐?!"

천막 중앙에 무릎을 꿇고서 머리에 커다란 혹을 달고 있는 것은 폰카븐의 지도자이자 지팡이술사 페페.

맞은편에는 같은 지팡이술사이자 그의 지도 담당이기도 한 트누카폴리였다.

소머리 노파는 매번 터무니없는 짓을 저지르는 눈앞의 소년에게 노발대발해서 잔소리를 퍼붓고, 그 행동을 나무랐다.

평소보다 가차가 없는 것은, 그가 저지른 일의 중요성과 위험성을 가미했기 때문이었다.

"아니, 새로운 땅이 좀 필요하겠구나 싶었으니까. 이 타이밍이라면 될 것 같다고 내 안의 악마가 속삭여서!"

태연하게 꺼낸 그 이야기에 더는 말도 나오지 않았다.

그런 적당한 이유로 군을 움직여서야 말도 안 된다.

어린애가 장난감을 조르는 것과는 다른 것이다.

트누카폴리는 머리를 부여잡고, 폰카븐이 처한 이 상황을 어떻게든 되새김질하여 이해하고자 노력했다.

'땅은…… 확실히 중요해! 드래곤탄을 양도한 지금, 폰카븐의 지배 영역은 축소되어 있어. 마이노그라가 제공한 무기 덕분에 국방의 전망도 선 지금, 정통 대륙의 비옥한 땅은 매력적이지. 하지만 아쉽게도 이유로서는 약해.'

폰카븐이 굳이 이곳으로 군을 움직일 필요성은 사실 그렇게 많지 않았다.

땅의 경우에는 암흑 대륙에 손을 대지 않은 곳이 광대하게 존재하는 것이었다.

물론 그곳은 황폐하고 작물도 잘 자라지 않아서, 도저히 좋다고 말할 수는 없을 조악한 곳이었다.

하지만 마이노그라와 공동으로 개발하는 대지의 마나와 대지의 군사 마법을 이용하면, 그곳들의 비옥화와 개간도 충분히 가능한 것이었다.

그렇다면 굳이 불씨가 될 장소에 손을 댈 필요는 없다.

확실히 미지의 몬스터에 대한 걱정은 있을 것이다.

일찍이 폰카븐을 괴롭힌 야만족 대침공을 방불케 하는 모습은, 곧바로 조사가 필요한 긴급성 높은 현상이다.

그렇다고 해서 성직자들의 앞마당에서 여봐란듯이 할 일은 아니다.

그러기는커녕 이미 마당 안까지 들어와서 군사 행동, 문제가 되지 않을 리가 없었다.

페페는 바보다.

바보라서 생각 없고, 윗사람에 대한 예의는 전혀 없고, 터무니없는 짓을 항상 저지른다.

하지만 어리석지는 않다.

그러기는커녕 폰카븐을 이끄는 자로서, 중요한 국면에서는 항상 최선의 선택을 취했다.

설령 본인이 그저 충동적으로 행동한 결과였을지라도, 중대한 의미가 감추어져 있었던 경우가 너무도 많아서 셀 수가 없다.

이제까지 그랬다. 그렇다면 이번에도 그럴 가능성은 높다. 오히려 이렇게나 빠른 행동을 고려한다면 아무 책략도 없을 리가 없다는 사실만큼은 명백했다.

그 실마리를, 트누카폴리는 어떻게든 찾아 내고자 시도해 봤다.

"페페. 무슨 생각을 하는 거냐? 아무리 그래도 이 이상 대충 넘어가는 건 안 돼. 슬슬 계획을 들려다오."

"으—응……."

페페는 천성적이며 보기 드문 정치 센스를 가지고 있다.

그런 그가 군대를 움직여 이곳까지 침공하는 위험성을 못 알아차렸을 리가 없다. 그것이 직감일지라도…… 아니, 직감에 뛰어난 그이기 때문이다.

그렇다면 반드시 가지고 있다.

위험하기 짝이 없는 이 결단을 밀어줄 만큼의 재료를.

말해주고 싶지 않은 것인가, 아니면 말해줄 수가 없는 것인가.

무언가 음음, 계속 신음하는 페페를 상대로, 그의 입이 가벼워지도록 익숙하다는 듯 노파는 추가타를 날렸다.

"알다시피 현재 마이노그라는 상황이 상황이다. 무언가 문제를 품고 있을 텐데, 함부로 움직인다면 상대의 기분이 상할 거라고? 너도 친구한테 미움을 받고 싶지는 않을 텐데, 그건 어떻게 생각하는 거냐?"

"아, 타쿠토 군한테는 상담을 하고서 직접 허가를 받았으니까 괜찮아요."

트누카폴리는 또다시 머리를 부여잡았다.

전혀 괜찮지 않았으니까.

폰카븐은 지팡이술사들의 합의를 통해서 국가의 운영 방침을 정한다.

예의 노인들은 이미 은거하는 분위기라, 대외 교섭이나 국가의 방향성에 대해서는 후계자인 페페에게 맡길 작정임은 반쯤 주지의 사실이다.

그렇다고 해도 국가의 방침을 이다지도 척척 정해서야 역시나 문제가 많다.

게다가 말이다. 상대는 다름 아닌 파멸의 왕. 보고 정도는 제대로 해달라며 말하고 싶다.

'그보다도, 어느새 이라 타쿠토 왕과 회담을 가졌지?! 그 왕은 암살 미수 사건 이후, 모습을 드러내지 않고 있어. 신하들이 거절하기도 해서 폰카븐 측으로서는 그의 행방을 파악하지 못했지. 페페의 감시자한테도 그런 보고는 없었는데, 대체 어떻게 된 일이냐.'

트누카폴리 안에서 뭉게뭉게 의문이 피어올랐다.

우선 이야기를 흐름을 정리해 봤다.

마이노그라와 폰카븐의 드래곤탄 양도식전에서, 이라 타쿠토 왕은 누군가에게 암살당할 뻔했다.

그 후, 그 왕의 무사는 신하인 엘프루 자매에게 비밀리에 연락을 받아서 확인했지만, 어째선지 측근일 터인 아투의 존재와 함께 행방을 감추고 있었다.

이윽고 성왕국 퀄리아의 남방주가 성녀의 주도로 이탈. 레네아 신광국이라 자칭하며 건국을 선언했다.

동시에 정통 대륙과 암흑 대륙을 분단하듯이 미지의 몬스터가 출현하기 시작했다.

'마이노그라의 대응을 생각하기에, 모든 정보를 폰카븐 측에 전할 리는 없겠지. 암살 미수 사건과 퀄리아에서의 정변, 그리고 이번 몬스터 발생은 별개의 일인가 싶었지만, 어쩌면 이어져 있는 건가?!'

여기에 이르러서 트누카폴리는 진실에 도달했다.

성가신 일이 몇 가지나 동시에 벌어졌다고 그녀는 생각했지만,

117

사실 그것들은 모두 하나의 사건이었던 것이다.

퍼즐의 조각이 맞춰지는 것처럼, 다양한 정보가 한 곳을 향해 모여들었다.

그와 동시에, 트누카폴리의 심장은 더욱 빠르게 뛰고 마음속의 경종이 땡땡 울리기 시작했다.

좋지 않은 예상에 다다랐으니까.

레네아 신광국이라는 국가는, 성왕국 퀼리아를 바탕으로 하는 신흥 국가다.

그 나라가 어떠한 성질이고 어떠한 법리를 이야기하는지는 모르지만, 적어도 성신 아로스를 믿는 것은 분명하다.

퀼리아와 같은 신을 믿는다면 쉽사리 손을 대는 것은 꺼려진다.

그 나라는 암흑 대륙의 국가나 민족을 아래로 보는 부분이 있고, 고지식하고 프라이드 덩어리인 성직자들은 성신을 믿지 않는 다른 나라에게 신께서 내린 땅을 빼앗긴다는 사실을 참지 못할 터.

그것이 설령 인연을 끊은 다른 국가일지라도.

그리고 퀼리아가 움직인다면 동맹국인 엘 나 정령 계약 연합도 움직인다.

정통 대륙으로 손을 뻗는다는 것은, 잠자는 사자의 코털을 건드리는 것과 같은 뜻.

이것이 조금 전까지 트누카폴리가 인식하던 사실이다.

그렇기에 트누카폴리도 이번에 페페가 저지른 일에 사색이 되어서는 찾아온 것이었다.

아무리 마이노그라와 동맹 관계에 있다고는 해도, 퀼리아나 엘

나에게 정면으로 적대해서야 살아남을 방도는 없으니까……

하지만 그 전제를 뒤집는 길이 단 하나 있었다.

예를 들자면, 보복 전쟁을 벌일 여유조차 없을 만큼 극심한 혼란이 성스러운 나라에서 벌어진다는, 일종의 황당무계한 시나리오다.

그런 상황에 빠진다면, 오히려 여기서 움직이지 않는 것은 악수나 마찬가지. 적어도 선수를 빼앗겨서는 이쪽에 어떤 악영향을 미칠지 알 수가 없다.

'그런가! 노리는 건 북부의 비옥한 지대가 아니라 정통 대륙과 암흑 대륙의 접촉 지역. 대륙 북부에 뚜껑을 덮을 생각이냐?!'

트누카폴리는 떠올렸다.

일찍이 파멸의 왕이라는 존재와 처음 만나서 말을 나누었을 때의 두려움을.

자신의 영혼이 느낀, 기어오는 것 같은 정체 모를 공포를.

그리고 그 왕이 눈동자에 품은, 광기에 가까울 정도의 배타성을.

동맹이기에 잠시 잊고 있었을지도 모른다.

상대는 세계에 파멸을 초래할 종말의 존재. 파멸의 왕 이라 타쿠토다.

그가, 자신의 적대자에게 어떠한 심판을 내릴까.

생각하면 바로 알 수 있는 일이었다.

그것은 자신의 적대자를 그냥 내버려 둘 존재가 결코 아니다.

그것은 적대자의 몸이 조각조각마저 모두 불탈 때까지 멈추지 않을 것이다.

그것이야말로 트누카폴리가 느낀, 이라 타쿠토라는 존재였다.

"말해라. 어디까지 들었느냐?"

트누카폴리는, 이번에는 조용히 물었다.

눈은 똑바로 페페를 바라보고, 어설프게 얼버무린다면 결코 용서하지 않겠다며 넌지시 압력을 가했다.

페페가 그리는 그림을…… 아니, 파멸의 왕 이라 타쿠토가 그리는 그림을.

"아니아니. 나랑 타쿠토 군은 친구지만, 아무리 그래도 뭐든 다 아는 건 아니니까……. 친한 사이에도 예의라는 게 있다는 거야!"

"그럼 뭘 들었지?"

이윽고 페페는 체념한 듯 양손을 가볍게 들더니, 그치고는 드물게도 조금 곤란한 태도로 그 말을 입에 담았다.

"레네아 신광국이었던가? 그 나라는, 조만간에 없어지지 않을까! 문자 그대로!"

마치 그것이 이미 결정된 사실이라고 여기는 것 같은 말에, 트누카폴리는 사태가 상상 이상으로 심각하다는 사실에 현기증을 느꼈다.

퀄리아와 엘 나가 존재하는 정통 대륙. 그리고 마이노그라나 폰카븐, 몇몇 중소 도시 국가가 존재하는 암흑 대륙.

양쪽 대륙의 접촉 지점인 장소 바로 옆, 다시 말해 양쪽 대륙의 중심에서 모든 것을 끌어들여 폭발시키겠다는 파멸의 불씨가, 바로 지금 연기를 피어 올리는 참이었다.

# 몬스터 (적대적 NPC)

엘레멘탈 워드에서 적대적 NPC 에는 각양각색의 존재가 준비되어 있습니다 .

고블린 , 코볼트 , 오크 같은 몬스터부터 산적이나 기사 등의 인간 .
그리고 드래곤이나 언데드킹 등의 강력한 존재까지 , 당신이 그리고 싶은 이야기를 채울 만큼의 종류가 있습니다 .

시나리오 작성자는 이런 존재들을 게임에 출현시킬 수 있습니다만 , 동시에 설정과 세계관을 준수해야만 합니다 .

예를 들면 고블린같이 지능이 낮은 몬스터는 유창하게 이야기할 수 없고 , 그들은 사람에게 우호적인 태도를 취하지 않습니다 .
언데드킹은 일반적으로 묘지나 유적 깊은 곳에 있고 , 적극적으로 사람의 마을에 내려오는 일은 드물고 , 교섭은 가능하지만 대가가 필요합니다 .
물론 드래곤이 다스 단위로 플레이어를 습격하는 일 따위는 발생하지 않습니다 .
이것들은 룰 북에 기재된 설정 및 세계관에 준거하는 형태입니다 .

세계관을 준수하는 것은 최고의 게임 체험을 위해서 필수불가결한 것입니다 .
시나리오 내에 세계관과 어울리지 않는 묘사가 있었을 때는 참가자라면 누구라도 바로 그 사실을 지적하고 GM 에게 개선을 요구하는 것이 가능합니다 .

# 제5화 괴인

레네아 신광국 성기사단장, 상급 성기사 피요르드 바이스타크.
《명예로운 피요르드》라며 칭송을 받고 구 퀼리아 남방주에서
최고의 명예와 권한이 주어졌던 그 기사는, 과거의 위엄과 패기
로 가득한 표정에서 돌변한, 지독히 초췌한 모습으로 부하 기사
의 보고에 귀를 기울이고 있었다.

"일반 신도 거주구, 제3교구 4번입니다. 연락이 끊어진 하급 성
기사 비크와 후보생 프랑코가 아닐까 합니다."

장소는 성기사단 본부. 이번 성기사단원 연속 살해 사건 때문
에 마련된, 연회장에 만들어진 임시 지휘소다.

수많은 정보가 적힌 서류가 벽에 붙어 있고, 귀기 어린 표정의
기사단원이나 성직자들이 상세한 정보 조사를 진행하고 있었다.

남방주의 성기사단과 예하의 병사나 성직자. 그들의 위신을 건
싸움이, 바로 지금 이곳에서 펼쳐지고 있었다.

그 최전선, 모든 정보를 집약하고자 불침번으로 변한 남자는,
결사의 노력에도 불구하고 또다시 벌어지고 만 비극에 힘껏 이를
갈았다.

"그런, 가……. 그들의 시신에 대해 무언가 정보는 올라왔나?
케이먼 의료 사제는 뭐라고 했지?"

"예, 여전히 화염으로 완전히 불탔다고 합니다. 다만 이전과 비
교해서 얼굴의 손상 같은 모독적 행위는 확인되지 않았습니다.

사제가 말하기로는, 아마도 순수하게 살해만을 목적으로 하고 있을 가능성이 높다고."

기사단원 살해는 끝나지 않았다. 상대는 여전히 미지의 방법으로 신의 전사들의 목숨을 빼앗고, 어둠에서 어둠으로 떠돌고 있었다.

성녀들 앞에서의 드높은 선언과는 달리, 피해만이 그저 늘어나는 것이 기사단의 현재 상황이었다.

"살해를 목적…… 우리의 숫자를 줄이러 나섰다는 건가? 하지만 여럿이서 순찰에 나서고서도 이렇게 일방적으로 당할 줄이야…… 목격자는?"

그 질문에 젊은 성기사는 조용히 고개를 가로저었다. 그 대신에 '다만' 하고 한 마디 덧붙이고는, 수중의 보고서로 시선을 떨어뜨리고 내용을 확인했다.

"주변의 주민에게 청취조사를 했더니, 심야에 남성의 다투는 목소리를 들었다고 합니다. 아마도 이것이 살해 시간이지 않을까요."

살해 시간 특정은 비교적 쉽게 진행했다. 그것은 매번 있는 일이다.

하지만 목격자만을 일체 확인할 수 없었다. 그만큼 훌륭한 솜씨라고도 할 수 있겠지만, 그렇다고 해도 아무런 전조도 흔적도 없는 것은 너무나도 꺼림칙했다.

"수상한 자에 대한 정보라도 괜찮아, 이 시간대에 뭔가 이상한 점은 없었나?"

"안타깝습니다만. 게다가 사람들 사이에서도 성기사단원을 해치는 괴인의 소문은 퍼지고 있습니다. 교구 담당 사제가 독자적으로 야간 외출 금지령을 내리기도 해서, 이 건에 대해서는 다른 것보다도 더욱 정보는 적겠죠."

이미 이름이 알려질 정도로 실력이 있는 성기사를 포함하여 십여 명이 피해를 당했다.

때로 백주대낮에 벌어진 적까지 있는, 성기사단원 살해. 본래라면 무언가의 전조가 있어야 마땅했다.

그 살해 전후로 일체 흔적이 없었다. 이래서는 아무리 성기사단이라 해도 상대의 꼬리를 붙잡는 것은 지극히 어려우리라.

마치 사람이 아닌 것 같은 행동, 따라서 누가 먼저인지 모르게 이름을 붙인 그것은······.

"레네아의 괴인······인가. 영광스러운 성기사단이 무참한 꼴이로군."

막막함을 느낀 피요르드는 작게 한숨을 내쉬었다.

그는 최근 몹시 늙어 버린 기분이었다.

그것은 육체적인 측면보다도, 굳이 따지자면 정신적인 측면의 이유가 컸다.

재차 한숨을 내쉬었다.

그만큼 위세 좋게 떠들어 댄 주제에, 지금 여기서 성녀들의 힘을 빌릴 수는 없었다.

피요르드는 청렴결백하고 신앙심 두터운 성직자의 귀감이라고도 할 수 있는 인물이다.

하지만 몸이 돌로 만들어졌을 리도 없고, 마음이 철로 만들어졌을 리도 없다.

그는 버젓한 인간이고, 이름도 모르는 어딘가의 누군가들과 마찬가지로 울고, 웃고, 화내고, 기뻐하는 존재다.

그렇기에 누구라도 가진 수치심을 씻어내지 못하고 사태가 더욱 나쁜 방향으로 질질 끌려가며 떨어지는 모습을 바라볼 수가 없었다.

본래라면 이런 스스로의 약점을 다스리는 것이야말로 성기사에게 요구되는 소질일 것이다.

그러나 과오를 저지르지 않는 인간 따위는 없다.

완전, 완벽하다는 말이나 행실은 다름 아닌 신의 영역이다.

피요르드 바이스타크는 남보다 마음이 강할 뿐인, 어디까지나 평범한 인간이었다.

"피요르드 님……."

고뇌에 찬 피요르드의 모습에, 보고를 하던 성기사 또한 침통한 표정을 지었다.

성기사단의 단원들 역시도 같은 인간이었다.

그들은 피요르드의 판단이 잘못되었음을 이해하면서도 그에게 이의를 제기하지는 못하고 있었다.

존경하는 기사단장을 돕는다는 강인한 동료 의식에 더해, 그 진언을 했을 때에 주변에서 자신을 바라보는 시선이나, 책임을 떠맡는 것에 대한 걱정과 보신 의식이 있었기 때문이다.

그렇기에 서로 눈만 마주할 뿐이지 아무런 말도 못 하고, 그들 또한 결론을 질질 끌며 여기까지 와버렸다.

본래라면 이런 문제를 피해서, 궤도 수정을 꾀하기 위하여 고해나 참회의 제도가 있지만…….

안타깝게도 이제까지 그런 죄의 고백이나 들으며 일에 불성실하고 한가롭던 성직자는 없고, 다소의 뇌물을 대가로 부하의 실패를 뭉개고 영광에 그늘은 없다며 보증할 성직자 또한 없었다.

시체는 그들의 발밑에 누워 있다.

죽은 자는 아무런 말도 없다. 그렇기에 그들이 확실하게 맡고 있던 역할을 대신할 자는, 이제는 어디에도 없었다.

결국 성기사단의 수사는 전혀 진전이 없었다.

그저 정처도 없이 구멍을 파고, 낙담과 함께 다시 메운다.

그런 무의미하게 여겨지는 고행과도 닮은 행동을 몇 번이나 치르고, 귀중하다고도 할 수 있을 시간이 그저 허무하게 소비된다.

명확한 적대자가 존재한다는 사실을 아는데도 불구하고.

해답은 어스름한 베일에 감싸인 채, 그 모습을 전혀 드러내지 않는다.

그동안에, 동료는 차례차례 불탄다.

"……불인가."

둔한 머리로 잠시 보고 내용을 되새김질하던 피요르드는, 저도 모르게 툭하니 중얼거렸다.

기사단원은 모두가 불로 살해당했다.

물론 그 사실은 단원 모두가 아는 바이고, 마에 속한 불을 상대로 성스러운 방어 수단 따위도 마련되어 있었다.

덧붙여서 여럿이서 순찰에 나서는 것은 안전성을 높이는 일이

기도 하지만, 무엇보다도 도망쳐서 동료에게 알리는 것을 상정한 행동이었다.

이번 같으면 성기사 비크가 레네아의 괴인과 상대하고, 그동안에 기사 후보생 프랑코가 도망쳐서 동료를 부르는 수순이었다.

물론 그런 요소요소는 모두가 공유한 상태에서, 정보 수집을 가장 우선적으로 해야 한다는 것에 이의를 제기하는 사람은 누구 하나 없었다.

하지만 현실은 그런 모든 대책이 불발로 그치고 있었다.

"상대는 알 수 없고, 도망칠 수도 없고. 우리의 감시와 경계의 시선을 피하듯이, 일방적으로…… 불태운다. 대체 어떻게."

다만…….

피요르드로서는 아주 조금 걸리는 것이 있었다.

무언가 빠뜨리고 있다. 그렇다기보다도 무언가 위화감을 느낀다.

그것이 무엇인지 알 수 없었다.

사실 그는 파멸의 왕 이라 타쿠토가 아직 이 세계에 머무르고 있다는 무시무시한 사실을 에라키노로부터 남몰래 들었다.

일련의 이 사건이 이라 타쿠토가 휘두른 마의 손길에 따른 바일 가능성이 높다는 것 또한, 알고 있는 것이었다.

그렇기에 나날이 기묘한 위화감이 강해지는 것을 피요르드는 초조함과 함께 느끼고 있었다.

어쩌면 자신들은 무언가 치명적인 잘못을 저지르고 있을지도 모른다. 하지만 그것이 무엇인지는 알 수 없다.

마의 손길은 바로 눈앞까지 와 있는데, 자신들에게 그것을 볼 방도는 존재하지 않는다.

그 사실이, 동료의 원수를 갚을 수 없는 한심한 자신이, 무엇보다도 답답했다.

"잠시 쉬고 오겠다. 신께 기도도 올릴 테니, 가능한 한 아무도 들이지 말아주게."

눈두덩을 주무르며, 피요르드는 기분을 전환하고자 자리에서 일어섰다.

머리를 정리하고 싶었다. 신께 기도를 올릴 수 있다면, 두통 같은 이 위화감도 씻어낼 수 있을지도 모르겠다고 생각했으니까.

스스로가 자신이 아닌 것 같은, 그런 기묘한 감각의 해답을 알 수 있을지도 모른다고.

피요르드는 이미 몇 번째인, 그런 희미한 기대를 품었다.

"알겠습니다, 위대하신 기사 피요르드 님. 그, 잠시라면 지휘는 저희 쪽에서 어떻게든 할 터이니……."

"미안하군, 부탁하지."

젊은 성기사의 어색한 그 말에조차 만족스러운 대답도 못 하고, 성기사단장 피요르드는 지휘소를 뒤로했다.

………

……

…

문이 쿵 닫혔다.

그만큼 크다고 생각했을 터인 뒷모습이 작게 보여서, 남겨진 성기사는 자신의 생각을 떨쳐내듯 머리를 좌우로 가볍게 흔들었다.

"좋아, 고인의 동향을 다시 훑어보죠. 놓친 것이 있을지도 모릅니다. 병사들에게도 다시 한번 시민들에게 조사를 진행하도록 전달하겠습니다. 이번에는 다소 이쪽 사정을 밝히는 것도 필요할지 모르겠다고 생각합니다만, 여러분은 어떻게 생각하십니까?"

피요르드의 구멍을 메우고자 성기사는, 거의 바닥난 기력을 짜내어 논의를 시작했다.

이번에도 역시나 동료가 줄었기에, 그 공백을 메꾸기 위한 보조도 필요하다.

덧붙여서 새로운 대책도 필요할 것이다. 모든 것을 피요르드에게 맡길 수는 없으니, 적어도 그의 도움이 될 방안을 지금 정리해 두고 싶었다.

그렇게 기세등등했지만, 그 기세를 꺾어버리듯이 문이 기세 좋게 열렸다.

"실례합니다!"

나타난 것은 기사단에 소속된 일반병이었다.

복장을 보아 전령 등을 주 임무로 하는 자로 여겨지는데, 이상하게 숨을 헐떡이며 당황한 모습을 드러내고 있었다.

그 태도에 무슨 일이냐며 시선이 모였다.

전령 병사는 자신보다도 아득히 높은 신분인 성기사들의 시선을 받고는 깜짝 놀란 모습을 내비치더니, 작게 중얼거렸다.

"그게, 성왕도에서…… 사자가 왔습니다."

이번에는 성기사들이 깜짝 놀랄 차례였다.

드디어 왔나 하는 생각과, 아직은 내버려 뒀으면 했다는 생각이 동시에 교차했다.

성왕도, 다시 말해 성왕국 퀼리아의 사자였다.

의제는 물론 이번 이탈과 건국, 그러니까 레네아 신광국에 대한 힐문일 것이다.

안 그래도 적대자가 국내에 있는 현재 상황에서 퀼리아에게 대응을 하기에는 문제가 많고, 만에 하나 내부 사정이 알려졌다가는 내정 간섭을 당할 가능성조차 있었다.

그렇게 된다면, 배신자라고도 할 수 있을 성기사단의 단원과 레네아 신광국이 맞이할 말로는 비참할 것이다.

그들은 어떻게든 이 문제를 은폐해야만 했다.

그를 위해, 가장 중요한 사안이 존재했다.

그러니까…….

"그래서, 누가 오셨지?"

또다시 기사단원들이 놀라서 눈을 크게 떴다.

그곳에 있던 것은 조금 전에 나갔을 터인 기사단장 피요드르였다.

"피요르드 님! 조금 전에 방으로 가신 참입니다만, 이제 괜찮으십니까?"

"그래, 아무래도 쉬고 있을 상황도 아닌 모양이야. 거기 자네, 나도 이야기를 듣지."

무심코 살았다며 마음속으로 가슴을 쓸어내린 것을, 기사단원들은 부정할 수는 없었다.

아무리 그래도 이 상황에서 독자적으로 무언가 결단을 내릴 수 있을 만큼 그들은 경험이 풍부한 것도 담력이 있는 것도 아니었다.

여하튼 그런 권한도 없으니, 피요르드를 부르러 가는 것은 확정 사항이었던 것이다.

어떤 의미로 마침 잘 되었다고 해야 하리라.

기사단원들은 조용히 일이 돌아가는 것을 지켜봤다.

퀼리아가 보낸 인물로 상대가 이번 화제에 어느 정도 개입할 생각인지를 판단할 수 있다.

상대에 따라서는 이쪽의 연줄 따위가 통할 가능성도 있다.

뇌물이 통한다면, 가장 좋다.

하지만 기사단원들의 흥미와는 달리, 전령 남자는 어쩐지 머뭇거리는 모습이었다.

"왜 그러느냐? 누가 오셨는지에 따라서 이쪽도 준비가 필요해. 갑작스러운 일로 당황한 것도 알겠지만, 안심하고 냉정을 찾아라."

"──님, 입니다."

"흠, 미안하지만 조금 더 큰 목소리로 부탁하지."

작은 목소리였다. 신체 능력이 뛰어나다고는 해도, 피로가 쌓인 기사단원들의 청력으로는 미처 들을 수 없는 목소리.

의아한 듯 고개를 갸웃거리며 피요르드가 재차 묻자, 부들부들 떨던 전령 남자는 이윽고 뜻을 다진 듯, 이번에는 방 안에 있는 모두가 또렷하게 들을 수 있는 목소리로 이렇게 외쳤다.

"이, 《일기의 성녀 리트레인 네림 쿠오츠》 님이십니다!!"

그 말에, 사태를 지켜보던 성기사나 병사들 전원이 술렁거렸다.

예상할 수 있는 범위에서는 거의 최악의 이름이 나왔다.

이 상황에서, 퀼리아의 성녀로부터의 접촉.

난제에 버둥대는 자신들이 더욱 수렁으로 끌려 들어가는 것은 확정되었다.

앞으로의 여정이 힘겨워진 만큼, 더욱 어려운 조타가 필요하다.

그르친다면 망국은 피할 수 없다. 그만한 상대.

조국이 맞이한 새로운 국면에 성기사들이 일제히 벌레라도 씹은 것 같은 표정을 드러내는 가운데, 남방주에 이 사람이 있노라고 칭송받던 상급 성기사 피요르드 바이스타크도 미간에 주름을 짓고…….

아무도 알아차리지 못하게, 조용히 웃었다.

Eterpedia

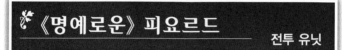

## 《명예로운》 피요르드
### 전투 유닛

전투력 : 8　이동력 : 1

《신성》
《성검기》
《신앙》

NO IMAGE

### 해설

## ~명예로운 성기사 피요르드
## 그 검의 광채는 악한 자를 모조리 무찌른다~

상급 성기사 피요르드는 레네아 신광국의 성기사단 기사단장입니다.
《명예로운》 피요르드라며 사람들에게 칭송받는 그는, 과거 '남방주 사교 사건'이나 '위법 약물 판매 조직 궤멸' 등의 해결을 주도하여 그 이름을 정통 대륙 전역에 떨쳤습니다.
이미 장년이라고 할 수 있을 연령이지만 기술과 힘은 쇠하지 않고, 지금도 제일선에서 기사들을 이끌고 있습니다.

기사단 대기소에 있는 응접실에서는 조금 긴장된 분위기가 감돌고 있었다.

한 사람은 피요르드.

명예로운 기사라 칭송받는 성기사단 단장 피요르드 바이스타크.

맞은편 의자에 앉아 있는 것은 간신히 나이가 두 자릿수가 되었을 것 같은 어린 소녀였다.

귀엽게 땋은 머리에, 아름답게 빛나는 법의.

옷에 입혀졌다는 표현이 차라리 올바를 그 모습은, 그녀의 주뼛주뼛하는 태도도 어우러져서 어딘가 보호 욕구를 자극했다.

하지만 굳이 이 장소로 안내받은 자다. 그런 감상을 품어도 될 인물이 아니다.

"잘 오셨습니다, 리트레인 님."

"아, 아으…… 예, 처, 처음 뵈어요, 그게…… 피요르드 님."

눈앞의 소녀…… 그렇다, 소녀라고 해도 무방한 이 사람이야말로《일기의 성녀 리트레인 네림 쿠오츠》.《이드라기아 대륙 구세 칠대 성녀》중 하나이자, 퀼리아에 소속된 신에게 사랑받는 자들 중 하나다.

몸통이 가려질 것만 같이 거대한 서적을 소중하게 안아든 그녀에게, 피요르드는 인사도 대충 넘기고 본론을 꺼냈다.

"이번 내방, 퀼리아의 의향을 가지고 오셨을 것 같습니다만, 퀼리아 중앙은 무어라고?"

먼저 확인해야만 하는 것은 퀼리아의 생각이다.

수면 밑에서는 이미 퀼리아와 레네아는 교섭을 진행하고 있지만, 어디까지나 그것은 높아 봐야 추기경 수준의 이야기.

퀼리아의 방향키를 잡는 것은 그들이 아니다. 최종적인 판단을 내리는 것은 더욱 상위의 성직자.

중앙의 사제나 추기경 따위는 어차피 부하에 불과하다. 본체의 판단이야말로 중요했다.

"시, 《신위의 성녀》님은, 이 일에 대해서 흥미가 없는 모양, 이에요."

그 말에 피요르드는 '호오~' 하고, 마음속의 놀라움을 감추지 않으며 감탄의 말을 흘렸다.

신위의 성녀는 퀼리아에서 가장 중요한 의미를 가진 존재다. 최초의 성녀라고도 불리는 그녀는 일부 고위 성직자에게만 알현이 허락되고, 일설에 따르면 건국 당시부터 퀼리아를 지켜보았다고 일컬어지기까지 했다.

퀼리아의 국가 운영은 세 법왕이 주도가 되어 방침을 결정한다고 여겨지지만, 사실 그 배후에 있는 것이 바로 신위의 성녀인 것이다.

다시 말해 그녀야말로 퀼리아의 의지 그 자체.

그런 그녀가 관망을 선택했다.

그야말로 요행. 신의 허락이라고 해도 과언이 아니었다.

하지만 피요르드는 그 행동에 조금 의문을 품었다. 신위의 성녀와 면식은 없지만, 적잖이 기묘하게 느껴졌으니까.

"헌데 신위의 성녀님께서는 어째서 그런 판단을?"

피요르드의 말에 리트레인은 움찔 어깨를 떨었다.

딱히 거친 어조로 말한 것도 아닌데 그렇게나 겁을 먹으면 어떻게 대응하면 좋을지 알 수가 없어 곤란해하니, 리트레인은 그녀가 가진 이명의 바탕이 된 커다란 서적── 일기를 재빨리 펼쳐서 내용을 읽었다.

"저, 정령 계약 연합에서, 구원 의뢰가 왔거든요. 으음, 마, 마녀 바기아라고 자칭하는 자와 부하 서큐버스들의 습격으로, 정령 계약 연합은, 아으…… 궤멸되었어요. 신위의 성녀님은 그 사실에 무척 슬퍼하시며, 바로 대응하라고."

"뭐라고요! 엘 나 정령 계약 연합이?!"

아무래도 이드라기아 대륙은 자신들이 생각하던 것 이상으로 혼란과 혼돈에 휩싸인 모양이었다.

엘 나에 불온한 분위기가 흐른다는 사실은 피요르드도 이미 알고 있었다.

그러기는커녕 거리의 백성은 몰라도 그럭저럭 지위에 있는 성직자 사이에서는 주지의 사실이었다.

이른바 새로운 마녀에게 침략을 당하고 있다……고.

하지만 고작해서 마녀 하나로 어떻게 될 나라가 아니라는 신뢰 역시도 있었다.

엘 나에는 성기사와 같은 정도의 힘을 가진 정령투사라는 존재가 있고, 무엇보다 성녀가 존재한다.

영토 전체에 걸쳐 신록이 무성하게 깊은 숲은 엘프들에게 가장 숙련된 지형이자 그들의 정원이기도 했다.

모든 상황이 엘 나의 승리를 가리키고 있었다.

그렇기에 퀄리아 중앙도 사태를 파악했지만, 적극적으로 개입하지는 않고 관망하는 자세를 내비쳤던 것이다.

성스러운 동포가, 얻기 힘든 맹우가, 반드시 승리를 거머쥔다고 확신해서.

그 바람이 사악 앞에서 맥없이 패배했다.

"──그렇군, 그건 잘됐어."

"예? 뭐, 뭐라고 그랬나요?"

작게 새어나온 피요르드의 목소리를, 성녀가 가진 초인적인 청각으로 들은 리트레인이 깜짝 놀란 모습으로 물었다.

그 반응에 피요르드는 동요하지 않고 말을 이었다.

"아뇨, 그건 터무니없는 문제가 벌어졌다고 말씀드렸을 뿐입니다. 아직 북방의 마녀의 행방조차 알지 못하는 현재, 또 다른 마녀의 출현은 우리에게도 우려해야 할 사태. 확실하게 악한 존재들이 세계를 좀먹고 있습니다. 저희 성스러운 신의 사자가 세계의 수호자로서 분전해야만 할 때이겠죠."

"저기…… 그러네요."

"자, 리트레인 님. 조금 더 자세한 이야기를 듣고 싶습니다. 아무래도 저희에게는 정보가 부족합니다. 여기서 정보를 공유하고, 사악한 존재를 상대로 대책을 세우죠."

"아, 예……."

조금 시원스럽지 못한 대답에 흠, 끄덕이고 피요르드는 어딘가 가냘파 보이는 이 소녀의 진의를 파악하고자 계속 대화를 나누었다.

………

......

...

몇몇 중요한 정보를 입수하고, 대신에 상대가 원할 터인 정보를 건넨다.

어린 리트레인이 전부 기억할 수 있으리라 생각하지는 않고, 만에 하나 누설되는 일이 있어도 문제다.

다만 그녀에게 들은 정보는, 세계가 위기 상황에 있음을 알려주었다.

설마 엘 나 정령 계약 연합이 함락될 것이라고는 피요르드도 생각하지 않았기에, 앞으로의 대응 방안도 어쩔 수 없이 수정해야 할 것이다.

그러나 시간이 조금이나마 남아있다고 여겨졌다.

정통 대륙에서, 퀼리아와 엘 나의 영토는 인접하고 있다.

다만 실제로는 사이에 거대한 산맥이 두 나라를 분단하듯이 이어져 있는 것이었다.

이 때문에 교류는 산맥을 가로지르는 가늘고 험한 길을 이용하든지, 산맥 북부나 남부를 크게 우회하는 형태로만 이루어졌다.

퀼리아가 만족스럽게 정보를 수집할 수 없는 하나의 원인이었고, 그런 지리적 요인은 그대로 퀼리아와 엘 나를 가르는 천혜의 요새로 변해 있었다.

다시 말해서 적에게 함락된 엘 나가 이쪽으로 손을 뻗으려고 해도, 자연스럽게 행군에 시간이 걸리는 우회 루트밖에 존재하지 않는 것이었다.

다만 암흑 대륙 방면을 경유하여 이동하는 남쪽 루트를 선택할 경우, 가장 먼저 부딪히는 것은 레네아가 될 터이지만…….

'그렇다고는 해도…… 우선은 다른 것부터 생각해야 해.'

대응해야만 하는 문제가 산적한 것은 이미 아는 바. 그 문제가 하나둘 늘어난다고 해도 새삼스레 어떻게 할 수도 없었다. 설령 그것이 지금 막 태어난 국가에게 치명적인 문제일지라도.

피요르드는 어쩐지 일종의 냉혹함을 드리운 태도로, 우선은 눈앞의 문제를 하나 정리하기로 했다.

"그렇군요, 중요한 정보에 감사드립니다. 허나 리트레인 님. 당신 정도의 지위에 있으신 분께서 굳이 오실 정도의 일은 아니로군요. 괜찮으시다면, 이곳에 오신 다른 용건도 듣고 싶습니다."

"어, 그게."

그녀가 가져다준 정보는 어느 것이든 중요한 내용뿐이었다.

하지만 약하다. 남방주가 이탈하고 성녀가 둘 사라진 상황에서, 퀼리아가 보유한 전력은 무척 적다.

신위의 성녀는 중앙에서 움직이지 않는 것으로 유명하다. 그런 이상, 분쟁의 진두에 서는 것은 바로 여기 있는 일기의 성녀다.

정령 계약 연합이 패배하여 지배당했다는 것은, 다시 말해 과거의 동료인 엘프들이 그대로 적으로 돌아섰다는 것.

물론 정령 계약 연합에 소속된 세 성녀도 포함해서…… 말이다.

굳이 레네아에 상황을 알리고 협력을 청하는 정도의 일로, 퀼리아에 남은 유일한 결전 병기라고도 할 수 있을 성녀를 움직일 이유가 어디에도 없었다.

그렇다면 본래의 취지는 따로 있다.

예를 들자면, 눈앞의 소녀가 가진 지독히 개인적인 사정이라든지.

"저, 저기…… 상급 성기사 베르델 님이랑 만날 수 있게…… 그게 아니고, 중개를, 부, 부탁하고 싶어요."

주뻣주뻣, 하지만 분명히 건넨 목적에 피요르드는 마음속으로 중얼거렸다.

역시 그런가.

어딘가 긴장한 기색인 그녀를 안심시키듯 조용히 끄덕였다.

그리고 피요르드는 시선을 살짝 틀고서, 그녀와 베르델의 관계를 떠올리며 묘한 표정으로 입을 열었다.

"베르델…… 아, 아아! 그렇군요. 그리고 보니 그는 리트레인 님의 전 양아버지였군요. 이건 실례했습니다. 그러니까 이 정변에서 아버님이 무언가 성가신 일에 말려들지는 않았느냐고, 그를 걱정하시는 거로군요."

"그, 그게, 아으……."

고개를 세로로 끄덕이는 행동에서 긍정의 의미를 이해한 피요르드는, 그녀가 안심하도록 어색한 동작으로 익숙하지 않은 미소를 억지로 지었다.

"기사 베르델은 현재 이 도시에서 임무를 맡고 있습니다. 물론 건강히 잘 지내고 있어요."

"저기, 편지를 보내도, 계속 대답이 없었으니까……."

"그렇군요. 그는 최근까지 독자적으로 잠입 임무를 맡고 있었으니까요. 아마도 직무상 답변을 보낼 수가 없었던 거겠죠. 결코 당신을 소홀하게 대한 건 아닙니다."

"그런, 가요……."

어딘가 안심한 분위기인 리트레인을 바라보며, 피요르드는 어린 이 소녀와 성기사 베르델의 관계를 다시금 떠올렸다.

원래는 아무런 특이할 것도 없는 양자와 기사의 관계였을 터.

적대하는 파벌의 사제가 괜히 괴롭히려고 떠넘겼는지, 아니면 부성과 정의에 눈을 떴는지, 여하튼 베르델이 고아가 된 소녀를 맡아 아버지를 대신하여 기른다는 행위는, 시민의 모범으로 행동할 것이 요구되는 성기사로서 그렇게 드문 일이 아니었다.

문제는 그의 딸이 신에게 성녀로서 선택되었다는 것이다.

그 후로는 특별히 이야기할 필요도 없다.

질투가 원인인지 정치적 영향력을 줄이려는 의도가 원인인지 베르델과 리트레인은 떨어지게 되고, 게다가 사실무근의 추문까지 흐르게 되었다.

끝내는 부녀 관계마저 강제적으로 끊어졌다.

성기사 베르델에게는 아군이 많았지만, 그 이상으로 적이 많은 인물이기도 했다.

그저 딸로서 아버지를 따르는 리트레인과, 그저 아버지로서 딸을 사랑하는 베르델.

평범할 터인 관계와는 달리, 그들을 둘러싼 악의는 끝없이 깊었다.

그것이…… 끝나버린, 어느 이야기였다.

"저기, 그래서 피요르드 님께 부탁이……."

"안심하십시오, 리트레인 님. 저 피요르드에게 모두 맡기시길, 기사 베르델이 당신과 만날 수 있도록 시급히 수배하죠."

굳이 말할 필요도 없다는 듯 피요르드가 먼저 제안을 건넸다.

이 정도 일이라면 지금의 그에게는 아무것도 아니고, 또한 눈앞의 가련한 소녀를 위해서라도 최선이라 할 수 있을 테니까.

"저…… 정말인가요?!"

달려들 기세로 기쁨의 목소리를 높이는 소녀에게, 피요르드는 '다만' 하고 조건을 달았다.

"말씀드리기는 어렵습니다만, 당신과 기사 베르델 사이에는 엉뚱한 의혹이 있다는 사실 또한 이해해 주시기를. 물론 저는 그런 비열한 추문, 악의에 넘어간 신심 없는 자들의 헛소리임을 이해하고 있습니다. 하지만 안타깝게도 그렇게 생각하지 않는 자도 있습니다."

"그게…… 저기요?"

"너무 에두른 말이었군요. 용서하시길, 나이를 먹으니 아무래도 말이 길어집니다. 그러니까 리트레인 님께서 너무 눈에 띄게 움직이시는 건, 그다지 좋지 않다는 이야기입니다. 이쪽에서 모두 조치할 터이니, 기사 베르델── 아버님과 만나시는 건 남들의 눈에 띄지 않는 장소로 부탁드리고자 합니다. 괜찮으시겠습니까?"

"아, 예! 그, 그 정도라면, 괘, 괜찮아요!"

이미 그녀의 마음에는 아버지밖에 없을 것이다.

성녀는 신께서 발견하시고, 축복을 내리실 때에는 무언가 대가를 지불하게 된다고 한다.

과연 그녀가 지불한 대가는 무엇이었을까? 유일한 가족이라고
는 해도, 이렇게나 아버지에게 집착하는 것에도 무언가 관계가
있을 터.

여하튼 지금의 피요르드에게 그것은 자잘한 일이었다.

그녀의 귀에 레네아에 출현한 괴인에 대한 게 들어가서, 돌고
돌아 퀼리아의 개입을 부르는 일이 있어선 안 된다.

그를 위해서는 그녀의 흥미를 아버지에게 묶어둘 필요가 있었다.

다행히 그녀도 아버지를 제외하면 흥미는 없는 모양이니, 그야
말로 이 제안은 일거양득이라 할 수 있는 내용이었다.

"그건 잘됐군요. 다행히 제 부하는 입이 무겁습니다. 당신께서
이 사실을 가슴에 담아두시는 한, 오늘 일은 누구에게도 새어 나
가지 않으리라 단언할 수 있겠죠."

"아, 예…… 알겠어요."

"기묘한 부탁이라 여기실지도 모르겠습니다만, 우리나라도 아
직 한창 개혁을 진행하고 있습니다. 그런 상황에서 이 이상 혼란
을 부추길 법한 정보는 가능한 한 숨겨두고 싶은 겁니다."

피요르드는 최대한 알기 쉽게 설명했지만 리트레인이 조금 곤
혹스러운 표정을 드러낸 것을 깨닫고, 실수했다는 듯 얼굴에 손
을 댔다.

"아뇨, 이야기가 또 길어졌군요. 그럼 장소와 시간을 전하겠습
니다."

그 말에 표정이 환해진 소녀는, 무언가 떠오른 것처럼 가슴께
에서 펜을 꺼내서 허둥지둥 그것들을 적었다.

그것을 만족스럽게 바라보며 장소와 시간을 이야기하고, 피요르드는 앞으로의 예정을 세웠다.

"리트레인 님께서 저를 의지해 주셔서 살았습니다. 주장의 세세한 부분은 다르지만 같은 신을 믿는 사람. 퀼리아와 다툼이 벌어지는 것만큼은 피하고 싶으니 말입니다. 특히 엘 나 정령 계약 연합에서 그러한 사변이 발생했다면 더더욱 그렇습니다."

"가, 감사합니다!"

"서로의 나라가 가진 목적이 같다는 사실을 인식할 수 있어서 다행입니다. 화장의 성녀님과 고개 숙인 성녀님께는 제 쪽에서 전달하죠. 그럼, 누추한 곳이라 죄송합니다만 기사단 숙소의 빈 방으로 안내할 터이니, 시간이 될 때까지 그곳에서 기다려 주십시오."

물 흐르듯 자연스러운 태도로 소녀를 에스코트하여 응접실 문으로 향하는 피요르드.

문을 천천히 열고, 복도 좌우를 확인하는 그에게 뒤에서 말이 날아왔다.

"저, 저기······."

"왜 그러십니까? 신경 쓰이는 일이 있다면 부디 무엇이든 말씀해 주십시오."

"레, 레네아 건국 당시에, 신께서 강림하셨다고, 드, 들었어요. 그게, 신은 정말로 계신가요?"

그 말에 피요르드는 조금 놀란 표정을 드러냈다.

성녀가 신의 존재에 의문을 드러내다니 있어서는 안 되는 일이니까.

리트레인도 입에 담고서는 큰일이라고 생각했는지, 허둥지둥
하며 얼버무리려고 했다.

그런 그녀의 모습에 살짝 표정이 무너진 피요르드는, 걱정 말
라는 말 대신 가볍게 고개를 가로젓고 부드러운 미소를 지었다.

"예, 신은 계십니다. 그리고 저희를 바로 옆에서 지켜보고 계시
겠죠."

그 말에 어딘가 안심한 모습으로 리트레인은 가슴을 쓸어내렸다.

피요르드는 그 모습을 잠시 관찰하고, 떠올랐다는 듯 그녀를
안내하는 것이었다.

## SYSTEM MESSAGE

현재 각국의 전략 방침……

【마이노그라】
——영웅 아투 탈환 작전 진행 중.
——지도자인 이라 타쿠토의 일시적인 이탈로 내정은
정체 중이지만, 순차적으로 전력을 편성 중.
——상태: 전쟁

【폰카본】
——레네아와의 국경 지대에서 몬스터 대처 중.
——레네아를 상대로는 위력 정찰 상태.
——상태: 중립

【레네아 신광국】
——성기사단원 연속 살해 사건을 파멸의 왕 이라 타쿠
토의 소행이라 판단하여 계속 조사 중.
——상층부는 전투를 시야에 넣고서 행동 중.
——상태: 준 전쟁

【성왕국 퀄리아】
——북방주 재건 및 엘 나 정령 계약 연합 구원에 주력.
——레네아 신광국에 대해서는 신위의 성녀의 명령에
따라 관망.
——상태: 준 전쟁

【엘 나 정령 계약 연합】
——상황 일체 불명. 마녀에게 파괴당했다는 정보도 있
지만, 미확인.
——상태: 불명

OK

# 제6화 번뜩임

레네아 신광국의 중추부가 일종의 기능 불능으로 한창 허우적대는 와중.

마치 남 일처럼 마이페이스로 생활을 만끽하는 이가 있었다.

바로《오니의 아투》였다.

"사건의 전모, 전혀 모르겠네요!"

국가 운영 기능을 집약한 레네아의 본거지인 성 아믈리타테 대교회.

그 안에 있는 개인용 방을 받은 아투는, 현재 그녀들을 고민하게 만들고 있는 문제를 억지로 해결하고자 발버둥 치는 것을 그만두고 조만간 때가 찾아오기를 기다리기로 했다.

홀로 방에 있기 때문일까, 아니면 마이노그라의 넘버 투이자이라 타쿠토의 심복이라는 입장에서 풀려났기 때문일까.

그녀는 침대 위로 자신의 몸을 벌러덩 내던지더니, 품위 없게 뒹굴뒹굴 나태를 누리기 시작했다.

"아—, 대낮부터 침대에서 자는 거, 최고예요⋯⋯."

나태의 극치였다. 마이노그라에서 이 상황을 몰타르 옹 등등이 봤다가는 틀림없이 잔소리 코스일 것이다.

하지만 지금 그녀는 레네아 소속이고, 정확하게 말하면 테이블토크 RPG 세력 소속의 NPC—— 논 플레이어 캐릭터다.

그래서 반쯤 백수로 변하여 편안한 분위기를 누리고 있는 그녀

에게 잔소리할 존재는 없었다.

그렇다고는 해도, 그녀의 행동을 일방적으로 책망하는 것 또한 너무하리라.

GM의 능력으로 완전히 세뇌를 당했다고는 해도, 아투는 적국 측에 소속되어 있던 마녀다.

만에 하나의 경우를 생각하면 신중한 대응이 요구되고, 아무리 혼란기라고는 해도 레네아의 국가 운영에 참여시키다니 언어도 단이라고 할 수 있을 입장이다.

결국에 마이노그라의 멍에에서 풀려난 아투가 생전 처음 맞이한 자유도 어우러져서, 소아리나 일행은 머릿속이 꽃밭인 이 마녀를 그저 놀리고만 있었다.

하지만 아투의 태도만이 문제냐고 묻는다면, 그렇다고 할 수도 없는 사정 또한 있었다.

"그보다도 너무 어수선해서 전혀 안되잖아요. 성녀 소아리나와 펜네는 어쩐지 격의가 있는 모양이고, 마녀 에라키노는 저런 응석받이. 실전 부대인 피요르드 단장은 폭주하는 느낌으로 연락이 안되고. 그리고 나는 찌릿찌릿한 분위기가 싫어서 홀로 철수…… 어라? 이 나라 상층부, 꽤나 핀치 아닌가요?"

근본적으로 상층부의 의사 통일이 전혀 되지 않는 것이다.

쓸데없이 두 성녀가 같은 수준의 권력을 가진 것에 더해서, 마녀와 GM이라는 이레귤러도 존재한다.

각 도시나 마을을 통치하는 사제는 대교회의 지시가 늦어지는 것을 이유로 삼아 독자의 재량으로 행동하기 시작했다.

성기사단에 이르러서는 아시다시피, 최근에는 피요르드도 성녀들과 변변히 얼굴을 마주하려 하지 않는다.

각각의 머리가 제멋대로 정한 방향으로 나아가려 하다가 결국 그 자리에서 움직이지 못하는 머리 여럿 달린 짐승, 그런 상태가 레네아의 현재 상황이었다.

"이래서는 타쿠토 님께 순식간에 멸망당하고 말 거예요. 그렇죠, 타쿠토 님?"

어느새 만들었는지, 품에서 의문의 타쿠토 인형을 꺼내어 말을 거는 아투.

한가하다 못해서 만든, 빈말로도 보기 좋다 할 수 없는 천과 솜덩어리. 하지만 그런 심심풀이를 할 정도로 그녀는 한가했다.

그렇지만 그녀 자신도 성기사단원 살해 사건에 대해서 전혀 무관심한 것은 아니었다.

다름 아닌 타쿠토가 일으키고 있을 문제인 것이다.

적대한다고는 해도, 타쿠토 제일주의인 그녀가 이 문제에 사고를 할애하지 않을 이유는 없었다.

따라서 최근에는 그저 침대 위에서 타쿠토 인형과 눈싸움하며, 과거 주인의 흉계를 추측하는 것이 일과가 되었다.

'타쿠토 님이 일련의 사건을 일으켰다 치면, 무언가 목적이 있을 터. 아뇨, 저를 되찾고 싶다는 훌륭한 목적이 가장 우선인 건 확실하지만, 그런 것치고는 방식이 조금 답답해.'

우당탕 누군가가 방 밖을 뛰어가는 소리가 들렸다.

자기 방에서 잠시 수면을 취하던 성직자 누군가가, 지나치게 잠든 바람에 황급히 일터로 돌아가는 소리일 것이다.

지금의 아투에게 일의 개념은 없었다.

'GM의 능력을 경계하고 있다? 아니, 현재 일어나고 있는 사건의 범인이 여전히 판명되지 않은 이상, 타쿠토 님이 GM의 능력을 상대로 무언가 방어 수단을 세운 건 분명. 그렇다면 보통은 바로 날 되찾으러 올 터.'

창문에서 포근하고 따뜻한 햇살의 기운이 흘러들었다.

아투는 사악한 존재이지만, 소속이 테이블 토크 RPG가 된 영향인지 의외로 나쁘지 않고 오히려 눈꺼풀이 무거워졌다.

'타쿠토 님은 무슨 생각을 하고 있지? 아니, 뭘 기다리고 있지?'

이미 몇 번이나 되풀이한 문답이었다.

이번에도 해답은 나오지 않고, 그저 헛된 시간만이 지나갔다.

아직 대항 수단을 세우지 못한 것은 아닐까? 그런 사고 실험은 몇 번이나 진행했다. 하지만 그렇다면 애당초 성기사단원 살해라는 사건이 일어날 리가 없다.

물론 상대의 전력을 깎아낸다는 등의 뻔히 보이는 패는 아니다.

성기사단원 살해는 목적이 아니라 수단. 이 사건을 통해서 이라 타쿠토는 무언가를 진행하려 하고 있다.

그것이 무엇인가, 아무리 생각해도 해답은 나오지 않았다.

분명히…… 예를 들면.

아투의 동료들이 의사통일을 이루어 원활한 커뮤니케이션이 가능했을지라도 그럴 수는 없을 것이다.

눈앞의 타쿠토 인형을 가만히 바라보는 아투.

마음이 담기고 말았는지 의외로 힘이 들어가서, 안 그래도 겉모습이 좋지 않은 타쿠토 인형의 안면이 더욱 짓눌렸다.

"호, 혹시…… 타쿠토 님, 사실은 조금 화가 나셨다든지?"

이 마당에 이르러서 나쁜 예감이 솟구쳐 올랐다.

타쿠토의 심장을 꿰뚫은 것은 아투 탓이 아닐지라도, 확실히 그것은 그녀가 직접 한 일이었다.

어떠한 형태이든 부하가 주인을 배신한다는 최악의 행실이 타쿠토의 역린을 건드리지 않았다고 단언할 수는 없었다.

한번 떠오르니 불안이 뭉실뭉실 부풀어 오르고, 짓눌린 타쿠토 인형이 '……아투 정말 싫어'라고 중얼거리는 것처럼 들리기조차 했다.

"그래서는 살아갈 수 없어!"

무심결에 크게 외치는 아투.

이어서 옆방에서 쾅, 벽을 성대하게 두들기는 항의의 소리가 울려서 무심코 입에 손을 댔다.

물론 그 행동의 의미는 옆방의 상대에 대한 배려가 아니라, 기분 나쁜 이 걱정을 떨쳐내기 위한 것이었다.

"그래, 타쿠토 님은 적대하는 사람을 결코 용서하지 않는 분. 얕보이면 끝이니까 보복은 딱 백 배로. 봐준다든지 용서한다는 말을 과거에 버리고 온, 모든 걸 찢어발기는 칼날 같은 분! 아아, 용서해 주세요, 타쿠토 님! 저는, 저는 대체 무슨 짓을 저지르고 말았을까요!!"

그런 소리를 하면서도 눈동자에서는 살의와 해의가 넘쳐나는 것처럼 느껴졌다.

아마도 틀림없이 그녀는 눈앞에 타쿠토가 나타나더라도 죽일 수 있을 것이다.

아련한 연심과도 닮은 숭배의 심정을 변함없이 품고 있음에도, 상대를 죽일 수 있다.

과연 그것은 GM이 한 세뇌의 결과에 따른 것인지, 그녀가 천성적으로 안에 품은 악덕에 따른 것인지.

적어도…… 아투는 마녀라고 칭해지기에 걸맞는 정신을 가지고 있었다.

"하지만 타쿠토 님? 타쿠토 님은 어떠한 수단을 사용해서 이 상황을 만들어 낸 걸까요?"

이제까지와 마찬가지. 몇 번이고 되풀이되고, 몇 번이고 헛수고로 그친 의문이 아투 안에서 다시금 올라왔다.

"『Eternal Nations』의 영웅 중에 그런 능력은 없었을 터. 예를 들면 그 지겨운 영웅이 소환되었을지라도, 적어도 GM의 능력을 봉인하고, 게다가 현재 벌어지고 있는 미스테리어스한 사건을 일으킬 수는 없을 테죠……."

이제까지 아투는 성기사단원 살해 사건의 수법을 바탕으로, 타쿠토의 능력이나 수단을 꿰뚫어 보려고 했다.

하지만 그것은 어떤 의미로 곁가지 부분에 불과했다.

무언가 본질을 딱 하나 놓치고 있는 것 같았다. 그 본질이, 퍼즐의 마지막 조각이 부족한 것이었다.

애당초 통상적으로는 그 습격 당시에 입은 부상으로 살아있을

리가 없다. 틀림없이 무언가 속임수가 있는 것은 분명했지만, 그녀가 가진 기억 안에서 그것을 가능하게 만드는 것은 안타깝게도 존재하지 않았다.

"으―음, 으으음……?"

존재하지 않았을, 터다.

"글쎄……? 뭔가 잊고 있는 것 같은데."

작은 가시 같은 위화감이 있었다.

무언가 목까지 나오려고 한다. 하지만 그것이 무엇인지는 전혀 알 수가 없다.

그건 기묘한 감각이었다.

타쿠토와 함께 게임을 수백 번, 수천 번 플레이하고, 『Eternal Nations』의 데이터에 대해서는 거의 알고 있을 터인 자신이 품은 작은 위화감.

문제는―― 그것이 이라 타쿠토에 대한 사항이라는 도저히 있을 수 없는 예감.

본래라면 이대로 잊어버릴 터인 걱정.

하지만 이날은 행운이 그녀의 아군이었다.

"아, 그러고 보니. 잊고 있었다니까 그게 있었네요. 지금 저는 테이블 토크 RPG 진영이니까 주사위를 굴릴 수 있었던가요."

아투치고는 드물게도 하늘의 계시가 내려왔다.

성기사단원 살해 사건의 해답을 알아내는 것은 불가능하다. 그것은 몇 번을 되풀이해도 같은 결과였고, 질문 내용이나 수단을 바꾸어도 성공하지 않았다.

타쿠토의 비밀을 직접 밝혀내는 것 또한 불가능하다.

그것은 이미 에라키노 일행이 시험해 봤고, 결과적으로는 헛수고로 그쳤다.

하지만 자신이 품은 이 자그마한 위화감의 정체라면, 해답을 이끌어 내는 것은 간단할 터.

어찌 됐든 잊고 있을 뿐이다. 계기가 있다면 떠올릴 수 있을 터인 것을 어떻게 막을 수 있을까.

이 정도라면 GM의 강력한 권능을 사용할 필요도 없이, 그녀가 주사위를 굴려서 성공하는 것만으로 충분하다.

실패한다면…… 뭐, 그때는 부아가 치밀지만 시간을 봐서 에라키노를 통해 GM에게 조력을 부탁하면 그만이다.

아무런 단점도 없는, 지극히 간단한 작업이었다.

"이 상황에서 조금 그렇지만, 살짝 두근두근하네요."

생각해 봐야 떠오르지 않을 정도니까, 실제로는 정말 대단한 일은 아닐 것이다.

하지만 시뮬레이션 게임의 캐릭터로서 살았던 자신이 전혀 다른 게임의 시스템을 이용한다는 것은 신선한 느낌이 있었다.

무슨 일이든 처음이 가장 즐거운 법이다. 결과가 두서없는 내용이었을지라도 뭐, 좋은 추억이 될 것이다.

그런 가벼운 기분으로…….

"으음── 번뜩임 판정! 타쿠토 님에 대해서 잊고 있는 걸 떠올려라!"

오니의 아투는 주사위를 굴렸다.

**아투의 《번뜩임》 판정  1d100=【98】**

**판정: 성공, 아투는 기억을 더욱 선명하게 떠올릴 수 있게 되었다.**


그리고, 운명이 정해졌다.

"어라? 무척 기묘한 느낌인데 성공일까요? 으—음, 아—, 어찌어찌 떠올랐어요. 파멸의 왕이라 불리는 이라 타쿠토 님……."

한동안 아투는 음음 신음했지만, 갑자기 깜짝 놀란 표정으로 바뀌고 눈을 부릅떴다.

이윽고 조금 전과는 돌변하여 얼굴이 점점 새파래지고…….

"——읏! 설마!!"

그녀는 자신이 이 세계에 온 뒤로 계속 잊고 있던 정보를, 지금 간신히 떠올렸다.

그것은 그녀에게 너무나도 치명적인 내용이었다.

"이야기……라고요?"

"예, 그렇습니다, 소아리나 님. 사실은 예의 괴인에 대해서 하나 걱정이 있어서, 부디 상담에 응해 주셨으면 합니다."

성 아믈리타테 대교회의 어디인지도 모를 장소.

인기척이 없는 그 장소에서, 성녀 소아리나는 성기사 피요르드로부터 기묘한 요청을 받고 있었다.

의도를 파악할 수 없는, 이상한 제안이었다.

덧붙여서 상황이 또 기묘했다.

좀처럼 사람이 오지 않는, 대교회의 지하 깊숙이 존재하는 이 곳 자료실에 있는 자신을 간단히 찾아낸 것이 하나.

남들의 시선을 피하듯이 이야기를 가져온 것도 하나.

게다가 성기사 피요르드에게서 평소에는 결코 볼 수 없는 무언 가 정체 모를 기백 같은 것을 느낀 것이 하나.

이제까지의 보고나 상담과는 무언가가 달랐다.

"저기, 그럼 제 쪽에서 모두를 모이도록——."

"——아뇨."

당황스러운 제안에 부정이 돌아왔다.

역시 펜네나 에라키노에게는 들려주고 싶지 않은 이야기일까.

더더욱 의문스러워졌지만, 지금의 소아리나에게는 곤혹스러워 하는 것밖에 허락되지 않았다.

"부디 비밀로, 소아리나 님께만 확인하고 싶습니다. 제 걱정이 확실하다면, 일은 신중하게 진행해야만 하오니."

이의를 허락하지 않는 말이었다.

과연 그는 무엇을 이야기할 생각일까? 귀기 서린 피요르드의 태도에, 소아리나는 그저 곤혹스러운 듯 끄덕일 수밖에 없었다.

## 각종 판정

캐릭터의 행동은 , 각종 행동에 할당된 데이터와 판정 시트를 바탕으로 성패를 판정합니다 .

기본적인 데이터는 룰 북에 기대된 그대로이지만 , 시나리오상 필요하다고 판단되는 경우에는 그런 데이터의 변경이 허락되어 있습니다 .
또한 룰 북상에 존재하지 않는 행동에 대해서 판정이 필요하다고 여겨지는 경우에는 , GM이 적절한 판정 방법을 제시하여 판정을 진행해야만 합니다 .

이런 룰 북 밖의 판정을 진행할 때에는 원칙적으로 참가자의 동의가 필요하고 , 특정 참가자가 이익을 얻을 수 있는 자의적인 운영은 인정되지 않습니다 .

※다만 판정의 복잡화로 게임 플레이에 영향이 미치는 등의 경우에만 , 참가자 전원의 동의를 바탕으로 간략화나 주사위를 사용하지 않는 결과 운용이 가능해집니다 .
※또한 플레이어 측에서도 , GM 의 심판에 이의를 제기할 때에는 참가자 전원이 납득할 수 있는 이유를 제시해야 하고 , 불만 사항을 이야기하는 경우에는 반드시 해결책을 준비해야만 합니다 .
※게임의 플레이 목적은 최고의 게임 체험을 참가자 전원이 공유하는 것이지 , 특정 플레이어가 승리 또는 게임 상의 이익을 최대화하는 것이 아닙니다 .
자기 위주의 주장은 게임 체험을 크게 망친다는 이해가 필요합니다 .
※참가자는 손님이 아니라 GM 과 함께 게임을 플레이하는 공동 창조자라는 사실을 잘 이해하고 , 협조적으로 게임을 플레이합시다 .

**( ※제 4 판까지의 추가 사항 )**

# 제7화 호령

폭풍전야란, 때로 정체 모를 기묘한 감각을 사람들에게 줄 때가 있다.

암흑 대륙에서는 좀처럼 볼 수 없는 비가 추적추적 계속 내리는 그날 밤도, 어딘가 기묘한 감각을 주는 구석이 있었다.

"으음……."

드래곤탄 시장 집무실에 임시로 마련된 자그마한 책상 앞에 앉으며, 몰타르 옹은 종이 한 장으로 시선을 향했다.

깔끔한 글씨로 적힌 그 내용은, 이전에 그의 주인인 타쿠토가 부활 당시에 낸 숙제라고도 할 수 있는 물음이었다.

그가 이르길, 어떻게 이라 타쿠토는 그 습격에서 살아남았는가.

그가 남긴 문장은 다음과 같다.


하나. 아투의 공격은 확실히 내게 직격했고, 그것은 나를 죽음에 이르게 할 수 있는 것이었다.

하나. 성녀 소아리나의 화염 역시도, 나를 죽음에 이르게 할 수 있는 것이었다.

하나. 나는 자신의 상처를 치유하는 회복 스킬을 가지고 있지 않다.

하나. 공격을 받은 것은 나 본인으로 분신이나 다른 존재, 대역, 환각 등이 아니다.

하나. 나는 리스타트를 포함하여 죽고서 부활한 것이 아니다.

하나. 나는 제삼자의 개입 없이 이 위기를 벗어났다.

하나. 이런 일련의 일은 모두 현실이다.


이것이 그가 남긴 모든 문장이고, 여기에 모든 것의 비밀이 숨겨져 있다.

하지만 전제 조건이 여럿이라 간단히 대답할 수 없는 그것은, 마치 난이도가 높은 수수께끼 풀이처럼 이 현자를 고심하게 만들었다.

"아무리 생각해도 모르겠군⋯⋯. 왕께서 우리가 모르는 무언가의 수단을 사용한 건 분명하지만, 대체 어떠한 수단을 사용하면 그 상황에서 부활하실 수 있는 것인가?"

두 손 들었다는 듯이 의자에 깊숙이 몸을 기대자, 끼익 소리와 함께 나무가 삐걱댔다.

테이블 위에 놓인 양초 불빛이 한층 크게 일렁거리고, 밖에서 들리는 빗소리가 무척 마음 편히 귀로 흘러들었다.

조용한 시간은 쌓인 피로를 다소 풀어주고, 이윽고 몰타르 옹이 어깨를 주무르며 휴식은 끝났다는 듯이 남은 일을 정리하려던 그때⋯⋯.

"앗, 아직 그거 생각하고 있었구나."

갑자기 등 뒤에서 목소리가 들렸다.

"오오! 왕이시여, 이런 모습이라 실례했습니다. 말씀해 주셨다면 이쪽에서⋯⋯."

몰타르 옹은 무심코 반사적으로 자신의 주인에게 대답했지만, 그 상황이 있을 수 없다는 것을 이해하고 말을 잃었다.

"와, 왕이시여! 어느새!!"

"어쩐지 두 번째 같기도 한데, 이러면 다들 놀라주니까 좀 기쁘네."

마치 장난이 성공한 어린아이처럼 깔깔 웃는 것은, 그가 신봉하고 심신을 바쳐 섬기는 마이노그라의 왕이었다.

갑자기 출현한 자신의 주인을 보고 몰타르 옹의 긴장감이 단숨에 높아지고, 동시에 머릿속에서 이런저런 정보나 의문이 탁류처럼 거칠게 소용돌이쳤다.

"와, 왕이시여. 대체 어떻게 이쪽에, 지금은 퀄리아에 잠입해 계신 게 아니었습니까?"

가장 첫 의문은 이것이었다.

퀄리아── 정확하게는 레네아 신광국으로 아투 탈환을 위해 잠입한 타쿠토가 이 자리에 있다니, 도저히 생각할 수 없는 일이었다.

드래곤탄이 존재하는 암흑 대륙과 레네아 신광국이 존재하는 정통 대륙에는 상당한 거리가 존재한다.

아무리 두 곳의 입지가 가깝다고 해도, 사람의 걸음으로 움직인다면 상당한 시간을 필요로 한다.

물론 그들의 왕이 가진 힘을 흔해 빠진 행상인이나 여행자와 비교하는 것은 너무나도 불경하지만, 그렇다고 해도 평범하게 생각하면 이동에 며칠은 필요할 것이다.

덧붙여서 지금은 두 나라의 국경 근처에 미지의 몬스터가 출현하여, 성기사단과 폰카븐이 경계와 대처에 나섰다.

그런 위험 지대를 돌파해서 찾아오기에는 너무나도 빠르고, 너무나도 홀가분하게 느껴진 것이었다.

"뭐, 그렇지. **마법**을 썼어."

의미심장하게 살짝 특이한 발음의 그 말에 무심코 고개를 갸웃거렸다. 하지만 그 이상 타쿠토가 아무 말도 하지 않았기에 몰타르 옹도 질문을 자제했다.

마법의 심연은 끝이 없다.

틀림없이 그도 모르는 기술이 자신의 왕에게는 존재하는 것이리라.

그렇게 납득하는 사이에 이야기는 다른 화제로 진행되었다.

"아, 그보다도 다들 어디 있을까? 혹시 벌써 잔다든지?"

"아뇨, 마침 휴식을 취하던 참입니다. 곧 이쪽으로 돌아오겠죠. ……아니지, 왕께서 귀환하셨다면 중대사, 바로 불러와야겠군요!"

"아, 딱히 그렇게까지 서두르지 않아도……."

몰타르 옹이 나잇값도 못 하고 혈기에 넘치는 것을 보고 그만 나무라는 타쿠토.

하지만 그 위에 이어진 말에 저도 모르게 식은땀을 흘리고 말았다.

"아뇨! 왕께는 이것저것 말씀드려야만 하는 것, 여쭈어야만 하는 것이 잔뜩 있습니다! 시간은 유한. 바로 회의 준비를 하겠으니, 부디 거기서 기다려 주시기를! 아시겠습니까! 멋대로 어딘가로 가지 마시고, 꼭 기다려 주시는 겁니다!"

"하, 하하하하……."

이래서야 이래저래 털릴 가능성이 있겠는데.

예의 습격 이후, 부하 다크 엘프들을 잔뜩 휘두른 타쿠토.

물론 그만큼의 의미는 있었고 성과도 있었다.

그렇다고 해도 역시나 잔소리를 피할 수는 없겠다는, 눈을 돌리고 있던 현실을 간신히 받아들였다.

.........

......

...

"왕이시여!! 무사하셨습니까! 한심한 저희에게 부디 벌을 내려 주십시오!"

"정말로, 정말로 다행이에요. 한때는 어떻게 되는 건가……."

"임금님, 어서 와―."

"잘 오신 거예요."

기아와 에므루가 감격의 눈물을 흘리고, 이미 잔뜩 텔레파시로 대화를 나누었던 엘프루 자매가 비교적 시원스럽게 환영의 뜻을 표했다.

그 밖에도 도시장인 엘프 안텔리제나 비교적 직위가 높은 이들도 몇 명인가 모여 있었다.

적지 않은 인원들이 저마다 기쁨의 말을 바치고, 참으로 멋쩍은 기분으로 타쿠토는 소파에 앉았다.

"이것 참, 어쩐지 단숨에 기온이 올라간 것 같네."

장소를 옮겨서 현재는 응접실이었다.

손님용 소파에는 우선 타쿠토가 앉고, 그 좌우를 당연하다는 듯이 엘프루 자매가 점거했다.

맞은편에는 몰타르 옹과 에므루.

남은 사람들은 소파를 둘러싸듯이 서 있어서 조금 압박감이 있었다.

본래라면 조금 더 큰 회의실이라도 준비해야 할 터였지만, 타쿠토 본인이 그것을 거절했기에 이런 기묘한 모양새가 되었다.

이러는 편이 목소리가 더 잘 들리니까 비 오는 날에는 낫겠다는 판단으로, 실제로 빗발은 점점 강해지고 있었다.

선 채로 회의에 참가한 사람이 조금 가여웠지만, 이 정도로 약할 소리를 내뱉거나 그런 생각을 하는 사람은 이 자리에 없었다.

"자…… 그럼 어디부터 말할까. 우선은 내가 지시해 둔 준비는 되고 있어?"

그리고, 회의가 시작되었다.

의제는 굳이 말 안 해도 모두가 이해하고 있었다. 이제까지 공들여서 왕이 기른 복수의 씨앗이, 마침내 싹을 틔울 때가 온 것이다.

"예, 그쪽은 정체 없이. 국내의 안정은 물론이거니와, 시민에 대한 정보 통제 따위도 문제없이 진행하고 있습니다."

"왕의 부재에 대해서도 수상쩍게 여기는 자는 있을 테지만 거기까지로군요. 레네아 신광국이 무언가 들어주기 힘든 망언을 퍼뜨리고 있지만, 국내에 동요하는 사람은 없습니다."

"응, 고마워."

에므루와 몰타르 옹이 앞다투어 대답했다.

국내의 통제는 아무래도 문제없는 듯했다. 타쿠토 자신도 지도자로서의 권능을 이용하여 부하나 국민의 눈을 통해서 알고 있었지만, 보고를 받고서 한층 더 실감을 얻었다.

자신의 손을 벗어나서 국가의 방향키를 맡기는 것은 조금 불안이 있었지만, 그들은 타쿠토의 기대에 잘 응해준 듯했다.

다만 당초에는 몰타르 옹을 비롯한 어른들이 거의 쓸모가 없었기에, 가장 큰 공로자는 양옆의 어린 자매일지도 모르지만⋯⋯.

"폰카븐 쪽은 현재 국경에 출현한 몬스터 처리에 나섰습니다. 이미 퀄리아── 실례, 레네아였죠. 그쪽 영토로 파고든 모양인데, 어떨까요?"

"그런 부분은 이미 페페 군이랑 협의했으니까 문제없어. 그들로서도 실전 경험이나 괜찮을 땅을 원할 테고, 추후의 일을 생각하면 그곳을 제압하는 건 올바른 판단이야. 우리 쪽에서 굳이 참견할 요소는 어디에도 없으려나."

어라? 그런 시선이 몇 개 날아들었다.

이른바 '언제 폰카븐과 협의를 진행했느냐?'라는 의문이었다.

그 물음에 대답할 수도 있었지만, 오늘 밤 그 이야기를 하기에는 시간이 조금 부족했기에 타쿠토는 굳이 무시했다.

『마법』에 대해서 설명하는 것은 언제든지 가능하고, 지금 중요한 것은 어떻게 했느냐? 하는 수단보다도, 폰카븐── 그러니까 페페와 양국의 대응에 대해서 협의했다는 결과다.

다른 이들도 그것을 이해하고 있는지 언급은 없었다. 물론 양국의 지도자가 결정한 내용에 대해서도 딱히 추궁할 생각은 없었다.

"내정적인 부분은 안심이네. 군사 측면 말인데, 바로 움직일 수 있는 부대는 어느 정도 갖추어졌어? 캐리어와 메어리어를 통해서 준비하도록 전해 뒀는데."

이것이 이번 작전의 핵심 중 하나다.

바로 행동으로 옮길 수 있는 부대가 적어도 한 부대는 필요했다.

덧붙여서 이번에는 어느 정도 숫자가 필요하기에, 개별적인 전투 능력이 높은 마이노그라의 유닛은 물론, 총기로 무장한 다크 엘프 부대 운용이 중요해진다.

"어떻게든 준비했어―. 정말로 어떻게든…… 두 번 다시 하고 싶지 않아."

"전사단 사람들은 괜찮았지만, 새 머리 씨나 벌레 씨가 임금님 말고는 말을 듣고 싶지 않다며 제멋대로 굴어서 정말로 힘들었던 거예요. 임금님은 마음대로 나갈 수 있어서 좋았겠네요."

"그, 그래……."

쌍둥이 자매 쪽이 살짝 기세가 강했기에, 그리고 보니 달이 떠 있지는 않더라도 지금은 밤이었다는 걸 떠올리는 타쿠토.

이들 둘에게는 자신의 신변을 돌보는 것부터 잔뜩 폐를 끼쳤기에, 반드시 시간을 들여서 감사와 만회를 해야겠다며 내심 쓴웃음 지었다.

하지만 두 사람의 마음고생과 맞바꾸어 결과는 매우 훌륭한 듯했다.

"자세한 내용은 저 기아가 설명하겠습니다. 무장 다크 엘프 총사단은 이미 출격 준비가 완료되었습니다. 명령만 있다면 언제든지. 그리고 《족장충》 등 왕 휘하의 몬스터도 지정한 숫자를 편성하여 대주계에 대기시켜 두었습니다."

"응응. 완벽하네."

"그럼, 드디어 레네아 신광국에게 선전포고하고 군을 파견하는 거로군요. 선두는 부디 저 기아에게! 지난날의 굴욕을 갚아주고, 반드시 아투 경을 구해내겠습니다!"

"아, 모두에게는 다른 일을 시킬 생각이니까, 아투를 되찾는 건 내가 할게."

간단히 기각당한 기아의 말에, 전원이 어라? 하고 의아하다는 표정을 지었다.

기아가 저돌맹진 기질인 것은 매번 있는 일이지만, 그들도 마찬가지로 레네아로 진군을 예상했던 것이다.

마이노그라와 레네아가 준비하고 있을 성기사가 충돌하고, 그 사이에 일부 인원이 아투 탈환과 성녀 격파를 시도한다.

그 앞 단계로서의 조사가, 타쿠토가 진행하던 적국 잠입이라고 판단했다.

하지만 그 예상은 간단히 뒤집혔다.

아무래도 그들로서는 도무지 짐작도 안 가는, 장대한 계획이 아직 모습을 드러내지 않은 것처럼 여겨졌다.

"하지만 그래서는…… 적어도 선두에 서거나 방패로서라도 도움이 되지 않아서는 면목이 서질 않습니다!!"

"응. 그 마음은 기쁘지만, 솔직히 모두에게는 조금 어려운 상대거든—."

그 말에, 기아 이하 흥분한 기색이었던 이들은 모두가 찬물을 뒤집어쓴 것 같은 기분이 되었다.

어떻게든 생각하지 않으려고 했지만 이번 작전, 그러니까 아투 탈환과 적 격파를 생각할 때에 결코 피할 수 없는 사실.

즉—— 마이노그라의 전력은 적에게 유효한 타격을 주는 것이 불가능하다는 잔혹한 현실이었다.

"왕이시여…… 그자들은 무엇입니까?"

대표해서 몰타르 옹이 물었다.

그날, 그들은 진정한 절망을 알았다.

자신의 눈앞에서 왕이 해를 당하고, 자신들이 펼친 결사의 저항이 모두 무위로 돌아갔다.

대체 어떠한 속임수가 있었는가, 대체 어떠한 힘이 작용했는가.

타쿠토가 부활한 위업도 그렇거니와, 적대자의 능력 역시도 미지에 뒤덮여 있었다.

"그건 테이블 토크 RPG의 권능을 가진 자들이야. 나와 비슷한…… 하지만 전혀 다른 힘을 가지고 있어."

"테이블 토크 RPG?"

조용히 꺼낸 말은, 하지만 그 자리에 있는 누구도 모르는 것이었다.

익숙하지 않은 단어에서, 그것이 평소에 왕이 자주 입에 담는 신의 나라에서 유래된 것이라고 추측했지만, 당연히 추측할 수 있다는 것만으로 해답을 알 수는 없었다.

하지만 이 화제만은 타쿠토도 설명이 필요하다고 판단했는지, 앞선 몇 가지 화제와는 달리 명확하지는 않지만 세세한 내용을 이야기하기 시작했다.

"으—응, 설명하기 어려운데. 뭐, 온갖 행동을 주사위의 결과에 따라 판정할 수 있는 능력을 가졌다⋯⋯고 해둘까."

이윽고 경악스러운 사실이 언급되었다.

테이블 토크 RPG의 능력이란, 다시 말해 도박의 능력이다.

온갖 행동을 도박으로 보고, 주사위가 가리키는 운명의 개입을 허락한다.

그러니까 아무리 노력해서 절대적인 힘을 가졌을지라도 운이 나쁘면 죽고, 아무리 무능하고 무력할지라도 운이 좋으면 산다.

모든 전제 조건을 부정하는, 그 상황 한정인 승부의 연속.

그것이 상대가 가진 권능이었다.

타쿠토는 그가 알아낸 정보를 더더욱 밝혔다.

GM이라 불리는 존재. 그의 부하인 마녀. 그리고 마녀를 받아들이고 손을 잡은 성녀와 구 퀼리아 남방주.

어떻게 보면 역할을 바꾼 자신들과 같은 존재라고도 할 수 있는 세력.

그것이 그들이 지금 상대하는 존재들이었다.

물론 다크 엘프들의 동요는 컸다.

적에게 성녀가 있다는 사실은 이미 알고 있었지만, 덧붙여서 마에 속한 자를 받아들였다는 것.

그 마녀와, 그녀를 사역하는 주인이 타쿠토와 같이 신과도 마찬가지인 존재라는 것.

다만 그들을 가장 경악하게 만든 내용은, 그들의 왕이 습격당한 그날에 전혀 저항을 허락하지 않았던 적이 가진 미지의 힘. 그 정체였다.

"그러니까 저희의 공격이 닿지 않았던 것도 그 판정에서 공격 실패가 나왔기 때문이라고."

너무나도 무모한 내기다.

자칫 잘못하면 오히려 적이 패배했을 테고, 그럴 가능성이 오히려 높았다.

하지만 승리한 것은 적, 다시 말해 무수한 것이나 마찬가지인 내기의 연속에서 적은 멋들어지게 승리한 것이다.

몰타르 옹은 그렇게 생각했다.

"아니, 그건 GM이 《심판자》의 권능을 이용해서 억지로 성공 판정을 했으니까 말이야."

그 내막은 너무나도 부조리해서 이해하기에는 시간을 필요로 했다.

"적의 수괴, GM은 온갖 사상을 판정하는 권한을 가지고 있어. 예를 들어 검정이 나왔을 때, 그가 하양이라고 하면 하양이 되지. 아무리 이쪽이 전력을 갖추어서 들어가더라도, 상대가 자신의 승리를 판정하는 것만으로 우리는 패배한다는 구도야."

그 자리에 있는 모두가…… 마녀가 된 엘프루 자매조차 말을 잃었다.

그것은 자신의 운명을 하늘에 맡기는 내기가 아니었다. 처음부터 속임수가 있었고, 당연히 그들에게 유리한 판정밖에 나오지 않는다.

승부 따위는 어디에도 존재하지 않고. 상대의 승리, 그리고 자신들의 패배라는 확정된 미래밖에 존재하지 않았던 것이다.

"아투를 빼앗긴 것도 이 권능 탓이야. 사실은 아무리 주사위 판정에 성공해도 그렇게 간단히 되지는 않았을 텐데, 억지로 가져 갔어."

이때만큼은, 타쿠토도 벌레 씹은 표정을 드러냈다.

그 스스로가 자신의 패배보다도 무엇보다 아투를 빼앗긴 사실을 후회하는 것 같았다.

그럴 만큼…… 적은 강력했다.

"──왕이시여! 아투 씨는, 아투 씨는 괜찮은가요?!"

아투의 이름이 나오자, 에므루가 끝내 자신을 억누르지 못하고 외쳤다.

모두가 마음 아파하고, 그리고 안부를 걱정하던 문제다.

에므루는 같은 여성이기도 하면서 동시에 마이노그라 운영의 다양한 부분에서 아투의 신세를 졌기에 더욱 각별하게 생각하는 것이리라.

흔들리는 눈동자에서는 당장에라도 눈물이 흐르려 하고, 안부를 걱정하는 말은 불안감 때문에 떨렸다.

"아투 말이지…….."

조용히, 무어라 형용할 수 없는 마음이 담긴 말에 에므루는 어깨를 움찔 떨었다.

어쩌면 자신들이 상상하는 것 이상으로 사태는 심각한 것이 아닐까? 그런 나쁜 예감이 가슴속을 지배했다.

왕이 무사했다는 것, 그리고 군이 왕이 잠입하면서까지 조사를 진행한 것 때문에 아투의 안부를 낙관적으로 보던 부분도 있었다.

하지만 그런 근거 없는 낙관이 점차 사라지고, 씻어낼 수 없는 불안이 밀려들었다.

타쿠토는 동요를 내비치는 그들을 둘러보고는, 애써 냉정을 가장하여 그녀의 상황을 설명했다.

"어, 어쩐지 말이지. 내가 상상하던 것 이상으로 좋은 공기를 마시고 있었으니까 그건 괜찮을 거라 생각해."

모두의 머리 위에 물음표가 떠올랐다.

확실하게 '어?' 하는 표정이 조금 전의 무거운 분위기를 날려버리고, 무슨 이야깁니까? 하는 모두의 시선이 타쿠토에게 박혔다.

"……그래서? 왕이시여, 좋은 공기라면?"

몰타르 옹이 모두의 의문을 대변했다.

그의 미간에는 강한 주름이 새겨졌고, 뭐가 뭔지 모르겠다고 그러듯이 턱수염을 손으로 만지고 있었다.

"일도 안 하고 매일 뒹굴뒹굴하면서 거기 특산품인 맛있는 걸 먹고 있었어……."

모두가 입을 다물었다.

조용한 분위기였을 터인데 성대하게 박살난 것이었다.

쌍둥이 같은 경우에는 미소로 머리에 파란 힘줄을 띄웠고, 그

173

만큼 걱정하던 에므루조차 머리를 부여잡았다.

모두가 안부를 걱정하던 영웅은, 어찌된 일인지 완전히 상대측에 순응하고 있었다.

"내 휘하가 아니라면 그렇게나 자유로워지는구나……."

그 말에 대답할 수 있는 사람은 아무도 없었다.

그녀의 명예를 위해서 타쿠토는 굳이 언급을 꺼렸지만, 그는 아투가 모르는 곳에서 그녀의 일거수일투족을 관찰하고 있었다.

물론 성녀, 마녀와 나눈 회의 때에 성대하게 타쿠토 자랑을 늘어놓은 것도, 조잡한 타쿠토 인형에게 밤낮없이 말을 건네는 것도 말이다.

모르는 것은 아투 본인뿐. 이 사실을 아투 본인이 안다면 수치스러운 나머지 비명을 지르며 바닥을 굴러다녔을 것은 확실했지만, 다행히도 타쿠토는 이 기억을 무덤까지 가져갈 것을 결심했다.

"뭐, 뭐어 그거야! 적 때문에 이상해졌다고 생각하는 게 타당하지 않을까?! 빨리 데려와야겠어! 이대로는 가여우니까!"

그렇게 도움이 되지 않는 도움을 주었지만, 애당초 아투는 타쿠토의 부하였을 때부터 비교적 자유로운 사람이었기에, 이 주장은 표면적으로는 어쨌든 썩 동의를 받지 못했다.

그 사람은 대체 뭘 하는 거야? 그런 곤혹과 분노가 반.

그래도 무사해서 다행이라는 기쁨과 안도가 반.

결국에 다크 엘프들은 아투의 기행을 받아들이고, 지금은 마이노그라가 직면한 위기에 대처하고자 자신들이 얼마나 헌신할 수 있을지에 주력하기로 한 것이었다.

"하지만 임금님—. 어떻게 적을 쓰러뜨릴 거야—?"

"그러네요, 언니. 상대가 신과 같은 힘을 휘두른다면 이쪽의 패배는 확정. 파고들 틈이 있을 것 같지도 않은 거예요. 게다가 아투 씨도 무직이 되었다고는 해도 이제는 적, 데려오려면 세뇌를 풀 필요가 있는 거예요. 무직이지만요."

여전히 쌍둥이의 자세가 강경했다.

역시 낮에 와야 했을까? 그런 마음 약한 생각을 품으며, 확실히 그녀들의 의문도 지당하다고 납득했다.

테이블 토크 RPG 세력의 능력은 흉악 그 자체다. 특히 GM이 그 능력을 체면 따위는 개의치 않고 사용하는 것이 치명적이었다.

모든 사상을 판정하는 그 권능. 본래라면 절도와 양식을 가지고 휘둘러야 할 그것이 멍에에서 풀려났다면, 저항할 수단은 없는 것이나 마찬가지.

그렇다, 없는 것이나 마찬가지.

다시 말해…… 미약하지만 수단은 남아 있는 것이었다.

"이 세상에 완벽한 것은 그렇게 많지 않아. 특히 그것이 사람이라면, 불완전하다는 말이 어울릴 정도야. 그리고 신과 같은 힘일지라도, 사람이 사용하는 한 방법은 얼마든지 있어."

사실 타쿠토는 어떠한 수단을 사용해서 자신의 행동을 GM에게서 숨기는 것에 성공했다.

그 성공이야말로 타쿠토가 레네아에서 가장 원하는 것이자, 완전무결한 《심판자》의 권능을 격파할 힌트가 되는 것이었다.

타쿠토는…… 이번 작전에서 모든 준비를 마치고, 이곳 드래곤탄으로 돌아왔다.

""으음!""

"엇! 뭐, 뭔데?"

그런 그에게 양쪽에서 항의의 불만이 터져 나왔다.

뭐가 마음에 안 들었지? 타쿠토는 그렇게 허둥댔지만, 그치고는 드물게도 이번에는 말로 꺼내지 않더라도 쌍둥이의 주장을 잘 알 수 있었다.

그러니까 슬슬 내막을 밝히라는 것이었다.

"어—, 그러네. 이제는 정답을 맞춰 보는 시간을 가지는 게 좋겠어! 그보다도, 역시나 이건 너무 어려웠던 것 같네……."

그러면서 타쿠토는 천천히 몰타르 옹의 가슴께를 가리키고, 이어서 손가락으로 사각형을 만들었다.

그 동작에 몰타르 옹은 몇 초 생각에 잠겼지만 오오, 라며 소리 높이고 가슴께에서 숙제 종이를 꺼냈다.

테이블 위에 조심스러운 동작으로 그 종이를 놓는 것을 보고 타쿠토는 이야기를 시작했다.

그날, 무슨 일이 있었는지.

그가 무엇을 했는지를…….

………

……

…

"자, 그럼 한 번 더 확인할까. 이번 작전의 가장 큰 목표는 아투 탈환. 이어서 적대하는 성녀와 마녀 격파."

모두가…… 입을 열지 못했다.

"GM이 사용하는 《심판자》로서의 권능에는 내가 대처할게. 그것에는 치명적인 약점이 있어."

타쿠토가 가진 권능. 그 일부를 보았기 때문이다.

"모두에게 주로 맡기고 싶은 건 뒤처리. 레네아 신광국이라는 나라를 지도에서 없애려면 나만으로는 좀 힘드니까."

이해가 따라가지 않았다.

그것을 할 수 있다는 판단은 물론 가능했다. 능력도 확실히 규격 밖이고, 그것은 예의 GM이라는 녀석이 가진 능력에 필적할 것이다.

하지만 어디서 그런 발상이 나온 것인가? 그런 생각이 가슴속에 강하게 자리 잡았다.

그것은 도저히 의지를 가진 존재가 할 수 있는 일이 아니었다.

"아마도 이번 작전이 끝나면 대륙 전체가 혼란에 빠지게 되겠지만 뭐, 어쩔 수 없지. 아투를 나한테서 빼앗았으니까."

단 하나 알 수 있었던 것은.

눈앞에 있는 존재는 자신들의 상상 밖에 있는, 그야말로 신과 같은 존재라는 것이었다.

"아, 그러고 보니 기왕이면 작전명을 생각해 둘까! 으음…… 그럼 『신광국 참수 작전』으로 하자!"

그리고 동시에, 파멸의 왕을 자칭하기에 걸맞은 악의와 해의, 무엇보다 말로 하는 것도 꺼려지는 무서운 사악을 그 안에 품고 있다는 것을…….

"철저하게 해줘. 나는 당한 일에는 확실하게 갚아주는 타입이니까."

이곳에서, 파멸의 왕이 호령을 내렸다.

그 작전명은, 마치 보복을 하는 것처럼 성스러운 진영이 취한 수단과 같은 것이었다.

---

**SYSTEM MESSAGE**

이라 타쿠토에게 지도자 권한이 돌아왔습니다.
작전명 『신광국 참수 작전』을 개시합니다.
이후 작전 종료 혹은 중단까지 특정한 행동이 불가능
해집니다.

OK

---

# 제8화 급변

성 아믈리타테 대교회의 어느 방.

원래는 제구 따위를 보관하는 방이고, 현재는 대신에 많은 서류가 보관되어 있는 그 방에서, 한 여성이 크게 외쳤다.

"뭐, 뭘 하시는 겁니까?! 그만하세요!"

눈물을 글썽이며 비난의 목소리를 높이는 것은 어린 수녀.

남방주에 있는 한적한 농촌에서 반쯤 강제적으로 소집되어, 무슨 인과인지 이 방에서 각종 결재 서류 따위의 보관을 명령받은 가련한 마을 처녀 출신의 수녀였다.

"에잇! 입 다물어요, 지금은 그럴 때가 아니라고요! 나중에 정리하면 되잖아요!"

"그런 말도 안 되는 소리를!!"

상대하는 것은 전 마이노그라의 영웅 《오니의 아투》.

그녀는 겁을 먹은 상태에서도 신께 받은 일에 대한 책임감에 필사적으로 저항의 목소리를 높이는 수녀를 무시하고서 서류를 뒤지고 있었다.

진지해서 대충한다는 것을 모르는 수녀가 열심히 정리한 서류 다발은, 현재 아투 때문에 뿔뿔이 풀어져서 마치 눈보라처럼 방을 떠돌고 있었다.

차례차례 산처럼 찾아오는, 이미 용건을 마친 서류.

그것들을, 어쩌면 언젠가 필요해질 때가 올지도 모른다며 부지런히 야근까지 해서 정리한 지난날이 주마등처럼 지나갔다.

대체 자신이 뭘 했다는 것인가. 수녀의 눈에서 눈물이 넘치고, 마침내 한계에 다다랐을 때였다.

"펜네 님! 이쪽입니다!"

"아아! 고개 숙인 성녀님!"

그 상황을 움직일 조력자가 나타났다.

마찬가지로 서류 정리를 맡은 동료 수녀가 고개 숙인 성녀 펜네를 데리고 와준 것이었다.

지금 현재 이 방에서 행패의 극치를 되풀이하는 아투라 불리는 인물은, 입장이 무척 복잡한 손님이었다.

정식 지시 계통으로 들어오지는 않았지만, 레네아에 있어 중요 인물로 취급되는 그녀에게 무언가를 강제하려면 성녀의 명령이 필요했다.

하루하루 바빠서 좀처럼 붙잡을 수 없는 성녀를 데리고 올 줄이야……

수녀는 신에게 감사의 말을 바치는 것과 함께, 조금 더 빨리 왔다면 좋았겠다며 마음속으로 성대하게 울었다.

그런 수녀의 한탄은 제쳐놓고, 이 광경을 본 펜네는 그 참상에 벌린 입을 다물지 못했다.

"아투…… 당신, 뭘 하는 걸까?"

과거의 자료에 무언가 흥미를 품었다는 것은 펜네도 이해했다.

그렇다고 해도 방식이 너무도 거칠고 조악했다.

현재 레네아가 여전히 어려운 상황이라는 것은 아투도 이해하고 있을 터.

자신들의 동료일 터인 그녀가, 일도 안 하는 상황만으로는 부족해서 다른 사람의 일을 더욱 늘리는 소행을 저지른다는 사실에 크게 곤혹스러웠던 것이다.

그 의도를 듣고, 경우에 따라서는 설법조차 필요하다고 생각한 펜네는 한 걸음 내디뎌 방으로 들어갔지만…….

"──윽?!"

그 행동에 아투는 기묘할 정도의 반응을 드러냈다.

"……? 왜 그러지? 당신, 조금 이상해."

그것은 명확한 거절이었다.

아니, 의심이라고 해야 할까? 성녀로서 다양한 사람들과 만나고, 과거에 수많은 경험을 거친 펜네는 이런 태도와 감정에 특히 민감했다.

아투가 이쪽에게 의심을 품고 있다는 것은 간단히 이해할 수 있었지만, 그렇다고 해도 그러는 이유는 전혀 알 수가 없었다.

GM이 한 세뇌가 풀린…… 것은 아니었다.

그렇다면 그녀는 곧바로 자신들에게 칼날을 향하고, 그 자리에 살아있는 모든 것을 몰살하려 시도했을 것이다.

막상 그녀가 한 일이라면 과거의 자료를 뒤지는 것뿐.

이것은 오히려 자신이 아직 알아차리지 못한, 감추어진 무언가를 가장 먼저 알아차렸다고 판단하는 것이 올바르게 여겨졌다. 하지만…….

"펜네. 당신은…… 자신이 정말로 올바른 자신이라고, 증명할 수 있나요?"

"……허?"

펜네는 아투가 갑작스럽게 꺼낸 말의 의미를 알 수 없어서, 저도 모르게 얼빠진 목소리를 흘리고 말았다.

꾸며 낸 태도가 무너질 만큼, 질문은 그녀의 마음을 동요로 이끈 것이다.

"철학적인 이야기일까? 아니면 신학적인? 지금은 시간이 없으니까 그런 문답을 나눌 때가 아니야……."

잠시 생각한 뒤의 대답.

의도를 이해할 수 없었지만 이야기를 듣지 않고서는 이야기가 진척되지 않는다. 설마 그녀가 자신의 존재 의의를 찾아서 깊은 사색의 영역으로 몰두하게 되다니 예상 밖이었지만, 그럼에도 이야기를 들어주는 것이 동료라는 존재이리라.

"나도 그래요! 아—, 정말! 이 방식은 너무 성가시다고요, 타쿠토 님! 펜네, 이쪽으로 좀 와요!"

"아, 자, 잠깐, 잡아당기지 마……."

그렇게 생각했지만 무언가 홀로 고민하고 홀로 폭발한 모습인 아투를 보기에, 펜네의 예상은 빗나갔나 보다.

그뿐만 아니라 조금 전의 태도와는 돌변, 이번에는 오히려 억지스러울 정도의 태도로 그녀를 실내로 꾹꾹 잡아당겼다.

"이걸 봐요."

정말로 무슨 일이냐고 불평할 틈도 없이, 아투는 재빨리 서류 몇 장을 들이밀었다.

의아하게 펜네는 그 서류를 확인했지만, 금세 그것이 최근에 익숙한 서식임에 생각이 미쳤다.

"이건 내가 내린 명령서네. 기사단에 소속된 자, 각 마을의 운영에 관여하는 자, 그리고…… 이건 대체 뭐지?"

성녀의 명령은 일정한 효력을 가진다.

신에게 직접 신탁을 받는다는 그 역할을 맡은 그녀들의 입장은 무척 섬세해서, 성신 아로스를 믿는 사람들에게 그들의 말은 신의 말씀과도 대등하게 취급된다.

그렇기에 그 말을 올바르게 전하고자, 반드시 어떤 형식에 따라서 그 기록이 서류로 남는다.

현재에 이르러서는 굳이 따지자면 명령 계통과 명령 내용의 전달에 지장을 초래하지 않기 위한 사무적인 일이었지만, 확실하게 그들의 말은 한 글자, 한 구절 그르치지 않고 기록으로 남겨지며 본인의 확인 아래 승인되는 것이다.

그리고 그녀가 받아서 확인한 한 장은 고개 숙인 성녀가 직접 내린 지령서.

날인된 특수한 인장도, 적힌 사인도 모두 펜네 본인의 것이었다.

하지만…… 있을 수 없게도.

"……나는, 이런 걸 적지 않았어."

펜네는 그런 명령서를 적은 기억이 전혀 없었다.

"여―. 안녕하십까―. 소아리나 어디 있는지 몰라―?"

이상한 사태에 곤혹스러워하는 펜네를 제쳐두고, 방 입구에서 목소리가 들렸다.

어디서 들었는지, 아니면 우연히 그 자리에 들렀는지, 방 입구에서 에라키노가 얼굴을 내밀었다.

"어——…… 혹시, 방해했나?"

방의 참상에 표정이 굳어서는 황급히 발길을 돌려 성가신 일에서 도망치려 하는 에라키노.

하지만 마침 잘됐다며 아투와 펜네에게 끌려가고, 그녀들은 금세 이 기묘한 이변에 대한 대처를 논의하기 시작했다.

………

……

…

수녀들을 내보내고 방 출입을 엄금했다.

성과 마가 모인 난잡한 그 방에서, 아투와 펜네는 묘한 표정으로 자신들이 내린 지시서 내용을 자세히 조사하고 있었다.

"지시서에 모순이 여럿 존재해요. 회담 등의 스케줄—— 예정도 고쳐져 있었어요. 펜네, 그쪽 관리는 어떻게 했나요?"

"일정은 전부 맡겼어. 이렇게 하자고 하면 의문도 없이 『예』라고 했지. 애당초 우리한테는 익숙하지 않은 일이었으니까."

종이 한 장을 척 들이밀자, 펜네는 곤혹스럽다는 듯 고개를 내저으며 대답했다.

최근의 바쁜 상황은 모두가 이해하는 바, 그 원인은 조직에서 사무층이 모두 빠져버린 것에 기인한다.

펜네도 눈앞의 일에만 매달리던 부분도 있고, 애당초 성녀는 조직을 운영하기 위한 존재가 아니었다.

그들의 역할은 백성을 위로하거나 권위를 세우는 식전을 집행하는 것, 그리고 유사시에 신이 내린 진정한 기적으로 외적을 물리치는 것이다.

오히려 펜네나 소아리나가 이제까지 나라를 이끌 수 있었던 것이 기적적인 일에 가까웠다.

그렇기에 분주한 나날에 희롱당하여 자신의 업무 내용에 의문을 가지지 않았기 때문이라고 책망을 당할 이유는 없었다.

그것들에 큰 모순이 존재하고 자신들의 혼란이 의도적으로 만들어진 것일지라도, 그녀들이 깨닫지 못했다고 비난할 수는 없는 것이었다.

"에라키노. 당신은?"

"애당초 에라키노는 자유인이니까 일은 별로…….."

에라키노 또한 그렇다. 그녀는 마녀이자 GM의 첨병.

조직을 운영하기 위한 존재가 아니고, 그렇게 만들어지지도 않았다.

혹시 GM이 그런 설정을 그녀에게 부여했다면 이야기는 또 달랐을 테지만, 그녀들도 이 상황은 예상 밖이었다.

그리고 유일하게 이 상황에 대응할 수 있는 아투는…… 내력 탓에 오랫동안 레네아의 중추에서 떨어지도록 조치를 취한 상태였다.

"그럼 계속해서 질문을. 최근에 이상하게 엇갈리는 일이 많았다고 생각하지 않나요?"

"그건, 다들 바빠서 그랬을 테니까. 뭔가 곤란한 일이 있다면 말하라고 마스터도 그랬고…….."

"나도 에라키노랑 같은 의견이야. 특히 내 경우에는 그다지 환영받지 못하는 모양이었으니까, 날 피한다고 생각했어."

모순되던 서류. 그중에서도 펜네가 자신의 것이 아니라고 판단한 그것은, 적절하게 진실성이 느껴지도록 만들어져 있었다.

오히려 그녀들이 놓친 문제조차 적절한 지휘가 행해지도록 수배되어 있어서, 실제 사람들의 생활은 향상되고 성녀들의 권위는 이제까지 이상으로 높아졌다.

하지만…… 명백하게 이쪽을 의식하는 점이 단 하나 있었다.

그것은 그녀들이 모여서 대화를 나눌 시간을 최대한 줄이려고 교묘하게 농간을 부리는 것이었다.

마치 그녀들의 의사나 의견을 통일시키면 위험하다고 그러는 것처럼.

"명확하게, 누군가가 이 서류에 손을 대고 있어요. 아마도 틀림없이 타쿠토 님일 테지만…… 수단에 대해서는, 지금은 설명을 미루도록 할게요. 저도 아직 확신을 가지진 않았으니까."

"목적은 어디에 있을까? 확실히 이걸로 우리의 행동은 방해할 수 있겠지. 나도 당신이 가르쳐 주기 전까지 의문조차 들지 않았어. 아투, 당신은 이전에 파멸의 왕의 목적은 자신이라고 그랬지. 이게 당신을 되찾는 것과 관계있어?"

"성기사단 살해 사건으로 이쪽은 GM의 능력을 잔뜩 사용했어요. 혹시 타쿠토 님이 GM 대책을 위해서 그런 법칙을 꿰뚫어 보려고 했다면, 이치에 맞아요."

"우리를 혼란시키고, 그 행동 안에서 틈과 대항책을 찾는다는

187

거네. 확실히 납득은 가지만, 정말로 그것뿐일까?"

펜네는 자신의 기억을 파고들었다.

확실히 GM의 능력은 기사단원 살해 사건의 해결과 이라 타쿠토 격퇴를 완수하기 위해서 몇 번이나 검토를 진행한 것을 기억하고 있다.

그 가운데 다양한 정보가 나왔고, 때로는 문제 해결을 위해서 GM에게 이 세계에 강림하도록 소아리나가 강하게 주장한 적조차 있었다.

반대로 펜네는 그 의견에는 부정적이어서 신변을 감추는 편이 더욱 우위에서 움직일 수 있으니 그만두는 게 좋겠다고 발언하여, 그 이후로 관계가 뒤틀렸을 정도였다.

그만큼 기탄없이 의견을 나누고, 모든 것을 밝히려고 했다.

하지만…… 그것들은 모두 비밀리에 진행되었고, 인선은 세심한 주의를 기울여서 진행하고 있었다.

소아리나, 펜네, 에라키노, 아투, 그리고 이따금 성기사단장 피요르드.

그들 모두가 신뢰하기에 충분한 인물이고, 집요할 만큼 진행한 GM의 조사로 '본인'임이 명시되었다.

물론 도청에 대한 대비도 만전으로 이루어져서, 성녀가 사용하는 기적에 따른 결계와 GM의 권능에 따른 도청 방해로 완벽하게 방어를 했다.

파멸의 왕이 이 땅에서 몰래 뿌리를 내리고 활동하더라도, 그 내용을 알 방법은 어디에도 없는 것이었다.

그렇기에 GM의 능력 추측이 목적이라고 해도 적잖이 의문스럽게 느껴지는 부분이 있었다.

그리고 무엇보다도 GM의 권능인 《심판자》의 힘은, 알아내더라도 어떻게 될 것이 아니었다.

펜네가 숙고하는 모습을 내비치고, 아투는 무언가를 입에 담으려다가, 그만뒀다.

그리고 그 대신이라는 듯 이 화제를 마무리하고 일단 결론을 꺼냈다.

"어쨌든 경계 단계를 올릴 필요가 있어요. 그보다도 모든 예정을 캔슬―― 아―, 중지하고 모두 함께 이야기를 나눌 자리를 만들죠. 조금…… 아뇨, 제 예상이 옳다면 무척 위험한 사태예요."

"응, 그러네. 일단 우리가 알아차렸다는 걸 상대에게 들켜서는 안 돼. 이렇게까지 깊이 파고든 이상, 반드시 무언가 함정을 깔아뒀을 테지. 행동으로 옮기기 전에 우리가 선수를 쳐야 해."

우선은 의사 통일과 서로의 정보 조율이 필요하다.

이 자리에 없는 것은 성녀 소아리나와 성기사단장 피요르드.

특히 피요르드 쪽이 무척 위험한 상황으로 여겨졌다. 가장 성녀들에게 가까운 위치에 있으면서, 성기사단으로서의 프라이드 때문에 반쯤 독단이라고도 할 수 있는 별도 행동을 취하고 있었다.

그의 전력은 예하의 성기사단과 함께 레네아에 없어서는 안 되는 것. 결코 사악한 존재의 손에 넘어가서는 안 되는 존재다…….

펜네와 아투의 위기감이 높아지고, 그들의 의식이 완전히 전투의 방향으로 넘어갔다.

오감을 갈고닦아서 지금부터 벌어질 모든 일에 대해 일체의 방심을 허락하지 않고, 규격 밖의 능력을 받은 자들이 움직이려 한다.

하지만 그 기세를 꺾은 것은 그 자리에 있던 마지막 한 사람, 마녀 에라키노였다.

"저기, 있잖아……."

어딘가 새파란 얼굴로, 짜내듯이 목소리를 흘렸다.

위기감을 공유하는 것은 중요하지만, 이 반응을 보기에 그렇지는 않았다.

그녀나 GM이 예상 밖의 일에 약하다는 것은 이제까지 있었던 일들을 바탕으로 예상할 수 있었지만, 이 반응은 또 다른 것으로 여겨졌다.

"평범하게 일하는 중이고, 그게, 바쁠 뿐이라고 생각했는데──."

그리고, 공포가 전파되고…….

"소, 소아리나…… 어디 있지?"

이번에는 아투의 얼굴이 새파래졌다.

"──에라키노! 주사위를 굴리세요!!"

아투가 외쳤다.

그 말에 표정이 확 바뀐 에라키노는 황급히 눈을 감고 GM에게 도움을 청했다.


GM: Message

게임 마스터 권한 행사.

화장의 성녀 소아리나의 현재 위치를 명시하라.

한순간의 적막.

**결과: 소아리나의 현재 위치는 불명입니다.**

결과는 그저 최악.

그 일거수일투족을 지켜보는 아투와 펜네는 에라키노가 처음으로 드러낸 울 것 같은 표정으로 결과의 심각성을 이해했다.

기사단 살해 사건에서의 절대적인 해명 불가능한 이치가, 지금, 성녀에게 작동했다.

"어째서?! 무, 무슨 일이 벌어지는 거야? 어째서 대답이 안 나오는 거냐고! 소아리나는 관계없을 테지?!"

"게임 마스터! 에러의 원인은 특정할 수 있나요?! 모 아니면 도, 시스템에 문의하세요!"

이판사판으로 외친 말.

하지만 때로 이렇게 무턱대고 벌인 행동이 정곡을 찌르는 경우도 있다.

우연의 산물에 따라, 그 해답이 이곳에서 하나 밝혀졌다.

〈!〉 실행 에러
**현재 이벤트 재생 중입니다.**
**게임 마스터의 권한을 실행할 수 없습니다.**

**【이벤트 타이틀】**

**기사단원 연속 살해 사건의 범인을 쫓아라!**


하지만 진실이 항상 광명을 부른다고 단정할 수는 없다.

"이, 이벤트?!"

그 결과에 아투가 무심코 머리에 손을 대고서 외쳤다.

이제 와서, 자신이 계속 품고 있던 들러붙는 것 같은 무시무시한 예감이 현실임을 이해했으니까.

이벤트라는 말은 타쿠토에게 들은 적이 있다. 분명히 그것은── 마이노그라가 쓴맛을 보았을 때의 일이었을 터.

그렇다…… RPG 세력 브레이브 퀘스투스 마왕군의 어느 마인에게 영웅 이슬라가 패배했을 때에.

하지만 그런 일은 있을 수 없다! 있을 리가 없다!

아니다── 있을 수 있다! 그 영웅이라면!


"거기까지 모방하나요!

《이름도 없는 사신》!!"


아투가 외쳤다.

그 이름을 누구보다도 잘 알고 있었을 터인데…… 이름이 존재하지 않기에 기억에서 아지랑이처럼 사라져 버렸던 무시무시한 영웅을.

아투를 만들어 냈다고 일컬어지는, 빛의 신과 쌍을 이루는 존재를.

　게임의 플레이어. 다시 말해 이라 타쿠토와 동일시되는 그 존재를.

　『Eternal Nations』에서, 마이노그라의 신의 이름을.

　"게임 마스터! 듣고 있겠지? 소아리나의 현재 위치를 아는 사람을 이곳으로 불러! 지금 당장!"

　아투의 혼란을 제쳐놓고, 펜네가 냉정하게 다음 한 수를 던졌다.

　이미 수도 없이 되풀이된 GM 능력의 영향에 대해서 그 성질을 파악한 그녀는, 이벤트에 직접 영향을 미치지 않는 범위에서 능력 행사를 시도해 본 것이었다.

　그리고 그 추측은 그야말로 핵심을 찔렀다.

　말보다 한순간 늦게, 환하게 빛나는 이펙트와 함께 성기사 하나가 그 자리에 나타났다.

　"우오오! 무, 무슨 일입니까?!"

　"당신── 전날 승격한 중급 성기사군요. 사정은 나중에 이야기하죠. 성녀 소아리나의 현재 위치를 대답하세요."

　갑작스러운 일에 놀라서 엉덩방아를 찧고 주위를 둘러보는 성기사.

　하지만 펜네의 귀기 어린 모습에 무언가 심각한 사태가 발생했음을 금세 파악하고, 자신의 혼란을 억지로 억누르고서 질문에 대답했다.

　"어, 아, 예! 그게, 소아리나 님께서는 구 대교회 부지에 계시지 않을까요."

그 말을 꺼내자마자, 실수했다는 표정을 드러내는 성기사.

"어째서 그런 곳에 있는 거야?!"

하지만 그 표정도 에라키노의 비명과도 닮은 외침으로 지워졌다.

"그, 그러니까 그게…… 기사단장이 무언가 비밀스러운 이야기를 하겠다고. 저도 만에 하나의 경우에 대비해서 이야기를 전달받았을 뿐이라 자세히는 모릅니다."

말이 점점 약해지는 것을 봐서는 아무래도 입막음을 당한 듯했다.

아마도 알고 있는 것도 그 하나뿐.

긴급 시에 사태를 알리는 역할을 맡았을 것이다.

그리고 구 대교회 부지란, 성 아블리타테 대교회가 지어지기 전에 이용되던 교회다.

역사가 오래되어, 대교회란 이름뿐이고 일반적인 교회를 조금 크게 지었을 뿐인 낡아빠진 목조 건축물.

이미 오랫동안 사용되지 않은, 해체 비용도 변통할 수 없었기에 오래토록 방치되어 있던 장소에 어째서 두 사람이…….

대답은, 말하지 않더라도 쉽게 알 수 있었다.

마침내, 소아리나에게 마수가 뻗친 것이었다.

"바로 가죠…… 아마도 지금 대화도 알아차렸을 거예요."

아투의 말에 펜네가 끄덕이고, 에라키노가 작게 숨을 삼켰다.

"아뇨, 어쩌면…… 이미 준비가 갖추어진 걸지도 몰라요."

아투는 마음속으로 성대하게 욕지거리를 내뱉었다.

이 어찌나 꼴사납고 한심한 모습인가…….

마음은 술렁이고, 조금 전부터 무시무시한 생각이 머릿속을 빙글빙글 맴돌았다.

"마음을 다잡으세요. 상대는…… 파멸의 왕 이라 타쿠토예요."

쥐어 짜낸 목소리에, 성녀와 마녀가 말없이 끄덕이고 각오를 다졌다.

동시에 자신들이 이제부터 상대할 존재가, 재앙이라는 말 그 자체라는 사실을 이해한 것이다.

# 【이벤트】
# 기사단원 살해범을 쫓아라 !

장소 : 리모넥 성
공략 레벨 : 13〜16

오랫동안 마왕군과 싸우고 있는 리모네아 왕국 .
부족한 무기를 성까지 전달한 주인공들은 , 그곳에서 의문의 사건에 말려든다 .
하룻밤마다 살해당하는 기사단원 . 이대로는 왕국도 붕괴하고 만다 .
서둘러서 범인을 찾고 , 왕국에 평화를 되찾아라 !

처음으로 화염 마인 플레마인과 조우하는 이벤트 . 플레마인 관련 퀘스트는 브레이브 퀘
스투스 시리즈에서도 우울한 내용이라 여기서 충격을 받는 사람도 많을 터 . 통칭 , 소년
기의 트라우마 이벤트 첫 번째 .
시간 경과와 함께 날짜가 바뀌고 기사단원이 죽기 때문에 , 희생을 막고 싶은 경우에는
필요한 인물과의 대화를 서둘러 진행하고 플레마인을 찾아낼 필요가 있다 . 그리고 아무
리 빠르게 해결하더라도 반드시 사망자가 나오니까 그건 포기하자 .

## 제9화 이름도 없는

세 그림자가 레네아 하늘을 질주한다.

하나는 《오니의 마녀 아투》, 하나는 《흡입의 마녀 에라키노》, 하나는 《고개 숙인 성녀 펜네》.

이 자리에는 없는 성녀 소아리나를 걱정하여, 자신이 가진 완력과 GM의 원호가 허락하는 가장 빠른 속도로 도시의 지붕을 꽝장한 기세로 달려갔다.

그 모습을 알아차린 시야 아래의 사람들이 손을 들어 가리킬 틈도 주지 않을 정도의 속도 가운데, 아투는 바람을 가르는 소리를 날려버리듯 동료 둘에게 말을 건넸다.

"간결하게 말할게요! 영웅으로서 타쿠토 님의 이름은 《이름도 없는 사신》! 그 성질은──."

지붕을 탁 박차서 도약. 수십 미터는 될 대로를 간단히 뛰어넘은 아투는 크게 숨을 들이마시고 외쳤다.

"──이름이 없기에 누구도 아니고, 동시에 누구이기도 하다는 것!"

《이름도 없는 사신》에 대해서는 『Eternal Nations』에서도 그 설정이 기입된 장소가 무척 한정된다.

애당초 게임상에서 디폴트인 지도자라는 존재는 플레이어가 세계에 몰입할 수 있도록 설정이 지극히 한정적이다.

이것이 이슬라 등의 지도자로서 사용할 수 있는 영웅이라면 이야기는 다르겠지만, 《이름도 없는 사신》의 경우에는 『Eternal Nations』에 나오는 다양한 디폴트 지도자 중에서도 특이할 만큼 존재가 미지로 뒤덮여 있었다.

단 하나 분명한 것은…….

마이노그라의 신인 이상, 그것이 세계에 있을 수 없을 정도의 해를 초래한다는 것뿐이었다.

"그 권능은 《완전 모방》! 게임상에서는 설정을 재현할 수 없어서 전투력을 강화할 뿐인 능력이었지만, 상황이나 행동을 근거로 보면 이 땅에서는 완전히 구사할 수 있다고 보는 게 옳아요! 본래는 있을 수 없기에 판단하기 힘들었지만, 이제는 확정적이에요!"

아투가 그 결론에 다다른 이유는 몇 가지 존재했다.

우선 첫째로 『Eternal Nations』의 막대한 스토리 안에 존재하는, 《이름도 없는 사신》이 상대로 변할 수 있는 능력이 있다는 지극히 소수의 묘사에서.

둘째로 본인이 아니고서는 도저히 불가능한 수준의 정보 조작을 타쿠토가 행했다는 사실에서.

그리고 단정한 것은, 이벤트 행사.

그것은 RPG 세력인 브레이브 퀘스투스 마왕군의 전매특허다.

앞선 에러 내용 문의에서 시스템이 통지한 '기사단원 살해 사건을 쫓아라!'라는 이벤트가 과연 브레이브 퀘스투스에 존재하던 이벤트인지는 아투에게 알 방도는 없었다.

하지만 하나 확실한 것은, 마왕이 토벌되고 그의 부하가 모두 배제된 브레이브 퀘스투스 마왕군에, 이벤트를 구사할 수 있는 존재는 이미 남아 있지 않다.

그렇기에 유일한 예외로서 마왕군을 모방한 타쿠토가 했다고 판단할 수밖에 없는 것이었다.

일찍이 자신들을 괴롭히고 영웅 하나를 죽음으로 몰고 간 강제 이벤트.

이미 끝났을 터인 과거가, 죽은 사람처럼 되살아나서 그녀들을 괴롭히고 있었다.

"하지만! 그렇다면 어째서 마스터가 간파하지 못한 거야?! 그런 건 말도 안 되잖아!!"

"말했잖아요! 본인이라고! 아마도 타쿠토 님이 선언하고 모방한 존재는, 모두 데이터 상에서 본인으로 설정된 거예요!!"

그것은 본뜬 것이더라도, 본인이기에 모방을 꿰뚫어 볼 수는 없다.

더 이상 그것은 모방이 아닌 것이다. 누구도 될 수 없는 사신이, 누군가가 되고자 정보를 그렇다고 속인다.

그곳에 일체의 의심을 둘 여지는 없고, 마치 저주처럼 현실을 덮어쓸 수 있다.

그것이 《이름도 없는 사신》이라는 존재였다.

"본인이라고요! 그러니까 가짜 명령서도 만들 수가 있었어요! 그러니까 기사단원에게 들키지 않고도 접근할 수 있었어요! 그러니까——."

한 호흡 두고, 외쳤다.

"우리한테 섞여서, 대책의 일거수일투족을 관찰할 수 있었어요!"

그 말에, 펜네와 에라키노가 말을 잃었다.

그리고 이 세계의 어디에도 없는 차원의 틈새에 숨어서 이 상황을 자세히 관찰하는 GM 역시도, 있을 수 없는 그 능력에 말을 잃었다.

《이름도 없는 사신》은 모든 것을 모방한다.

아니…… 모방이라는 말은 그것을 나타내기에는 적잖이 부적절했다.

그것은 자신을 그렇다고 정의하는 순간, 그것이 되는 것이다. 그 능력은 무대 위에서 절대적.

에라키노가 가진 《흡입》의 능력으로 아투의 소속이 강제적으로 변경된 것처럼.

이라 타쿠토라는 존재의 정의가 근본부터 덮어써진다.

상대가 완전히 본인인 이상, 어지간한 방법으로 그 차이를 간파하는 것은 불가능하리라.

설령 《이름도 없는 사신》 같은 것은 존재하지 않는다고 믿는 상태라면 더더욱…….

'하지만, 그렇다면 타쿠토 님은——.'

이를 으드득 갈고, 아투는 다리에 힘을 실었다.

그녀의 표정은 어째선지 비통함이 넘치고, 눈에는 어렴풋이 눈물이 글썽거리고 있었다.

………

……

…

활짝 열린 문 앞에는 소아리나가 홀로 우두커니 서 있었다.

교회 예배당은 사전 정보 그대로 황폐하고, 도둑이라도 들었는지 너덜너덜하게 파괴된 의자와 장식품이 모조리 뜯겨나갔을 내부 장식이, 잊힌 물건이 가진 일종의 구슬픔을 이끌어내고 있었다.

천장은 일부가 무너지고, 뚫린 구멍에서 비쳐드는 햇빛이 환상적인 광경을 만들어 냈다.

그 빛 아래, 소아리나는 사제가 설법을 하는 단상 앞에 있었다.

그 자리에 있는 것은 단 하나, 《화장의 성녀 소아리나》.

아니, 그 자리에 살아있는 것은 단 하나라고 정정해야 할 것이다.

왜냐면 가슴에 큰 구멍이 뚫려서, 분노와 절망의 표정으로 피바다에 잠겨 절명한 성기사단장 피요르드의 시신이 그곳에 있었으니까…….

누군가 숨을 삼키는 소리가 들렸다.

눈앞의 성녀는 멍한 시선으로 아래에 쓰러진 피요르드를 바라보는가 싶더니 완만한 동작으로 아투 일행에게 시선을 향하고, 이윽고 툭하니 중얼거렸다.

"아, 에라키노……."

"소아리나!"

그 말에 소아리나가 비명을 터뜨렸다.

틀림없이 무슨 일이 있었다는 것은 명백해서, 피요르드가 땅바닥에 쓰러진 모습을 봐서도 습격을 당한 것은 틀림없었다.

"괜찮아?! 다친 곳은 없어?!"

"예, 문제없어요. 다만 피요르드 님이……."

그녀의 안부를 진심으로 걱정하던 에라키노는, 양옆에 있는 동료의 기척이 변함없이 강한 경계를 품고 있는 것도 잊고, 달려갔다.

"자, 잠깐──."

펜네가 황급히 말을 건넸다.

아투가 에라키노의 돌발적인 행동에 눈을 크게 뜨고서 경악했다.

모두가 한순간, 한순간 속았다.

계속 경계하고 있었음에도 불구하고, 소아리나를 본 순간에 그것이 어느 쪽인지 판단이 되지 않았다.

기묘할 정도로 꾸며진 밀회. 그리고 쓰러진 피요르드.

그 상황 모두가 눈앞의 소아리나가 진짜가 아니라 이야기하고 있는데도, 어쩌면…… 그런 있을 수 없는 걱정이 생겨나서 행동을 멈추었다.

이 한순간이야말로 치명적.

찰나의 순간에 벌어진 미스가 목숨으로 직결되는 초월자들의 세계에서, 세 사람은 그것을 이해하면서도 에라키노가 소아리나에게 달려가는 것을 막을 수가 없었다.

그래서──.

"너무도 어리석어요, 에라키노."

그 결과는 당연했다.

"컥!!"

푸욱, 그런 충격과 함께 입에서 피를 뿜어냈다.

복부에 강렬한 열기와 통증을 느끼고, 에라키노는 간신히 자신이 소아리나에게 공격을 받았음을 이해했다.

"어, 어째서——."

쿡쿡, 눈앞의 여자가 웃었다.

에라키노의 친구이자, 둘도 없는 사람이자, 목숨과 맞바꾸어서라도 구해야 하는 사람이…….

그녀의 소중한 친구, 소아리나가.

아니, 그렇지 않다.

들러붙는 것 같은 이질적인 인식을 의지의 힘으로 떼어내고, 에라키노는 눈앞의 상대를 노려봤다.

"간단하지 않나요? 정말로 잔챙이로군요…….""

언젠가 누군가에게 했던 말이, 그대로 자신에게 돌아왔다.

친구의 얼굴로, 모멸이 담긴 말을 던졌다.

스윽 들어 올린 소아리나의 오른손은 피로 젖고, 그럼에도 아직 부족하다는 듯이 에라키노의 두개골을 부수고자 내려오려던 그때.

"그리 둘까보냐아아아아아!!"

"신이시여! 제 눈에 마를 멸할 기적을 내려주시길!"

에라키노의 진짜 동료가 그녀를 궁지에서 구했다.

휘두른 소아리나의 팔이 퍽, 강렬한 파열음과 함께 튕겨 올라가고, 동시에 에라키노에게 감긴 촉수가 엄청난 속도로 그녀를 끌어당겼다.


GM: Message

**게임 마스터 권한 행사.**

**마녀 에라키노의 HP를 모두 회복합니다.**


이어서 《심판자》의 능력이 발동하여 그녀의 부상을 완전히 수복했다.

결과적으로 본다면 이 장소에 돌입했을 때와 같은 상황까지 돌아왔다고 볼 수 있을 것이다.

하지만 에라키노가 받은 충격은 어지간한 것이 아니었는지, 얼굴이 새파랗게 질려서는 그 자리에 웅크리고 있었다.

"커헉! 쿨럭! 쿨럭! 콜록……."

"괜찮나요, 에라키노?!"

"괘, 괜찮아. 간발의 차로 살았어……."

찰나의 공방으로 이쪽의 목을 베려고 들어왔다.

알고 있으면서도, 상대에게 선수를 허락하고 말았다.

소아리나의 공격을 튕겨낸 펜네, 에라키노를 끌어당긴 아투.

그리고 그녀의 상처를 치유한 GM.

한 사람이라도 없었다면, 에라키노를 이 자리에서 잃었을 것이다.

상대가…… 이라 타쿠토가 가진 이질적인 기척과 공격에, 이 자리에 있는 모두가 입을 열지 못했다.

"쿡쿡…… 실패해 버렸네요."

낡아빠진 교회에 웃음소리가 울렸다.

도저히 소아리나에게는 걸맞지 않은 잔혹한 목소리.

본인일 터인데도 본인이 아닌 것 같은, 그런 무시무시한 음색이 가련한 그 입에서 오물처럼 흘러내렸다.

문득 건넨 시선에 심장을 움켜쥔 것 같은 공포를 느끼고, 하지만 동시에 마치 누군가 강제하는 것처럼 눈앞의 존재를 소아리나라고 인식하는 자신들이 있었다.

　아아, 어째서 저것을 소아리나라고 생각해 버리는 것일까.

　아아, 어째서 그 다정하고 백성을 생각하는 소녀의 미소를 떠올리고 마는 것일까.

　그 얼굴에 흠뻑, 마치 세계에서 동떨어진 것 같은 검은 그림자가 덧칠되어 있는데도…….

　"너무나도 어리석었어, 에라키노! 그럴 가능성은 설명했을 텐데!"

　"어, 아니…… 하지만!"

　"아뇨, 아쉽지만 에라키노를 책망할 순 없어요. 이것이, 이것이야말로 《이름도 없는 사신》의 능력. 정보로 알고 있을지라도, 마음이 계속해서 잘못된 인식을 하고 있어요. 세뇌도 인식 방해도 아닌, 본인이기에 그렇다고 판단할 수밖에 없는 힘. 마주하지 않았으면 했지만 말이죠…….″

　무심코 던진 펜네의 질책에 아투는 부정을 담아서 설명했다.

　자신들 역시도 한순간만 늦었다면 궁지에 빠졌으리라고.

　그것은 상상 이상으로 성가신 능력이었다.

　눈앞에 있는 것은 소아리나가 아니다. 틀림없는 이라 타쿠토이다.

　하지만 그것이 소아리나로서 행동하는 이상, 본인이라고 인식된다.

　의식을 강하게 갖고 의심을 쫓아내거나, 혹은 본인일지라도 죽일 생각으로 대한다면 해결할 수 있지 않느냐고 여길지도 모르겠다.

하지만 아니다. 아무리 떨쳐내려고 해도 그것은 조금이라도 방심하면 마음속 깊은 곳에서 솟아나는 성가신 느낌을 지니고 있었다.

덧붙여서 소아리나는 어디까지나 그녀들의 동료.

그리고 동료를 공격할 방법을 그녀들은 지니지 않았다.

어리석게도 마녀와 성녀가 이만큼 모이고서도, 그런 무른 감정을 버릴 수 있었던 존재는 하나도 없었던 것이다.

"함부로…… 손을 대는 건 위험해. 아투, 당신은 뭔가 대책을 떠올릴 수 있을까?"

펜네는 아투에게 조언을 청했다.

이라 타쿠토와 가장 친근한 그녀라면 무언가 대책을 도출할 수 있지 않겠냐고 생각한 것이었다.

다만 이런 상황에서 왜 눈앞의 이라 타쿠토가 행동하지 않는지 내내 의아했다.

이라 타쿠토는 여전히 그 자리에 서서, 마치 상황을 살피고 있다는 것 같은 태도에 모두가 오한을 느꼈다.

"소아리나를 이곳으로 불러줘요. 아마도…… 범인을 발견했으니 이벤트는 끝났을 테죠. GM의 능력이 통할 겁니다."

아투는 흘끗, 또 하나의 소아리나가 어떻게 반응할지 주의를 기울였다.

그러자 그녀—— 그렇게 표현해도 될지는 불명이지만, 그것은 마치 해보라고 그러듯 손을 천천히 앞으로 내밀어 재촉했다.

GM: Message

**게임 마스터 권한 행사.**
**성녀 소아리나를 이 자리로 소환.**

**화장의 성녀 소아리나가 전원 이 자리에 나타났습니다.**

정말로 모두가 예상했다시피 진짜 소아리나가 그곳에 나타났다.

아투의 발언처럼 이벤트는 이미 종료되었고, 범인의 해명을 막는 보이지 않는 강제력은 이미 사라진 듯했다.

그것도 당연하다. 지금 이곳에 진짜 소아리나가 있는 이상, 단상의 소아리나가 이라 타쿠토의 모방임은 명백하니까.

하지만…… 그럼에도 쿡쿡 웃는, 얼굴이 새카만 저 소아리나가 같은 동료처럼 여겨져서 일행은 오한을 느꼈다.

적은, 분명히 그곳에 있다.

전투의 불길은 이미 피어올랐다.

"어? 저는…… 어째서?"

하지만 그 전에, 소아리나에게 확인해야만 하는 것이 여럿 있었다.

물론 진짜에게, 말이다.

펜네는 갑작스러운 일에 영문을 몰라 눈을 동그랗게 뜬 그녀에게 재빨리 질문을 던졌다.

"소아리나. 당신, 지금까지 어디에 있었지?"

"예? 국경 지대까지 진군한 폰카른 대표자와 교섭하러 간다고 전했을 텐데요……."

소아리나는 그저 의아했다.

현재 자신은 국경 지대의 영토 문제와, 미지의 몬스터에게 대처하기 위해서 마차로 한창 이동하고 있었을 터.

휴식도 필요하다는 배려에 마차 안에서 오랜만에 느긋한 시간을 보낼 수 있었는데…….

정신이 들자 눈앞에 며칠 전, 헤어졌을 터인 동료가 있었다.

덧붙여서, 기억에도 없는 낡아빠진 교회 같은 장소.

자신은 꿈이라도 꾸는 것일까? 혼란보다도 곤혹의 감정이 강했다.

"어째서 그런 걸? 적어도 누군가에게 말은 했어야지?!"

"아뇨, 그게, 펜네 님한테 직접 인사를 드렸다고요?"

그렇다, 그녀는 혼이 나는 이유를 알 수가 없었다.

제대로 수속은 거쳤고, 동료들의 승낙도 얻었다.

아무런 문제도 없었을 터다. 왜냐면…….

"그래요, 기억해요. 무척 정중한 인사였죠."

펜네는 분명히 그녀에게 격려의 말을 건네주었으니까…….

쿡쿡, 단상의 소아리나가 웃었다.

그 태도와 말로 모든 것을 이해한 아투와 펜네가 얼굴을 찌푸렸다.

소아리나에게 가짜 명령을 내려 이곳에서 떨어뜨려 놓은 것은 펜네를 모방한 이라 타쿠토.

그녀는 그동안에 소아리나가 되었고, 유유히 그녀들의 동료로서 행동한 것이었다.

"어? 나? 이, 이건 어떻게 된 건가요?!"

또 하나의 자신을 발견한 소아리나가 깜짝 놀란 표정으로 동요하여 목소리를 높였다.

설명할 틈도 아깝고, 상대의 행동을 경계한다면 그런 여유는 없었다.

하지만 지금 그녀들에게는 어떠한 무법이라도 관철할 수 있는 필살의 위업이 존재했다.

"GM. 《심판자》의 권능으로 소아리나에게 사정을 설명하세요."

**GM: Message**

**게임 마스터 권한 행사.**

**성녀 소아리나는 일련의 사정을 파악했다.**

그 순간.

소아리나의 뇌리에 모든 일이 새겨지고, 파멸의 왕이 이 나라에서 꾸민 무시무시한 간계를 이해할 수 있었다.

"마, 말도 안 돼…… 그런 일이!"

소아리나의 눈동자가 경악으로 흔들렸다.

이곳이 이미 전장이라 질책하는 이는 아무도 없었다.

왜냐면 그 경악은 그녀들이 이미 경험한 것이기도 했으니까…….

"이것으로 주요 인물은 모두 모였나요……."

소아리나…… 아니, 이라 타쿠토가 기쁜 듯 중얼거렸다.

말투와 음색은 어디까지나 소아리나 본인을 모방하고 있어, 강한 위화감과 불쾌함을 그녀들에게 가져다주었다.

다만 그 이상으로, 상대가 아무런 행동도 하지 않는다는 것이 지독히 꺼림칙했다.

바닥에 쓰러진 피요르드 기사단장에게 시선을 향했다.

바닥 가득 펼쳐진 그 피는 명백하게 사람이 흘려도 되는 허용량을 넘어섰고, 꿈쩍도 하지 않는 그 새하얀 피부에서 그의 생존이 절망적임을 쉽게 알 수 있었다.

소아리나는 기사단장에게 비밀리에 할 이야기가 있다며 호출되었다고 아투 일행은 설명을 들었다.

그러니까 그는 가장 빠르게 이라 타쿠토의 간계를 깨닫고서 홀로 이 문제를 해결하려 한 것이었다. 그 결과가 이런 꼴.

너무나도 무모하다…… 하지만 지금의 그의 마음속을 생각하기에는 시간이 너무도 부족했다.

이곳이 분수령. 어리석은 행동은 죽음과 파멸을 초래한다.

아투는 상대의 의도와 태도를 간파하고자 신중하게 단어를 골라서 눈앞의 존재에게 말을 걸었다.

"계속 저희를 관찰하셨군요, 타쿠토 님. 그보다도《이름도 없는 사신》이라 타쿠토라고 하는 편이 나을까요?"

"마음대로 불러도 상관없어요. 그쪽이 된 아투한테는, 아투 나름대로의 입장이라는 것도 있을 테니까."

소아리나의 모습으로 쿡쿡 웃는 이라 타쿠토는 아투가 아는 그와 달리 그야말로 파멸의 왕에 걸맞은 두려움과 꺼림칙함을 지니고 있었다.

그것은 자신이 적대자가 되었기 때문인가, 아니면 또 다른 이유에 따른 것인가.

판단이 되지 않는 아투는 무언가 상대를 공략할 실마리는 없는지를 찾고, 최대한 신중하게 일제히 공격을 가할 기회를 엿봤다.

앞서 에라키노는 그저 운이 좋았을 뿐, 아직 상대가 어떠한 수단을 감추고 있을지는 알 수 없으니까…….

"배려는 고맙지만, 주요 인물이 모였는데도 아무것도 안 하시는군요, 타쿠토 님?"

"예, 조금 놀랐거든요. 아투가 무척 제대로 일을 하다니, 당신이 없었다면 에라키노는 지금쯤 몸통과 목이 나뉘었을 테죠. 그쪽에서도 무척 열심히 하고 있네요."

그 말에 살짝 미소를 지었다가, 아투는 금세 그 표정을 없애 버렸다.

"저는 당신의 적이에요. 여전히 타쿠토 님을 경애하고 있지만, 그렇다고 해서 자신의 소속을 그르칠 일은 없어요. 일찍이 당신의 부하였던 이로서 말씀을 올릴게요. 부디 불충을 용서해 주세요. 당신을—— 파멸의 왕 이라 타쿠토를 이곳에서 완전히 멸하겠어요. 저와 제 동료를 위해서."

그것은 결별의 말이었다.

그곳에는 얼마나 많은 마음이 담겨 있었을까.

하지만 이제까지 이따금 짓던 슬픈 표정은 사라지고, 그곳에는 완전히 전사로서의 얼굴이 있었다.

"……멋지군요. 바로 그것이야말로 오니의 아투. 제가 신뢰하는 유일무이한 영웅이에요."

그 결별에, 그것은 진심으로 기쁜 듯 그렇게 말했다.

이라 타쿠토의 말에 아투는 슬픔이라고도 분노라고도 표현할 수 없는 감정을 품었다.

그녀가 믿는 타쿠토는 그런 말을 할까? 자신이 배신했다는데도 이렇게 냉정한 태도로 대화를 나눌까.

대체 자신의 눈앞에 있는 존재는, 누구일까? 하지만 그런 그녀의 술렁이는 마음속을 전혀 이해하지 못하겠다는 듯…….

이라 타쿠토는 신나게 손뼉을 치며 기뻐할 뿐이었다.

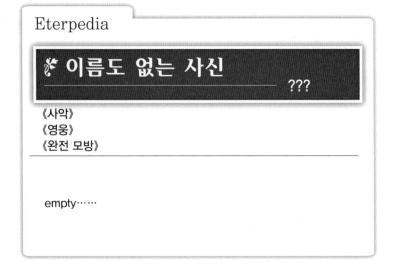

Eterpedia

## ❀ 이름도 없는 사신
                                    ???

《사악》
《영웅》
《완전 모방》

empty……

상황은 그저 최악이었다.

오니의 아투는 『Eternal Nations』에서 항상 타쿠토가 사용한 영웅이다.

그와 가장 가까운 곳에서 그의 지휘를 지켜보았고, 그와 가장 가까운 곳에서 그의 인생을 바라보았다.

그렇기에 타쿠토의 성격은 더없이 잘 이해하고, 바로 그렇기에 전력적으로 우위에 서 있음에도 자신들이 궁지에 빠졌다는 사실을 이해했다.

……타쿠토가 여유를 드러낼 때는 기본적으로 둘.

하나는 상대에게 방심하고 있는 상태. 마음을 놓았다고 할까 즐긴다고 할까, 장난을 칠 때다.

이럴 때라면 문제없다. 오히려 마침 잘됐다며 그의 심장에 또다시 칼날을 박아 넣을 수 있을 것이다.

또 하나는…….

모든 것이 끝난 상태.

게임 상의 우열이 완전히 정해지고 승부의 행방이 확정되었을 때.

어찌 굴러가도 결말은 하나밖에 없는 경우, 그때 역시도 그는 이렇게 여유를 드러내며 논다.

그야말로 지금의 상황.

하지만 그런 상황에서도 여전히 기세를 잃지 않는 자가 있었다.

"흥! 어차피 아무것도 못하니까 여유로운 척하는 것뿐이잖아. 아까 공격도 최종수단이었지? 에라키노를 못 죽여서 안 됐네요~ ♪"

에라키노였다.

소중한 친구인 소아리나가 무사하다고 판명되기도 해서 그럴 것이다. 그녀는 순식간에 평소 분위기를 되찾고, 말의 칼날로 이라 타쿠토를 공격했다.

외모도 분위기도 소아리나인 상대에게 매도를 쏟아내는 것은 적지 않은 동요가 있을 테지만, 지금 그녀에게는 진짜가 있다.

마치 자신을 지키듯이 옆에서 적을 향해 전투태세를 갖춘 진짜 소아리나를 보고, 에라키노는 어디선지 모르게 용기가 샘솟는 것 같은 기분마저 들었다.

"…………."

"칫, 입 다물기냐—— 아, 그래! 너는 아투를 되찾는 게 목적이라고 그랬지. 그건 정말이야?"

"그러네요. 아투를 되찾고 싶다고 생각해요. 그녀는 제게, 무척 소중한 존재예요."

이라 타쿠토는 처음에 침묵을 관철하고…… 동시에 흥미 깊다는 듯 에라키노를 바라봤지만, 아투의 이름이 나온 뒤에서 간신히 떠올랐다는 듯 에라키노에게 반응을 드러냈다.

"갸하하하하하! 역시! 역시 그렇구나—. 안 됐네요♪ 에라키노의 《흡입》 능력으로 아투는 이미 완전히 우리 편이 되어 버렸거든요—!"

에라키노의 말에 이라 타쿠토가 움찔 반응했다.

이제까지 어떠한 말이라도—— 마치 어둠의 덩어리를 향해 던지는 것처럼 감정의 동요를 드러내지 않았던 그것은, 간신히 무언가 생각에 잠기는 것 같은 모습을 드러냈다.

그것을 동요라고 받아들였는지, 에라키노가 던지는 폭언의 기세가 더욱 강해졌다.

"그러니까 어떻게 된 건지 가르쳐줄까? 시스템적으로도 이미 아투는 우리 세력인 거야♪ 세뇌 때문에 일시적으로 소속이 바뀐 게 아니라 완전히 변경된 거야! 그~러~니~까~."

그렇다, 에라키노의 《흡입》이란 그저 상대를 세뇌하는 것만이 아니라 소속된 세력조차 근본적으로 바꿔버리는 힘을 가지고 있다.

GM에게 스물두 번째로 만들어진 캐릭터인 그녀는, 수많은 시행착오 끝에 적대자를 자신의 진영으로 가담시키는 능력을 받았다.

통상적으로는 아무리 GM일지라도 권능을 이용하여 다른 게임의 시스템 아래에 있는 캐릭터의 권한을 빼앗는 것은 불가능하다. 그것은 테이블 토크 RPG의 GM이라는 재량에서 크게 벗어나 버린다.

하지만 그 힘을 캐릭터의 능력으로 구현할 수 있다면, 같은 캐릭터 사이의 능력 구사로 판단된다.

적대하는 다른 게임의 세력에게도 능력이 통한다.

그것이야말로 GM이 이 세계에서 규칙의 틈을 찔러서 고안한 필승의 방법.

한번 정해지면 결코 뒤집을 수 없는 테이블 토크 RPG에 따른 시스템의 강제였다.

그러니까 오니의 아투라는 존재는 이미 마이노그라에서 벗어나서 두 번 다시 돌아갈 수 없는 곳으로 가버렸다. 통상적인 방법으로는 되찾는 것은 불가능.

그것이 뒤집을 방도가 없는 사실이었다.

"그러니까! 아무리 네가 노력해도 무리라고오오오오오!!"

**에라키노의 《원거리 공격》 판정  1d100=【33】**
**판정: 성공**

에라키노의 말과 동시에 무수한 참격이 날아갔다.

"……화장에 처한다."

장해물을 파괴하며 광범위하게 들이닥치는 그것을, 이라 타쿠토는 어디선지 모르게 꺼낸 소아리나의 지팡이를 한 번 휘둘러서 요격했다.

참격과 불꽃의 충돌에 따른 막대한 에너지가 화염의 소용돌이가 되어 주변 일대를 날려버렸다.

교회의 무른 외벽은 그것만으로도 터져나가고, 더욱 볼품없는 모습이 되어 전장을 넓혔다.

"아하하하하! 열심히 저항하는구나! 그렇게 남의 힘을 빌리지 않으면, 아무것도 못 하는 거구나!"

**GM: Message**
**게임 마스터 권한 행사.**
**상급 성기사 피요르드를 부활시킵니다.**

"하지만 전~부! 무의미했어어어어!!"

GM: Message
게임 마스터 권한 행사.
상급 성기사 피요르드는 일련의 사정을 파악했다.

"기껏 죽인 기사단장 군도 보시다시피이이이! 네가 한 일 따윈 아무런 의미도 가치도 없다고! 이제 그만 자신이 무능하다는 걸 이해하라고, 이 히키코모리!"

땅바닥에 쓰러져 있던 피요르드가 기세 좋게 일어나고, 방심하지 않고 이라 타쿠토에게서 거리를 벌렸다.

한순간 그는 양쪽의 소아리나를 번갈아서 봤지만, 금세 발길을 돌려서 전장을 이탈했다.

성기사인 그가 사악을 앞에 두고 도주를 선택할 리가 없다.

에라키노 일행에게 흘끗 눈짓을 보냈으니, 아마도 전력 부족을 느끼고 다른 성기사들을 부르러 갔을 것이다.

사태는 시시각각 변화하여, 이라 타쿠토에게 불리한 쪽으로 흘러간다.

실제 이로써 그가 얻은 성과는 전부 무로 돌아갔다.

그만큼 용의주도하게 준비해서 피요르드에게 손을 댔으면서, 그것조차 GM의 재량 하나로 뒤집혀 버린 것이다.

물론 이 자리에 없는 기사단원을 상대로도 그것은 가능했다.

이벤트에 따른 방해가 사라진 지금, 조만간에 GM은 그들을 부활시킬 것이다.

아무리 노력하든, 아무리 책략을 휘두르든…….

GM이라는 모든 것을 지배하는 자 앞에서는, 무력한 것이나 마찬가지였다.

"지독한 말을 하는군요. 전 슬퍼요. ……폭언은 안 돼요, 에라키노. 그건 당신 마스터의 책임이 돼요."

하지만 에라키노가 퍼붓는 온갖 폭언에 소아리나는…… 아니, 이라 타쿠토는 진심으로 기쁜 듯 그렇게 대답했다.

욕설을 뒤집어쓰고, 폭언을 듣고, 무능하다는 비난과 매도를 여봐란 듯이 뒤집어쓰고, 그럼에도 마치 그 말이 자신을 빛낸다는 듯 기뻐하는 그것은 대체 무슨 생각을 하는 것일까?

이해할 수 없는 사태에 대한 불쾌함이 에라키노의 짜증을 더욱 부추겼다.

"기분 나쁘다고 하는 거라고!!"

에라키노가 자세를 취하고, 추가 공격의 준비를 진행했다.

소아리나의 모습을 가진 그는, 또다시 조금 전과 마찬가지로 화장의 술식을 이용하여 요격을 시도하려고 했지만…….

"죽어! 이번에야말로 확실하게 죽여 주겠어! 뭘 하고 싶었는지 모르겠지만! 마스터의 힘 앞에서, 너 따위가 해낼 수 있을 리가 없잖아!"

GM: Message
게임 마스터 권한 행사.
화장의 성녀 소아리나 전원을, 일시적으로 구속합니다.

"앗!"

"어라……."

이번에는, 저항하는 것이 허가되지 않았다.

GM의 명령에 따라 소아리나는 움직임을 구속당했다.

물론 에라키노의 동료인 진짜 소아리나의 움직임도 막게 되었지만, 이 처치는 어디까지나 구속이니까 위해가 미치지는 않는다.

두 사람이 저마다 다른 반응을 드러내는 가운데, 소아리나……이라 타쿠토는 그럼에도 여유를 무너뜨리지는 않았다.

"이건 곤란하네요. 잠깐만 기다려 주지 않겠어요?"

"허어?! 그럴 리가 없잖아——."

뒷일은 그저 다시 한번 공격을 가할 뿐.

상대가 소아리나를 모방했다면, 지금의 에라키노가 펼치는 공격을 무방비하게 당하고서 무사할 리가 없다.

다만 무언가의 방법으로 견뎌낼지라도 GM의 권능으로 구속은 아직 그것을 속박하고 있다.

몇 번이고, 몇 번이고.

두 번 다시 부활하지 못할 정도로, 먼지 하나조차 남지 않도록 으깨고, 없애버리면 그만이었다.

하지만…….

"아아. 그럼 이렇게 말할까요……."

쿡쿡, 무엇이 즐거운지 이라 타쿠토가 웃었다.

그리고…….

"플레이어, 이라 타쿠토로서 세션 일시 중단을 시스템에게 선언."

생각지도 않은 기발한 방법을 사용했다.

SystemMessage

**플레이어가 세션 중단을 선언했습니다.**

**문제가 해결될 때까지 참가자의 모든 권한을 동결합니다.**

경악이 모두를 뒤덮었다.

에라키노를 앞세우고서 사태의 추이와 상대의 행동을 자세히 관찰하던 아투와 펜네조차 이 행동에 반응이 따라가지 못하고, 그 실수에 얼굴을 일그러뜨렸다.

하지만 그것도 찰나.

곧바로 의식을 전환한 그녀들은 서로의 상황을 확인.

우선은 동료인 소아리나의 구속이 풀린 것을 바탕으로, 이상 사태가 발생했다는 것을 확신.

이어서 이라 타쿠토의 동향을 확인하고자 그쪽으로 의식을 향했지만……

"없어?!"

"파, 파멸의 왕은 어디로?!"

조금 전까지 그것이 있었을 터인 장소에는, 마치 처음부터 아무도 없었던 것처럼 그저 조용한 공간이 있을 뿐이었다.

"뭐야?! 설마 도망쳤어?!"

에라키노가 외쳤다.

GM의 혼란이 전해지는 가운데, 그녀도 필사적으로 상황을 파악하고자 의식을 집중했다.

그리고 상대가 불리한 상황을 이유로 철수를 선택한 것인가 판단하려던 그때…….

"아니에요! 와요!!"

아투의 경고가 무너진 교회에 울리고——.

그 말을 신호로, 천장을 무너뜨리며 무수한 촉수가 그녀들에게 쏟아졌다.

# 제10화 인사

천장을 무너뜨리며 다가온 촉수가 종횡무진으로 교회를 내달리고, 마치 하나하나가 독자적인 의식을 지닌 것처럼 다양한 궤도를 그리며 덮쳐들었다.

그 촉수들을 가장 먼저 알아차린 것은 《오니의 아투》.

그녀는 눈앞에 펼쳐진 죽음의 가시로 이루어진 대군이, 자신이 가진 그것과 전혀 다르지 않은, 동일한 것임을 이해하며 대지에서 요격 태세를 취했다.

"등 뒤로 모여요! 칫! ――그리 둘까보냐아아아아!!"

아투의 등에서 휘리릭 무수한 촉수가 생겨나고, 동료를 지키고자 펼쳐졌다.

서로가 펼친 촉수가 맞부딪치고, 도저히 유기물로는 여겨지지 않을 금속음 같은 꺼림칙한 교차음을 울렸다. 그 충격의 여파에 조금 남아 있던 교회의 잔해가 부서졌다.

아투의 보호를 받는 이들 역시도 바로 그 대책에 나섰다.

펜네는 눈동자에서 나오는, 보이지 않는 참격의 칼날로 적지 않은 숫자의 촉수를 쫓아내고―― 절단하고, 지면에 떨어져서 펄떡펄떡 뛰어다니는 그것을 소아리나가 소각했다.

그리고 에라키노와 GM은 바로 이 이상 사태에 대응을 취하고자 현상 확인을 진행했다.

"마스터! 능력은! ……치잇! 웃기지 말라고!"

"어떻게 된 건가요, 에라키노?! 게임 마스터의 능력이 어째서?!"

말투를 봐서는, GM은 현재 무언가의 방법으로 권한이 동결된 듯했다.

아마도 이라 타쿠토의 앞선 선언이 무언가 열쇠가 된 것이었다.

물론 소아리나도 이미 에라키노에게서 GM이 가진 능력의 세세한 설명과, 그들이 테이블 토크 RPG라는 유희를 바탕으로 한 능력을 지녔다는 사실은 전해 들었다.

하지만 너무나도 황당무계하고 다른 세계의 개념이었기에, 상세한 내용은 모르는 것이었다.

그래서 우선은 사실을 확인하고자 그녀에게 물었지만…….

"세션 중단 선언이야! 저 빌어먹을 자식! 테이블 토크 RPG는 대화와 주사위로 진행하는 게임! 그러니까 플레이어한테도 진행을 멈출 권리가 있어!"

이라 타쿠토가 꺼낸 반격의 칼이 바로 이『게임 중단』이었다.

에라키노의 말대로 테이블 토크 RPG는 참가자의 대화가 중요한 열쇠이다.

그래서 한 사람이 중단한다고 말하면, 참가자는 그 말에 귀를 기울여서 세션을 일시적으로 중단할 필요가 있는 것이다.

물론 그 성질을 시스템은 순종적으로 재현한다.

그러니까 GM이 행사하는 무법이나 마찬가지인 절대적 권한을 일시적으로 제한하는 것이 가능했다.

하지만 그것은…… 양날의 칼이기도 했다.

"하지만—— 아하하하! 바아아아아보! 그걸 쓴다면 진짜로 끝이라고, 너!《흡입의 마녀 에라키노》가 게임 마스터를 대신해서 질문! 게임을 중단하는 정당한 이유를 말해!"

GM과 에라키노는, 타쿠토가 사용한 작전의 구멍을 바로 깨닫고 지적하는 것에 성공했다.

그렇다, 게임 중단은 가능하다. 하지만 그러려면 이유가 필요.

이유 없는 중단에는 페널티가 내려진다. 물론 이 경우의 대상은 이라 타쿠토다.

아무리 《이름도 없는 사신》의 권능을 통해 존재를 속인다고는 해도, 무대가 아닌 플레이어의 차원에서 진행된 요청이다.

시스템은 그 엄벌을 내릴 상대를 결코 그르치지 않을 것이다.

"이것 참, 그만큼 여유를 부리길래 뭘 하는가 싶었더니, 이런 거란 말이지♪ 확실히 이것으로 게임 마스터의 권한은 일시적으로 동결되었어. 하지만 룰 북에 기재되어 있다시피, 정당한 이유 없는 세션 중단은 금지 사항! 원활한 운영을 방해하는 건 누구에게도 허락되지 않아! 너는 이제 끝이야♪"

아마도 그 페널티는 게임에서 강제 배제하는 형태가 될 것이다.

이 세계에서 마에 속하는 자들을 이끌고 나라를 일으킨 파멸의 왕 이라 타쿠토라는 존재가 아니라, 한 번 죽고 두 번째 인생을 받은 이라 타쿠토라는 인간의 패배.

그것이 어떠한 의미를 가졌는가는 알 수 없다.

다만 모든 것을 잃고 두 번 다시 원래대로 돌아갈 수 없다는 것만큼은 분명히 이해할 수 있었다.

"자! 대답해 봐! 뭐, 입에서 나오는 대로 지껄인 것뿐이라고 생각하지만! 안 됐구나, 이라 타쿠토 구우우웅!"

에라키노가 광기와 환희로 가득한 승리의 목소리를 높였다.

이것으로 끝인가? 어느샌가 그친 공격에 사태의 변화를 감지
한 아투의 등 뒤에서⋯⋯.

"인사예요."

갑자기 말이 나왔다.

그들은 황급히 등 뒤를 돌아보고 기세 좋게 도약해서 거리를 벌
렸다. 하지만⋯⋯.

도중에 본 상대의 모습에 벌레라도 씹은 것 같은 표정을 지었다.

일렁이듯 그 자리에 조용히 서 있는 것은 역시나 오니의 아투.

안면이 검은색으로 덧칠된 이라 타쿠토의 모방이었다.

그리고 동시에 에라키노는 이변을 느꼈다.

조금 전부터 있던 능력에 제한이 걸린 감각이 계속되고 있었다.

그러니까 그것은── 세션 중단이 계속되는 것을 의미했다.

"에라키노. 당신이 게임 마스터와 함께 이 세계에 가져온『엘레
멘탈 워드 제4판』에 대한 이야기인데, 이 시스템에는 어떤 특징
이 있어요."

"──뭐?!"

익숙한 아투의 음색으로 이라 타쿠토가 이야기했다.

그 말로 미루어보기에, 그것이 처음부터 세션 중단을 관철시킨
방법── 다시 말해 정당한 이유를 준비하고 있었음은 명백했다.

하지만 무엇보다도 에라키노를 경악하게 만든 것은, 결코 누구에게도 전하지 않았던…… 에라키노와 그녀의 마스터만이 아는 테이블 토크 RPG의 시스템 이름을 당연하다는 듯이 이야기한 것이었다.

"이 시스템의 특징은, 플레이어의 도덕에 대해서 비교적 많은 지면을 할애하고 있다는 거예요. 예를 들면 타인과 즐겁게 플레이하는 요령이라든지, 상대에게 해서는 안 되는 행위라든지…… 인사라든지."

알고 있다.

누구보다도, 무엇보다도 자세히 알고 있다.

그 시스템으로 에라키노는 태어난 것이다. 사라진 실패작의 숫자는 스물하나.

간신히 완성품으로서 삶을 받고, 마스터와 함께 온갖 고난을 헤치고서 이 세계에서의 싸움에 몸을 던졌다고 생각했다.

어디서 새어 나갔지? 어떻게 새어 나갔지? 해답을 알 수 없는 질문을 스스로에게 던지는 동안에도, 이라 타쿠토의 독백은 이어졌다.

"이거, 잔소리 같다는 이유 때문에 찬반양론은 있지만요. 저는 의외로 싫어하지 않거든요."

그렇다, 그것은 이유.

"그게 말이죠, 룰 북 처음에 『참가자 전원이 자기소개를 하고, 인사가 끝날 때까지 세션을 개시해서는 안 된다』라고 적혀 있으니까요."

세션을 멈추고 GM이 가진 권능을 멈출 유일한 방법.

"인사는 무척 중요. 유치원생이라도 아는 일이에요."

동시에, 있을 수 없을 정도로 시답잖은 내용이기도 했다.

에라키노는 밉살스러운 그 주장에 이를 갈며 대책을 생각했다. 시스템 이름이 알려진 것은 무엇보다도 예상 밖이었다.

그녀들이 다루는 테이블 토크 RPG의 능력은 바탕이 되는 게임의 규칙에 준거한다.

특히 테이블 토크 RPG는 규칙의 운용에 엄격하고, 또한 각각 독특하면서 특수한 시스템이 마련되어 있는 것이 특징이다.

그것이야말로 그녀들의 무기 중 하나이고, 그렇기에 계속 감추었던 비밀이기도 했다.

수중의 패를 들킨다는 것은 에라키노 일행에게는 치명적인 손해나 마찬가지.

그 증거로, 인사라는 시답잖은 이유로 순식간에 궁지에 빠졌다.

"어라? 뭘 그렇게 놀란 표정으로…… 아, 그렇군요. 어째서 제가 당신들의 게임을 알고 있는가, 일까요?"

정곡, 이었다.

상대가 기분이 좋아서 술술 떠드는 동안에 조금이라도 정보를 수집할 필요가 있었다.

어디까지 파악하고 있는지 알 수 없지만, 허나 상대가 정보 측면에서 압도적으로 우위에 있다는 사실은 안타깝게도 인정해야만 할 것이다.

그들은 계속 희롱당하고만 있었다.

"국경 지대에 몬스터를 배치한 건 잘못이었어요. 확실히 암흑 대륙의 침공은 막을 수 있겠지만, 그래서는 알아차려 달라는 거나 마찬가지라고요? 게다가…… 그 게임은 온라인 세션이기는 하지만 저도 즐긴 적이 있거든요. 그렇다면 당연히 추측할 수 있겠죠? 그렇죠…… 오니의 아투?"

쿡쿡, 오니의 아투와 닮은 무언가는 그렇게 진짜에게 동의를 구했다.

그 말은 아투를 격발시키기에 충분했다.

"다음은 저를 모방하나요! 아니꼽기는!"

"여기서 직접적인 전투력이 가장 뛰어난 건 아투예요. 그렇다면 이런 수단을 취하는 건 당연하겠죠. ……아, 혹시 허가를 받는 편이 나았을까요?"

도발이었다.

적대했다고는 해도 이라 타쿠토가 자신에게 이런 수단으로 나온 것이 조금 믿기지가 않는 아투는, 자신 안에 있는 걱정이 점점 부풀어 오르는 것에 초조함을 느꼈다.

명백하게 그것은 그녀가 아는 타쿠토와는 달랐다.

"아뇨! 타쿠토 님이라면 특별히 허가할게요! 타쿠토 님이라면!!"

"어라, 의미심장한 말이네요. 뭔가 걱정이 있나요, 나?"

그렇다, 확실히 걱정이 있었다.

타쿠토가 《이름도 없는 사신》의 권능을 가졌음을 알았을 때부터.

그 능력이 이 세계로 찾아왔을 때부터 갖추어져 있고, 그저 아투가 그 사실을 잊고 있었을 뿐임을 이해했을 때부터.

그러니까 그녀가 품은 공포란…….

"어쩌면, 처음부터 이라 타쿠토 같은 건 존재하지 않고,《이름도 없는 사신》이 그렇게 자칭할 뿐인 인형 놀이였다고, 그렇게 생각하는 건가요?"

그녀가 듣고 싶지 않았던 말을, 이라 타쿠토…… 그것은 정확하게 던졌다.

아투의 마음속에서 무언가 부러지는 소리가 났다.

두려워하던 사실의 지적으로 몸이 떨리고, 그만 무릎부터 무너져 내릴 뻔했다.

황급히 펜네와 소아리나가 그녀를 걱정해서 다가갔지만…….

"──윽?! 이런!!"

이라 타쿠토에게 그 틈을 놓칠 방심은 존재하지 않았다.

"아하하, 아하하하하하하! 움직임에 빈틈이 보인다고요!"

"젠장! 젠장!!"

무수한 촉수가 또다시 그녀를 덮쳤다.

아투는 황급히 요격했지만, 받아들이기 힘든 충격을 받은 그녀는 정교함을 잃고, 조금 전처럼 공격을 상쇄하는 것이 어려워졌다.

펜네나 소아리나도 기적을 사용해서 요격에 참가했지만, 이 자리에서 가장 전투 능력이 높은 아투를 모방한 이라 타쿠토의…… 전력을 다한 공격을 피하는 것은 지극히 어려웠다.

이대로는 패배는 확정.

이윽고 죽음을 부르는 무수한 촉수 앞에서 시체가 될 것이다.

한편, 그녀들이 만든 잠깐의 시간에 모든 것을 거는 자가 있었다.

"마스터! 이름을 대! 빨리 이름을 대서 우쭐대는 이 가짜 히키코모리 자식을 죽여!!"

에라키노가 외쳤다.

인사가 중요시된다면, 인사를 하면 그만이다.

물론 그 후에 상대가 인사를 거부했을 경우에는 세션 진행 방해의 죄로 페널티를 줄 수 있다.

GM의 목소리를 무대 위의 세계에 직접 전달할 방법도 적으나마 몇 가지 존재한다.

빠르게 한다면 에라키노의 입을 빌려도 되고, GM의 권능을 이용해서 직접 이 자리에 목소리를 흘려도 된다.

뒷일은 어째선지 조금 전부터 당황하고 있는 GM이 자신의 이름을 말하고, 인사를 한다는 결단을 내리면 그만일 뿐이었다.

결단을 내리면, 그만일 터였다.

"아, 그렇지."

신속이라고도 할 수 있는 속도로 촉수를 펼치며, 마치 잡담을 나누는 것 같은 말투로 아투를 본뜬 이라 타쿠토는 아무렇게나 던졌다.

"브레이브 퀘스투스에서는 진정한 이름을 이용해서 상대를 저주하고 죽이는 특수한 **마법**이 있어요."

GM이 본능적으로 걱정하던, 죽음에 대한 공포라는 이름의 사슬을.

"——윽!!"

에라키노가 숨을 삼키고 더없이 증오가 담긴 표정으로 이라 타쿠토를 노려봤지만, 그는 무엇이 즐거운지 시종일관 쿡쿡 웃을 뿐이었다.

또 하나. 정보 측면에서 뒤처지고 말았다.

치명적인…… 그야말로 그녀들의 목숨이 걸린 문제였다.

"허, 허세야!"

에라키노는 외쳤다.

상대가 브레이브 퀘스투스의 이벤트를 이용해서 방해했다는 것은 이미 주지의 사실.

이것은 다시 말해 이라 타쿠토가 RPG에 출현하는 이벤트를 구사하는 무언가의 캐릭터를 모방할 수 있다는 것을 의미했다.

그는…… 브레이브 퀘스투스에 존재하는 미지의 저주를 구사할 수 있다.

하지만 동시에 그 선언이 무척 수상쩍다는 것 또한 사실이었다.

이제까지도 몇 번이나 눈앞에 있는 괴물의 허세에 속았다.

스스로는 아무것도 못 하니까 누군가의 힘을 빌리고, 그리고 그저 헛소리로 희롱한다.

이미 방법은 밝혀냈다. 어차피 이번에도 이쪽을 동요하게 만들어 GM의 권한을 봉인하려는 얄팍한 간계일 것이라고.

그렇게 단언하려고 했지만…….

"기, 기다려!"

"펜네! 어째서?! 어차피 거짓말일 게 뻔하잖아!"

"만에 하나 그것으로 게임 마스터가 쓰러지는 건 치명적……. 죽은 사람조차 부활시키는 그 능력을 우선시하는 게 가장 먼저야!"

눈에 보이지 않는 공포에 맞설 수 있는 자는 그리 많지 않다. 설령 그것이 성녀일지라도, 때로는 소극적인 판단을 내리고 마는 경우도 있다.

펜네의 말에 에라키노는 마음속으로 이를 갈았다.

무슨 약한 소리냐고 생각했지만, 동시에 그 말에서 확실한 정당성을 느꼈으니까.

기세 좋게 이름을 밝히는 것의 리스크가 여전히 무겁게 드리우고 있다는 것은 에라키노도 이해했다.

"아투!!"

"모르겠어요! 저, 저는 어디까지나 『Eternal Nations』의 캐릭터. 다른 게임이라면 제 지식의 범주 밖. 한번 부딪친 상대니까 어느 정도는 알고 있어도, 세세한 내용까지는 아무래도……."

칫, 혀를 찼다.

아투가 모르듯이, 당연히 에라키노도 브레이브 퀘스투스라는 게임에 대해서는 모른다.

이름만큼은 아투를 통해서 전해 들었지만, 세세한 설정이나 시스템에 대해서는 자신이 보유한 지식 밖이었다.

게임에 이름을 알면 상대를 저주하여 죽일 수 있는 마법이 존재하는지 알 방법도 없었다.

"마스터!!"

그리고 무척 위태롭게도…….

"브레이브 퀘스투스. 알고 있나요? 모를 테죠, 당신의 마스터는. 그다지 게임에 밝지 않고, 그저 주사위의 인도로 선택된 아무런 특이할 것 없는 인간. 그런 이야기는 저도 들었으니까요……
그래요, 직접."

GM 역시도 그 내용에 대해서는 전혀 몰랐다.

"그때! 이미 당신은!!"

펜네가 외쳤다.

그때란 과연 어느 때일까? 이라 타쿠토는 언제, 어느 대화에 참가했을까?

그것은 이미 본인밖에 알 수가 없고, 모든 것은 깊은 어둠에 파묻혀 사라졌다.

다만 확실한 것은, 그것이 만족스럽게 어렴풋한 미소를 계속 지을 만큼 그녀들은 많은 정보를 넘기고 말았다는 사실뿐이었다.

그리고 균형은 무너진다.

"그래요, 《고개 숙인 성녀 펜네》. 그저 자신이 행복해지고 싶었기에, 마녀와 손을 잡은 어리석은 여자."

"뭐라고! ——으윽!!"

"펜네!"

분노한 나머지 고함을 터뜨리다가 한순간 집중이 끊어졌는지, 아니면 긴 공방 사이에 정신이 깎여나갔는지.

우선 처음으로 펜네가 무너졌다.

촉수의 일격에 옆구리를 당한 그녀는, 그 기세 그대로 조금 남은 벽에 격돌했다.

비틀비틀 움직이긴 하니까 치명상은 피한 모양이지만, 희고 아름다운 성녀의 옷에 선혈이 배어 있는 모습에서 전선 복귀는 불가능해 보였다.

"베일로 뒤덮인 초라한 그 몸으로는, 도저히 이 싸움을 따라올 수는 없겠죠. 거기서 느긋이 견학이나 하세요."

마무리도 짓지 않고, 이라 타쿠토는 그렇게만 말하고는 흥미를 잃은 것처럼 다른 이들에게 시선을 되돌렸다.

"아! 그러고 보니 깜박 잊고 있었네요. 이건 실례했어요."

그리고 갑자기 무언가를 떠올린 것처럼 양손을 짝 마주치더니, 아투가 가진 초인적인 각력으로 그 자리에서 거리를 벌려 단상으로 장소를 옮겼다.

"아아, 음. 아아……."

""""————윽!!""""

그것은—— 갑작스러운 일이었다.

아투의 모습을 한 이라 타쿠토의 윤곽이 한순간 일그러지는가 싶더니, 그곳에 칠흑의 어둠이 생겨났다.

마치 세계에서 거절당한 것처럼 공간 자체가 잘려 나간 암흑.

칠흑 너머, 어둠보다도 깊은 어둠에서 배어 나오는 무시무시한 검은색.

도저히 살아있는 존재라 단언하는 것은 불가능한 상대는, 그저 약간의 움직임으로 존재를 세계에 알리고 있었다.

"아아, 어흠. 어흠…… 음!"

그것은 목을 누르며 차마 들어줄 수 없는 목소리를 냈다.

마치 이야기한다는 행위가 익숙하지 않은 것만 같은 동작.

헛기침하는 음색과 조율된 음색은, 듣기만 해도 무시무시한 사신의 그것이었다.

　이윽고 한바탕 상태도 확인할 수 있었던 것일까…….

　"내 이름은 이라 타쿠토. 안녕, 잘 부탁해."

　듣기에도 무시무시한 목소리로, 온몸이 검게 덧칠된 파멸의 왕
은 인사를 했다.

# 엘레멘탈 워드 룰 북

## 서장 엘레멘탈 워드의 세계에 오신 것을 환영합니다

우선은 이 멋진 공동 창조 공간에 찾아온 당신에게 , 게임을 하면서 무척 중요한 이야기를 전하고 싶습니다 .

---

테이블 토크 RPG 는 , 사람과 사람의 커뮤니케이션을 가장 중요하게 여기는 게임입니다 . 그러니까 그것은 타인을 생각하는 당신의 기분과 , 더욱 멋진 게임을 모두 함께 만들어 낸다는 기분이 무척 소중하다는 것입니다 .
이 기분을 잊는다면 게임은 반드시 실패로 끝나고 만다는 것을 이해할 필요가 있습니다 .

---

그럼 어떻게 하면 멋진 게임 체험을 얻을 수 있는가 ? 익숙하지 않을 때에는 조금 어려울지도 모르겠습니다 .
하지만 안심하세요 .
이 룰 북에는 그 점에 대해서 가장 신중하게 적혀 있습니다 . 당신이 이 룰 북을 잘 읽고 내용을 준수한다면 , 틀림없이 멋진 체험이 가능하겠죠 .

---

그럼 우선 첫걸음으로 , 다른 참가자에게 인사를 하죠 .
이것은 가능한 한 본명이 좋습니다 .
인사야말로 커뮤니케이션의 시작이고 , 이것이 끝날 때까지 게임 플레이 ( 세션이라고 합니다 ) 를 시작해서는 절대로 안 됩니다 .
이미 게임을 시작해 버렸을 경우에는 , 서둘러서 중단을 선언한 뒤에 인사를 나누세요 .
물론 인사가 끝날 때까지 게임을 재개하는 것은 엄히 금지합니다 .

---

그럼 , 빨리 함께 모인 여러분과 인사를 나누죠 !

---

파멸의 왕이, 신의 나라일 터인 레네아 땅에 현현한다.

모방된 모습 따위와는 비교도 안 될 만큼 구역질을 부르는 진정한 어둠에, 성녀들은커녕 마녀인 에라키나나 아투조차 공포를 느꼈다.

이라 타쿠토의 모습은 습격 작전 당시에도 확인했다.

더구나 아투는 그 곁에서 부하로 일하기도 했던 것이다.

그럼에도 불구하고 눈앞의 존재는 기이한 압력을 지녔기에, 이 모습이야말로 파멸의 왕으로서의 진정한 모습이라 여기고 만다.

명확하게 어둠의 의지를 이쪽으로 향한 이라 타쿠토는 그럴 만큼 무서운 존재일까.

모두가 자연스럽게 생겨나는 떨림을 감추지 못했다.

"자…… 슬슬 시간이 됐을까?"

기분 나쁜, 도저히 인간으로서는 낼 수 없을 법한 목소리로 이라 타쿠토는 중얼거렸다.

그 말에 호응하듯, 이제는 원형을 유지하지 못하는 교회 부지로 여러 발소리가 다가왔다.

"펜네 님!"

"피요르드 단장!"

그것은 아직 GM의 권능이 건재할 때에 부활하여 원군을 부르러 간 성기사단장 피요르드였다.

이미 어느 정도 사정은 설명했을 것이다.

일기당천의 성기사들은 이미 완전무장으로, 그들 모두에게서 강한 의지의 빛과 결사의 각오가 엿보였다.

"가능한 한 성기사를 소집해서 왔습니다. 근처 주민의 피난도 병사에게 명령했습니다. 저희 성기사 일동, 이 장소를 죽을 곳으로 삼아서, 세계의 위기에 대처하겠습니다."

"피요르드……."

모두가 죽음을 두려워하지 않는다.

물론 그것은 GM의 소생 능력을 마주했기 때문이 아니었다.

대부분의 단원은 그 힘에 대해서는 모르고, 설령 알고 있을지라도 그런 것보다 중요한 일이 지금 이곳에 존재한다는 사실을 잘 이해하고 있었다.

다시 말해, 많은 동료를 죽인 하수인인 파멸의 왕과, 그의 존재로 지금 막 위기에 빠진 모든 생명에 대해서.

틀림없는 빛의 전사들인 그들은, 무슨 일이 있어도 이곳에서 이라 타쿠토를 무찌를 생각이었다.

애석하게도…… 그런 결의 따위는 개의치도 않을 만큼, 이라 타쿠토라는 존재가 가진 사악함이 강력했던 것이리라.

"그럼, 거기 있는 마녀를 죽이세요, 성기사 피요르드."

정신이 들자 단상에 있는 소아리나가 명령을 내리고 있었다.

"칫! 또 똑같이!"

혀를 찬 것은 에라키노인가, 아니면 아투인가.

다시금 소아리나로 변신한 이라 타쿠토는 마치 놀이라도 즐기듯이 이번에는 성기사단을 희롱하기 시작했다.

"화장의 성녀님……."

"어, 어떻게 된 거야?"

"성녀님이 두 분?!"

"설마 둘 중 하나가 가짜인가?!"

"하지만, 구분할 수가 없어!"

"이래서는……."

당연히 기사단원들이 곤혹스럽게 소리 높였다.

상황을 보아 어느 정도 사정을 헤아린 성기사도 있는 모양이지만, 극히 일부였다.

대부분은 불가사의한 이 현상에 이해가 따라가지 못하고, 그저 둘이나 존재하는 양쪽 모두 진짜 소아리나를 보고서 허둥댈 뿐.

물론 GM의 권능도 봉인된 상황에서는 곧바로 그들에게 정보를 공유할 수도 없었다.

하지만 그 곤혹과 혼돈을 찢어발기는 목소리가 하나 터져 나왔다.

"헛수고예요, 파멸의 왕. 당신이 상대를 본떠서 진짜에 섞여 있다면, 모방당한 본인이 싸우면 그만일 뿐. 설령 그것으로 목숨이 다할지라도, 다음 사람이 이어가면 그만이에요."

소아리나였다.

성기사단원에게는 양쪽 다 똑같이 소아리나로 보이는 성녀 중 한쪽이, 자신의 목숨을 내던지는 것 같은 말을 던진 것이었다.

그것은 무모인가, 역시나 성스러운 의지에 따른 것인가.

하지만 그녀가 말했다시피, 그 작전은 이 자리에서 가장 확실한 방법이기도 했다.

"하지만 그래서는 소아리나가!"

에라키노가 비통하게 외쳤다.

친구가 목숨을 버리겠다는 말에, 마음이 편할 사람은 없다.

그것이 처음 생긴 친구라면 특히나…….

하지만 강한 결의를 품은 친구를 어떻게 막겠냐며 허둥대는 에라키노와 달리, 아투는 그 결의 안에서 일종의 강인함을 찾아냈다.

"아뇨, 그런 게 아니에요, 에라키노. 잊었나요? 당신의 마스터가 본래의 힘을 행사한다면 죽은 자조차 되살릴 수 있어요. ──그러니까, 저희는 파멸의 왕인 이라 타쿠토를 쓰러뜨리고, 내려진 정지 선언을 무로 되돌릴 수만 있다면 승리하는 거예요!"

설령 그 과정에서 아무리 희생이 나올지라도.

그렇게 단언한 아투의 말에 에라키노는 퍼뜩 놀란 표정을 지었다.

아투는…… 소아리나와 함께 이라 타쿠토를 무찌를 생각이었다.

일찍이 그만큼 경애하던 주인을 향한 애수는 있다. 물론, 미련도 있다.

그녀는 이따위 결말을 바란 적이 없다. 가능하다면 원만하게 자신이 원래의 마이노그라 세력으로 돌아갈 미래를 꿈꾸고 있었다.

하지만 그것은 이제 이룰 수 없는 꿈.

아투가 완전히 테이블 토크 RPG 세력에 편입되고 그 사실을 뒤집을 방법이 존재하지 않는 시점에서 그녀의 귀환은 이룰 수 없는 일이 된 것이었다.

그리고 그녀가 아는 이라 타쿠토는 이미 잃고 말았다.

그녀의 마음은 이라 타쿠토가 건넨 앞선 선언으로 이미 엉망진창, 이제는 냉정한 판단조차 만족스럽게 할 수 없는 상태였다.

하지만 분명한 것은, 이 순간 과거의 주인에 대한 경애와, 동료의 무사와 승리를 바라는 마음이, 아투 안에서 마침내 결론을 맞이했다는 것이다…….

그리고 싸움이 시작된다.

““신이시여! 제 손에 마를 멸할 성스러운 불꽃을!!””

………

……

…

성녀가 발하는 화염의 응수는, 그 자리에 있는 이들에게 끼어들 틈을 전혀 주지 않았다.

업화는 교회를 불태우고, 이미 주변의 건축물에까지 옮겨 붙었다.

하급 성기사같이 이 싸움에 따라갈 수 없는 이들이 황급히 주변의 건축물로 향하고, 불이 번지는 것을 막으며 사태를 지켜봤다.

이라 타쿠토가 모습을 바꾸는 기색은 없었다. 아니…… 자신의 목숨을 던지는 소아리나의 기백에 밀리고 있었다.

지금의 그에게 여유는 없고, 그저 강한 의지가 실린 그녀의 공격을 필사적으로 막아낼 뿐.

양쪽 소아리나에게 차이가 있다면…… 그것은 싸움에 건 마음의 강도.

그저 그것만이 승패를 정하는 요소가 되고, 그저 그것뿐이기에 이라 타쿠토는 일대일이 된 소아리나에게 승리할 수는 없었다.

그것이야말로 모든 것을 모방하고 조소하는 이라 타쿠토의 능력에 존재하는 약점.

……이윽고, 언젠가의 상황을 복사한 것처럼.

이라 타쿠토의 배가 소아리나가 든 성스러운 지팡이에 꿰뚫리고, 이어서 끝없다고도 여겨지는 화염의 소용돌이로 불탔다.

"해냈어! 이라 타쿠토를, 파멸의 왕을! 제가!"

승리는, 소아리나가 이루었다.

물론 진짜 소아리나, 말이다. 그곳에 거짓된 것은 없고, 뒤집을 수 있을 만큼의 각오도 가짜에게는 없다.

어차피 모방이기에, 극한 상태의 성능에서는 명확한 차이가 발생하고 마는 것이었다.

이라 타쿠토는 또다시 업화로 소멸한다.

"화장의 불꽃 앞에서는 누구라도 살아있을 수는 없어요! 그건 설령 저라도 마찬가지! 이번에야말로 끝이에요, 파멸의 왕이여!"

그 광경을 보고, 아투는…… 이것으로 모두 끝났다고 생각했다.

자신의 주인이 패배한 것은, 어찌어찌 이해했다.

그녀가 《흡입》의 먹잇감이 된 시점에서, 타쿠토는 전략에서 완전한 패배를 겪은 것이었다.

그녀와 주인의 두 번째 인생은, 안타깝게도 여기서 끝을 맞이했다.

가능하다면 자신의 손으로 모든 것을 끝내고 싶었다.

《이름도 없는 사신》 이라 타쿠토가 아니라, 그저 한 사람의 이라 타쿠토로서.

그것도 이제는 이룰 수 없으니. 그래서 아투는…… 마음속으로 몇 번이고 사죄하고, 눈물을 흘렸다.

……이때 오니의 아투에게 문제가 있었다면.

그것은 타쿠토가 자신의 손으로 마음을 휘저어 평정을 잊은 것
이리라.

그러니까 중요한 장면에서 오인하고 말았다. 그러니까 중요한
사항을 깨닫는 것이 늦어지고 말았다.

이라 타쿠토는, 이런 상황에서 이미 부활했었는데도.

"──히힛."

염세적인 웃음소리가, 업화에 계속 타오르는 인물에게서 새어
나왔다…….

"히햐핫! 햐하하! 햐하하하하하!"

소용돌이치는 불꽃이 일그러지며 흔들렸다.

그것은 마치 영상의 역재생을 보는 것처럼 한곳으로 화아악 줄
어들고, 생명과 의지를 가진 생물처럼 한 덩어리로 변모한다.

이윽고 나타난 것은 남자.

그곳에 있던 것은…… 이형의 남자였다.

"음─. 상쾌한 기분이야. 참으로 오랜만에 속세에 나온 것 같다고!"

"저건…… 설마 플레마인?!"

유일하게 그것을 아는 아투가 경악 그대로 외쳤다.

직접 대치한 것은 아니지만, 그 모습은 전해 들었기에 어떻게
든 판별이 가능했다.

도저히 사람으로 여겨지지 않는 비쩍 마른 피부. 상반신을 헐
벗은 초라한 의상.

눈은 번쩍번쩍 꺼림칙하게 빛나고, 몸 도처에서 불꽃을 뿜어냈다.

그것은…… 일찍이 마이노그라가 쓴맛을 본 브레이브 퀘스투스 사천왕, 화염 마인 플레마인이라 불리는 존재였다.

"이런, 그러고 보니 방해되는 녀석들이 있었군. 모이도록 준비한 건 나지만…… 조금 줄여둘까, 자."

크게 기지개를 켜던 플레마인은, 성기사들의 시선이 자신에게 향하는 것을 깨닫고는 미간을 찌푸리고 가볍게 손을 내저었다.

그리고 생겨나는 무수한 화염구.

묘하게 경쾌한 사운드와 함께 발사된 그것은, 예상과 달리 치사의 파괴력으로 성기사단을 덮쳤다.

그것이 플레마인의 특기인 화염 계열의 전체 공격 마법이라 판단한 사람은 이 자리에는 아무도 없었다.

그저 한 가지 분명한 것은…… 그 공격으로 적지 않은 숫자의 성기사가 대미지를 입고, 또한 생명을 잃었다는 사실뿐이었다.

"아투! 저건 뭘 모방한 거야?!"

"브레이브 퀘스투스의 사천왕 중 하나! 불꽃을 조종하는 마인이에요! 설마 흡수 능력?! 치잇! 그러니까 습격 당시에 무사했던 건가요!"

타쿠토가 드래곤탄에서, 어떻게 습격의 대미지에서 부활했나?

이것이 그 해답이었다.

플레마인은 불꽃을 관장하는 마인이다. 브레이브 퀘스투스에서 그는 모든 화염 속성의 공격을 흡수하여 HP를 회복하는 특성이 있었다.

타쿠토는 그 자리에서 순간적으로 플레마인으로 변화, 그리고 치명적인 대미지를 넘쳐날 만큼 몸을 감싸는 그 화염으로 치유한 것이었다.

놀란 시선이 플레마인에게 모였다. 그 시선에 진심으로 싫다는 표정을 짓고, 플레마인——이라 타쿠토는 혀를 찼다.

"대가리 모아서 쳐다보지 말라고. 기분 나빠, 죽여버리겠어—— 으윽?! ……오? 그렇군. 자아가 너무 강해서 성격까지 바뀌어 버렸나. 정말이지, 성가시네."

한순간 이라 타쿠토가 머리를 부여잡는 것 같은 동작을 취했다.

하지만 다음 순간에는 체념과 증오와 갈망이 넘치는 잔학한 미소를 짓고, 양팔을 크게 펼치고서 이야기를 시작했다.

"자자, 내 작전이 뭔~지도 모르는, 대가리 텅 빈 바보 계집 제군! 멍청한 낯짝인 너희에게 하나 질문임~다."

그것은 도전장이었다.

플레마인—— 아니, 이라 타쿠토가 보내는.

"나는 지금부터 뭘 할까~요? 힌트는 브레이브 퀘스투스 마왕군이 쓸 수 있는 특수한 능력이지!"

아투는 급속하게 머리를 회전시켰다.

이벤트……는 이 자리에서는 부적절.

이미 전투 상태가 발생한 가운데, 구사할 수 있는 이벤트는 그리 많지 않을 것이다.

덧붙여서 이벤트는 항상 해결할 수 있도록 설정된다.

동시에, 마지막은 마왕군이 패배하도록 결정되는 것이다.

그러니까 이라 타쿠토가 이벤트를 여기서 사용할 의미는 없는 것이나 마찬가지.

과거에 진짜 플레마인이 이벤트를 구사한 것은, 단순한 해코지와 동반자살을 위해서였다.

결국 그는 죽고, 영웅과 용사의 능력을 동시에 가진 새로운 마녀가 탄생한 시점에서 그 행위가 어떠한 의미를 가지는지는 명백했다.

이번에도 마찬가지로 결국 기사단원 살해의 진범은 밝혀지고, 이렇게 전투 상태에 돌입했다.

이벤트는…… 아니다.

"뭐~, 모르겠지—? 너희 머릿속에는 아무것도 안 들었지? 눈앞의 일에만 정신이 팔려서, 대국을 내다본다는 걸 모른단 말이지."

달리 무언가 수단이 있는 것일까? 이 상황을 뒤집고, 이만한 숫자의 성녀와 마녀…… 그리고 성기사를 물리칠 정도의 수단이.

"쓸데없이 소꿉놀이 같은 회의를 얼마나 해야 조금은 예상할 수 있을까 싶지만 뭐, 무리인가. 그럼 그 대가리는 내세를 기대하자고. 그런 게 있는지 나는 모르겠지만."

움직인 것은 아투뿐이었다.

어둠의 전사로서 오랜 세월 쌓은 경험이, 이라 타쿠토에게 주도권을 주어서는 안 된다는 감이, 그녀를 공격으로 움직였다.

그리고 그 행동은 성공으로 끝났다.

한 수, 그녀가 빨랐다.

사천왕이라고는 해도, 어차피 플레마인은 마법 공격을 메인으로 하는 마법사 계열 캐릭터다.

속도에서는 순수한 전투 계열 캐릭터에게 이길 수도 없으니, 이들 두 사람이 동시에 행동한다면 몇 번을 되풀이하든 아투에게 승산이 있다.

조금 더 말하자면, 현재 아투의 전투 능력과 스킬은 플레마인이 가진 전투 능력을 아득히 넘어선다. 한순간에 결판이 날 터였다.

"그래서 말이야――."

하지만……, 그녀의 촉수가 이라 타쿠토가 모방한 플레마인의 안면을 파괴하려던 그 순간.

비쩍 마른 남자의 윤곽이 흐려지고, 우락부락한 얼음 피부를 가진 괴인―― 브레이브 퀘스투스 사천왕 중 하나, 얼음 장군 아이스록으로 변모하고.

"――시간 종료다."

**아이스록은 우선 행동을 취했다!**
**아이스록은 동료를 불렀다!**

"뭐라고! 이런!!"
레네아 신광국의 파괴를 선고하는 파멸의 군대가 호출되었다.

**《족장충》들이 나타났다.**
**《목 따는 벌레》들이 나타났다.**
**《브레인 이터》들이 나타났다.**

《다크 엘프 총사단》이 나타났다.
《암살자》 기아가 나타났다.
《저주 현자》 몰타르가 나타났다.

《후회의 마녀 엘프루 자매》가 나타났다.

지옥의 화염에 잠긴 레네아 거리에서.
신성과 사악의 하수인들의 광연이, 바야흐로 지금 시작되려 하고 있었다.

# 제11화 결판

그것은 이상한 광경이었다.

이 나라에 홀로 뛰어들어서 홀로 싸움을 걸었다고 여겨지던 이라 타쿠토가 얼음 덩어리 괴인으로 변하고, 이어서 무언가 능력을 구사한 순간.

무수한 어둠의 세력이 그 자리에서 솟아난 것이었다.

전조라곤 일체 없는 그 출현, 다만 마지막으로 나타난 쌍둥이로 여겨지는 소녀를 본 사람은, 그것이 자신들에게 치명적인 악영향을 초래할 존재임을 순식간에 꿰뚫어 봤다.

그렇다, 어쨌든 신의 축복을 받은 성기사들은 그녀들이 어떠한 개념을 내포한 존재인지 한눈에 깨닫고 말았다.

"마녀다! 마녀가 나타났—— 키극!"

이제까지 들은 적이 없는, 고막을 찢어발기는 소리가 콰앙 울렸다.

동시에 쪼개진 석류처럼 비참한 모습을 드러낸 성기사의 두개골.

그 공격을 날린 쌍둥이 중 하나는, 연기가 피어오르는 짧은 관을 한 손에 들고서 가련하게 싱긋 웃었다.

"목표는~?"

"닥치는 대로! 움직이는 건 일단 쏜다, 는 거예요!"

"핫하—! 마구 도망쳐라—."

절그럭, 엘프루 자매가 몸에 차고 넘치는 거대한 장치를 들었다.

여러 개의 관을 하나로 묶고, 등에 맨 배낭 같은 것에서 금속제의 무언가가 길게 이어져 있었다.

신의 나라에서 미니건이라 불리는 그것은, 이름 자체는 왜소하게 느껴지지만 바탕이 되는 20mm 개틀링포가 가진 살상 능력을 정통으로 이어받은 파괴의 권화였다.

통상적으로 사람이 다루는 것은 도저히 불가능하다는 그것을 가뿐하게 들어 올리며, 자매는 죽음을 부르는 그 총구를 회전시켰다.

"안 돼요! 피하세요!"

아투가 경고의 말을 날렸다.

하지만 그것은, 성기사들을 구하기에는 너무나도 늦었다.

""발사—!!""

"그악!"
"커헉!"
"히익!!"

그 후의 광경은, 그야말로 지옥도라 부르기에 걸맞은 것이었다.

영웅이 된 쌍둥이의 완력으로 움직이는 미니건은, 무시무시한 소리를 터뜨리며 닥치는 대로 총탄을 흩뿌리고, 상대 구분 없이 그 몸에 죽음을 때려 박았다.

공격을 당한 성기사의 불운은, 그들이 그 병기의 성질을 몰랐기 때문이리라.

심각한 곳에 맞은 자는 모조리 시체로 변하고, 설령 치명상을 피한 자조차 전투 행동에 지장을 부를 정도의 상처를 입었다.

튼튼한 성기사의 갑옷과 육체를 뚫고서 대미지를 가하는 그 무시무시한 죽음의 호우에, 성기사들이 할 수 있는 일은 그저 무언가의 뒤에 숨어서 자신의 몸을 지키는 것뿐이었다.

"부대 산개! 각자 목표를 제압하라!"

거대한 라이플을 가뿐히 어깨에 기대고, 살의로 가득한 표정으로 전장에 내려선 기아가 아군 총사단에게 지시를 내렸다.

동시에 사방팔방으로 뿔뿔이 흩어지는 다크 엘프 무리.

그리 두겠느냐며 아투가 촉수를 펼치려고 했지만, 마치 예상했다고 그러듯이 기아와 다크 엘프들 몇 명이 가하는 집요한 충격에 저지당했다.

"치잇! 설마 이런 수단이 있었을 줄이야! ——수가 부족해!"

"그것 역시도 왕의 지휘에 따른 일입니다, 아투 경. 설마 당신을 이런 형태로 상대할 줄은 몰랐지만 말입니다."

"몰타르 옹인가요! 성가시네! 대주계에서 연구소에 틀어박혀 있으면 될 것을!"

"허허허. 그럴 수는 없지요. 이 늙은이, 지난날의 추태를 불식해야만 하기에, 자——《파멸의 대지!》"

어느새 등 뒤에서는 몰타르 옹이 재빠른 동작으로 군사 마법을 구축, 곧바로 구사했다.

그 순간. 대지가 썩고, 공기에 독이 섞였다.

신의 위광이 사라진 토지는, 마치 지옥처럼 영혼도 얼어붙을 기척이 감돌았다.

"뭐냐! 이건——!"

"성스러운 속성인 사람의 능력을 저하시키는 특수 효과예요! 이래서는 이쪽의 전력이 대폭 깎여나가 버리겠어!"

일일이 설명하기는 번거로웠다. 그동안에도 적의—— 마이노그라의 전력이 늘어나고 있기에.

다크 엘프들이, 이형의 곤충이, 그리고 생가죽을 뒤집어쓴 인간 형태의 괴물이.

그들 모두가 어둠의 공기를 한 몸에 받으며 기세가 더욱 강력해졌다.

반면에 성스러운 군세는, 첫 공격의 유린으로 궤멸적인 피해를 당하고 말았다.

상대가 꺼낸 총기가 얼마나 무서운지 알고 있던 아투는, 자신에게 공격이 집중되기도 해서 어떻게든 동료를 지킬 수 있었다.

하지만 반대로 말하면 부상을 당한 펜네나 육체적 강인함이 부족한 소아리나를 총탄의 비에서 지키며 싸우는 상황이 강제된다고 할 수도 있었다.

더군다나 《파멸의 대지》로 그녀들의 힘은 크게 깎여나갔다.

그것은 아투가 가진 전투 능력에 족쇄가 채워진 것이나 마찬가지이자, 상대에게 대처하기가 더욱 곤란해졌다는 증거이기도 했다.

그리고 아투의 전력 저하는 고스란히 레네아 측의 위기로 직결되고 만다.

"자, 그럼 파티를 시작하죠. 정말정말, 멋진 파티예요."

말과 동시에 《이름도 없는 사신》의 윤곽이 일그러졌다.

《모든 벌레의 여왕 이슬라》가 세계에 출현했습니다.

이 세계에 존재하는 모든 곤충 유닛이 전투력+2 보정을 받습니다.


눈앞에, 혐오스러운 이형의 존재가 나타났다.

도저히 이 세상의 존재로는 여겨지지 않는 거대한 벌레의 여왕은, 지독히 아름다운 목소리로 개전의 신호를 내렸다.

물론 성스러운 군세도 남은 힘과 정의의 의지를 짜냈다.

"성기사단 앞으로! 신의 적을 무찔러라!"

"""신이시여, 내게 사악을 무찌를 힘을!!"""

피요르드의 말에 따라 무사했던 성기사가 앞으로 나왔다.

각자가 일기당천의 강자.

단독으로 일군에 필적한다고도 일컬어지는 성기사들의 무리.

사악을 물리치고자 단련한 신의 검을, 지금 이곳에서 뽑아 들었다.

"자, 가세요, 귀여운 내 아이들이여. 마이노그라의 적을 무찌르는 거예요."

"복잡한 기분이지만…… 지금은 임금님을 따르는 거예요!"

"해보자고, 오―!"

"""기기기에에에!!"""

"""훌륭하다! 이것이야말로 인간!"""

상대는 마이노그라가 자랑하는 사악의 군세.

후회의 마녀를 필두로, 전투 능력이 강화된 족장충과 목 따는 벌레에, 인간 특공의 능력을 가진 브레인 이터.

서로의 숫자상 수백의 소규모 집단전이라고 할 수 있으리라.

하지만 각각이 내포한 전력을 생각한다면, 만군에 필적하는 전투가 이곳 레네아의 땅에서 펼쳐지게 된다.

"빌어먹을! 빌어먹을 것들이!!"

에라키노가 내지르는 분노의 외침을 들으며, 아투는 필사적으로 쏟아지는 총탄의 비를 견디고 있었다.

그 하나하나는 그녀에게는 하찮은 것이었다.

하지만 등 뒤에 있는 동료를 여기서 버릴 수는 없었다.

아투는 에라키노의 《흡입》으로 테이블 토크 RPG 세력의 동료로 성질이 바뀌었다.

그렇게 덧씌워진 가짜 동료 의식이, 돌고 돌아서 그녀들을 궁지에 몰아넣고 있었다.

"안 돼! 다크 엘프들이!"

"무슨 일이냐! 녀석들, 거리에 불을 지르고 있어!"

가장 빨리 알아차린 성기사가 비명과도 닮은 고함을 내질렀다.

거리에 불길이 피어올랐다.

조금 전에 산개한 다크 엘프 부대가 공작을 시작한 것이리라.

밀집한 목조 건물이 다수 존재하는 이곳 도시부에서 화재는 치명적이다.

대처를 게을리하면 언젠가 대규모 도시 화재로 발전하고, 그것은 거리를 모조리 불태울 것이다.

주민도 이 이상한 상황에 앞다투어 피난을 개시하고, 평소에 이런 문제의 대처에 솔선하여 진행하던 성기사들은 이 자리에서 목숨을 건 전투를 벌이고 있었다.

퍼지는 불길을 막을 이는 없었다.

도시의 붕괴는 결정된 것이나 마찬가지였다.

"쿡! 이대로는! 성기사! 성녀와 에라키노를 목숨 걸어서라도 지키세요! 제가 반격하겠어요!!"

그 말에 움직일 수 있었던 것은 몇 명. 하지만 가장 든든한 상급 성기사가 달려온 것은 아투에게 다행이었다.

그들은 한계까지 단련한 그 육체로 에라키노 일행을 안아들고, 총탄이 닿지 않는 장소로 대피했다.

간신히 반격의 실마리가 보였다며 다리에 힘을 싣는 아투. 이제는 도약 한 번에 상대의 품속으로 파고든다면 아군 오사를 우려하여 함부로 총격을 펼칠 수는 없을 터.

그대로 안쪽부터 무너뜨린다면, 순간적으로 그런 작전을 짰다.

하지만…….

"혹시—, 우릴 잊었어?"

"설마 아투 씨와 싸우게 될 거라고는 생각도 안 했던 거예요."

그 반격을 결코 허락하지 않는 자가 있었다.

엘프루 자매였다.

그녀들은 이미 모두 사격한 미니건을 어딘가로 내던지고, 자신의 무기로 삼은 마왕 무기를 손에 들고, 소녀가 발하기에는 지독히 뒤숭숭한 기척으로 아투에게 휘둘렀다.

"치잇! 건방지게! 하지만 올 타이밍을 그르쳤네요! 지금은 낮! 달은커녕 해가 높은 이 시간에는, 결코 당신들의 힘을 발휘할 수 없어요!"

두 마녀의 공격을 넉넉하게 받아넘기며 내지른 말은 정곡을 찔렀다.

그녀들은 달빛과 비극이 만들어 낸 마녀. 힘과 광기가 최대한 발휘되는 것은 그야말로 만월의 밤.

정반대의 날씨인 지금, 그 안에 지닌 능력을 구사하지도 못하고, 그저 남들보다 조금 강력한 전사에 불과하다.

하지만…… 과연 이라 타쿠토는 그 사실을 깨닫지 못했을까?

그 점을 고려하지 않았을까?

"정말로, 그렇게 생각하나요, 아투?"

"무슨 말을──."

안면이 검게 덧칠된 이형의 벌레가 숙녀의 목소리로 물었다.

아투는 그 말에 한순간 의아하다는 표정을 지었다. 하지만 아무리 전투 시에는 유례가 드문 재능과 감을 가진 그녀라고 해도, 그 가능성을 깨달을 리도 없으니…….

"내 이름은 달. 밤하늘에 떠 있는 어둠의 지표이도다──."

그 순간. 세계는 밤에 잠기고, 환하게 빛나는 거대한 달이 모두를 내려다보고 있었다.

"말도 안 돼!!"

이곳에 만월의 밤이 재현되었다.

누구도 아니기에 누구이기도 한 그 사신은, 마침내 세계의 사상까지 모방한 것이었다.

""아하하하하하하하하하하하하!!!!""

그리고 그것은 동시에, 후회가 만들어 낸 두 마녀가 긴 제정신의 잠에서 깨어, 광기 그대로 힘을 흩뿌리겠다는 선언이나 다름없었다.

"또야! 또 우리의 행복을 빼앗으려는 녀석들이 나타났어! 역시 그래! 세계는 우리를 싫어하는 거야! 정말 싫어하는 거야!!"

"쿡쿡. 바보 같아. 싸움 따윈 하지 말고 조용히 산다면 이렇게 되진 않았을 텐데. 아무도 잃지 않았을 텐데."

"《역병 감염》."

"《백치 감염》."

가장 사악하고 가장 역겨운 능력이 최대의 출력으로 흩뿌려졌다.

기초 능력으로 억지로 저항이 가능하다고는 해도, 그것은 마녀의 능력이다.

게다가 동시에 두 가지.

대부분의 성기사는 자신의 사명을 잊지 않는 것만으로도 필사적이고, 몸을 좀먹는 역병에 그저 무릎을 꿇을 뿐.

"으윽! 이, 이건! 이런 일이!!"

피요르드가 절망한 표정으로 외쳤다.

이곳으로 데려온 약 백여 명의 성기사단원. 위계나 훈련도는 천차만별이지만, 누구든 일기당천의 강자.

그들 신의 첨병인 기사가, 백성의 지키는 빛의 방패가, 모두 그 악의 앞에 무참한 모습을 드러냈다.

"치잇! 빌어먹을 게, 까불지 말라고ㅇㅇㅇㅇㅇㅇ!"

"이 이상 내버려 두지 않아요!"

에라키노와 소아리나가 동시에 뛰어나왔다.

간신히 체제를 갖추었는지, 아니면 이 상황에 이제 수세로는 해결이 안 되겠다며 참지 못하고 나섰는지.

하지만 소아리나가 펼친 화염은 메어리어가 망각시키고, 에라키노가 휘두른 손톱은 캐리어가 무참하게도 팔까지 썩어서 떨어지게 만들었다.

"있지있지, 어떻게 할래, 아투 씨! 이대로는 소중한 친구가 점점 더 죽어 버린다고? 그게 정말로 슬픈 거지? 괴로운 거지? 더이상 살고 싶지 않은 거지? 그럼 잊자! 전부 잊어 버리자!!"

"아무리 아투 씨가 강하다고 해도, 우리 둘을 막는 건 불가능한 거예요. 그보다도 우리는 할 일이 있으니까 공짜 밥 먹는 식충이는 조금 얌전히 있어 줬으면 하는 거예요."

마녀 에라키노와 성녀 소아리나를 가볍게 격퇴한 두 사람이 그렇게 말하자마자, 압력이 더욱 강해졌다.

물론 아투도 계속 촉수를 펼치며 공격을 늦추지 않았다.

하지만 밤의 어둠에 숨어서 어디선지 모르게 무수한 탄환이 날아오르고, 《족장충》이나 《브레인 이터》 같은 몬스터들이 엘프루 자매에게 접근하는 것을 방해했다.

그동안에 영웅과 용사의 두 가지 성질을 가진 이 소녀들은 사이좋게 손을 맞잡고, 모든 것을 쿡쿡 비웃으며 외도만도 못한 소행을 저지르기 시작했다.

"거리까지 모조리 썩어 버려라."

"거리까지 모조리 잊어 버려라."

"이건! 설마! ──능력의 범위를 도시 전체로 넓힌다는 건가요?!"

경악한 목소리가 무력하게 울렸다. 보이지 않는 힘은, 그저 얇은 베일처럼 도시로 퍼지고 무고한 백성을 잠식했다.

애당초 그녀들의 목적은 아투 일행에게 대처하는 것이 아니었다.

그들의 진정한 목적은…… 도시 주민의 역병과 백치 만연.

죽지 않지만 간병이 필요한 정도의 병마와, 그들이 이제까지 믿었던 신을 향한 신앙심의 망각.

신을 향한 신앙을 뿌리로 둔 사람들이, 신을 잊으면 어떻게 살아가라는 것인가?

신앙을 통한 기적과 교회의 권위로 보호받던 사람들이, 신의 도움 없이 어떻게 병마에게 이기라는 것인가?

이라 타쿠토에게 호출된 그녀들의 목적은, 다름 아닌 이 땅을 진정한 지옥으로 떨어뜨리는 것이었다.

"허허, 다들 잘하고 있는 모양이로군요."

등 뒤에 있는 몰타르 옹이 각지의 몬스터에게 지시를 내리며 만족스럽게 턱수염을 쓰다듬고 있었다.

그 모습은 얼핏 보기에는 무방비. 마치 공격해 달라고 하는 것 같은 태도였다.

물론 그것을 방치해 둘 만큼 빛에 속한 자들도 허술하지 않았다.

곧바로 소아리나가 자신의 불꽃으로 공격을 시도했다.

물론 목표는 지휘를 맡고 있을 다크 엘프의 저주 현자.

하지만 그 분투도 무위로 그쳤다. 목표인 노인은 어느샌가 밤의 어둠에 섞여 모습을 감추어 버린 것이었다.

달빛과 타오르는 도시의 불길로 시야가 확보되어 있는데도, 주변의 상황은 어둡고 불명확했다.

야간의 전투에 익숙하지 않은 그녀들로서는, 밤이야말로 가장 특기라 할 수 있는 노회한 다크 엘프 현자를 찾아낼 수는 없었다.

그동안에도 사태는 점점 치명적인 상황으로 빠져들었다.

"으윽…… 젠장! 젠장!"

"──윽?! 괘, 괜찮나요, 에라키노! 다친 곳은…… 아아! 세상에!"

팔이 썩어서 떨어지고 어깨에서 피를 뚝뚝 흘리는 에라키노의 참상에 소아리나가 비명을 터뜨렸다.

의식은 있는 모양이지만 안색은 무척 나빴다.

그녀가 가진 초인적인 생명력으로 버티고는 있지만 빨리 치료해야 한다는 것은 명백했다.

그리고 이 자리에서 유일하게 그것이 가능한 GM은 여전히 전혀 말이 없었다.

도시 공격은 그들이 가진 여유의 발현이었다.

성녀와 마녀를 제압하고서도 절망을 흩뿌릴 여유가 있다고.

결국…… 자매의 능력은 충분히 그 사명을 다할 것이다.

그 후에는 이라 타쿠토의 유린이 시작된다.

GM이 가진 《심판자》의 능력을 봉인당하고, 성기사단이 궤멸당한 그녀들에게 남겨진 전력은 이제 아투밖에 존재하지 않았다.

에라키노는 태생부터 GM의 백업이 있어야 힘을 발휘할 수 있고, 소아리나의 기적은 플레마인에게 완전히 봉인당했다. 펜네는 부상으로 전선을 이탈했고, 설령 무사할지라도 그 힘은 도저히 의지할 수 없다.

그리고 아투 홀로 넘어설 수 있을 만큼, 이라 타쿠토라는 존재는 쉽지 않았다.

"젠장. 도와줘, 도와달라고 마스터……."

"정신 차려요, 에라키노! 누가! 그녀를 데리고 물러나세요!"

소아리나의 말에 대답하는 이는 없었다. 대부분이 정체 모를 인간 형태의 괴물에게 살갗이 벗겨지거나, 혹은 개미 같은 꺼림칙한 외양의 곤충에게 뜯어 먹힐 뿐이었다.

아투는 필사적으로 총탄의 비를 막는 중이고, 펜네는 이미 그 자리에는 없었다.

그리고 자신은 이 상황을 뒤집을 수단도 지혜도 가지고 있지 않았다.

절망이 소아리나의 마음을 지배하고, 이제는 여기까지인가 하고 생각하던 그때였다.

"내 이름은── 쿠하라다."

생사의 경계를 헤매고 있었을 터인 에라키노가, 도저히 그녀에게는 걸맞지 않은 남성의 목소리로 그렇게 이름을 댔다.

"쿠라하 케이지라고 해.『안녕』, 이라고 하면 될까?"

뚝뚝 피를 흘리면서도, 마치 그것을 개의치 않는 듯이 에라키노는 말을 이었다.

그러나 그 내용은 그녀가 이야기하기에는 도저히 이해할 수 없고, 마치 다른 사람 같은 분위기가 담겨 있었다.

그 순간, 소아리나는 무슨 일이 일어났는지를 이해했다.

GM이 내기에 나선 것이다. 자신의 이름을 대는 것으로 이 궁지를 뒤집기 위해.

이곳이 아닌 장소에서 간섭하기 위해, 에라키노의 입을 빌려서.

"우리 아버지가 그랬거든. 남자라는 건 인생의 어딘가에서 한 번은 큰 도박을 해야만 한다고…… 틀림없이 그게 지금이겠지."

정신이 들자 날은 밝고, 그 자리에 조용히 서 있는 이라 타쿠토가 그곳에 있었다.

온몸이 시커멓게 물들어 있었지만, 시선은 에라키노를 향하고 있는 것을 알 수 있었다.

아니…… 그 시선은 에라키노 너머에 있는 쿠하라를 향하고 있었다.

"이라 타쿠토라고 했나? 너 게임을 꽤 잘하는구나. 나는 게임 같은 거 해본 적 없지만. 도박은 엄청 잘 알아. ……뭐, 잘 아는 것뿐이지 강한 건 아니었지만."

이라 타쿠토는 아무 말도 하지 않았다.

여전히 표정에서는 감정은 읽어낼 수 없고, 그저 깊은 어둠만이 존재하는 것처럼 여겨졌다.

"계속 지기만 한 인생이었어. 마지막에도 야쿠자가 연 시시한 불법 카지노에서 대패하고 이 꼴이야. 그 후로도 계속 지고 또 져서, 지금은 너한테도 질 뻔했어."

에라키노의 안색은 이미 생명을 잃은 것 같은 착각마저 들 정도로 나쁘고, 그녀의 어깨에서 흐르는 피는 더 이상 남지 않은 것처럼 기세가 줄어들었다.

하지만 GM은 그녀의 입을 빌려서 계속 토로했다. 그가 가진 결의와 의지를.

"하지만 말이지, 이런 곳에서 끝낼 수는 없어! 나한테는 목적이 있어! 마지막에는 이 게임에 이겨서 꿈을 이루는 거야! 그러니까 말이야── 이라 타쿠토."

전장임에도 불구하고 적막한 시간이 그곳에는 있었다.

누구도 명령을 받지 않았음에도, 양 세력은 자연스럽게 손길을 늦추고서 사태의 추이를 지켜보고 있었다.

마치 이것이야말로 양쪽의 승패를 결정하는 진정한 싸움이라고 그러듯이.

"승부야. ──해 봐. 날 저주해서 죽일 수 있다면, 지금 죽여 봐!"

"응, 어어, 잘됐네. 그런 **마법**은── 없어."

타쿠토가 대답할 때까지는, 잠깐 틈이 있었다.

말이 익숙하지 않은지, 아니면 다른 이유인지.

쿠하라의 말을 들은 그는 그렇게만 말하고, 입을 다물었다.

그곳에는, 약간의 동요가 엿보였다.

"하하, 하하하핫하하……."

GM의── 쿠하라 케이지의 메마른 웃음소리가 울렸다.

그것은 감동인가, 아니면 안도인가. 한동안 계속 웃던 쿠하라는, 잠시 후에 웃음을 그치고 감개무량한 듯 하늘을 올려다봤다.

"하하, 계속 지기만 한 인생이었어. 뭘 해도 제대로 안 풀리고,

어느샌가 이런 영문 모를 일에 말려들었지."

이곳이 아닌 어딘가의 장소.

의자와 테이블과, 텔레비전 같은 것만이 있는 어두운 방에서……

쿠하라는 있는 힘껏 외쳤다.

"하지만 말이야! 있다고! 나한테도 의지가! 뜻을 다지고, 다음 은 한심하게 살지 않겠다고! 전력으로 발버둥 치겠다고, 죽은 그 때에 결정했어!"

GM: Message

**게임 마스터 권한 행사.**

**모든 전투를 정지하고, 내 판정을 받으라.**

"내 승리야! 나는 내기에서 이겼어!"

GM: Message

**게임 마스터 권한 행사.**

**마이노그라 군세 완전 배제.**

**레네아 신광국 세력의 부활과 완전 회복.**

**레네아 신광국을 둘러싼 모든 악영향 배제.**

죽은 자들이 다시 일어서고, 신의 나라에 또다시 빛이 내려왔다.

그렇게나 많던 몬스터들이나 다크 엘프들이 모두 사라지고, 과 거의 평온이 급속하게 다시 돌아왔다.

번지던 불길이, 파괴당했던 교회가, 죽은 기사단원들이……

마치 영상을 되감는 것처럼 급속하게 형태를 되찾고, 과거의 영광스러운 모습을 다시 드러냈다.

그곳에 마이노그라의 군세는 없었다.

그만큼 맹위를 떨치던 자매도, 밤의 어둠에서 암약한 다크 엘프들도, 무시무시한 몬스터도 썩어 문드러진 대지도, 어느샌가 사라져 버렸다.

마지 모든 일이 환상이었던 것처럼…….


SystemMessage

**모든 처리가 끝났습니다.**

**플레이어 삭제는 GM의 권한을 넘는 일이기에 스킵되었습니다.**


"……성가시네. 하지만 이러면 어때?"


GM: Message

**게임 마스터 권한 행사.**

**이라 타쿠토의 《이름도 없는 사신》으로서의 능력 봉인.**


"아무래도, 이건 괜찮은가 보네."

만족스러운 목소리가, 원래의 형태로 돌아온 교회 안에 메아리 쳤다.

정신이 들자 타쿠토는 성스러운 군세에 둘러싸여 단상 위에 홀로 우두커니 서 있었다.

이리하여 그는 모든 것을 잃었다.

동료도, 부하도, 능력도…… 모두.

"아무리 잔뜩 지더라도 단 한 번 크게 이기면 모두 원래대로. 그게 도박의 좋은 점이야. 그야말로 주사위의 신, 만세라는 거지."

이곳에서 승패는 정해졌다.

쿠하라는 드높이 선언했다. 자신이 내기에 승리하고 운명을 개척한 것을.

결판은 의외일 만큼 싱거웠다.

그의 판단이 모든 일을 결정하는 열쇠였던 것이다.

이라 타쿠토는, 그저 속임수와 허세로 여기까지 어떻게든 다다른 사기꾼 미만의 멍청이.

그것이, 도출된 결론.

"이제 네게 승산은 없어. 게임 오버야, 이라 타쿠토."

레네아의 성녀가, 성기사가, 그리고 그가 사랑하는 마녀가 바라보는 가운데.

패배의 선언을 무정하게도 들이밀었다.

홀로 남은 타쿠토는, 그 말에 그저 황망히 보고 있을 뿐이었다.

# 한담 일찍이 존재하던 무렵

……이곳이 아닌, 어딘가의 이야기를 하자.

남자가 하나 있었다.

게임 『Eternal Nations』의 운영진이 주최한 대회에서 항상 우승을 차지하지만, 공식 온라인 랭킹에서는 항상 2위에 머무르는 기묘한 운명을 가진 남자다.

외모는 20대 후반. 도저히 게임을 하는 인간으로는 여겨지지 않을 만큼 시원시원하고 쾌활한 인상을 주는 청년.

적당히 단련한 근육과 적당히 그을린 피부에, 붙임성 있는 미소가 특징인 그 남자는, 현재 어느 카페에서 취재를 받고 있었다.

"바쁘신 와중에 감사합니다. 클로저 님. 굳이 도심까지 나와 주셔서, 정말 고마워요."

"아뇨, 오늘은 우연히 시간이 있어서…… 저야말로 게임 잡지 분께서 와주실 줄은 몰랐네요. 어쩐지 긴장되는데요."

"무슨 말씀이신가요. 『Eternal Nations』에서 빛나는 실적을 거두고, 게임 실황도 연일 대성황인 유명 플레이어 중 하나인 당신이 긴장하다니. 겸손이 지나치십니다."

"하핫…… 그렇게 말씀하시니 뭐라 대답할 말이 없네요."

남자의 이름은 클로저. 알파벳으로는 'cLoser'라고 적는다.

물론 게임 상의 닉네임이고 실제 이름은 아니다.

반면에 조금 전부터 클로저와 대화를 나누는 인물은 그럭저럭 역사가 있는 게임 잡지의 젊은 편집자다.

인터넷 전성기인 현재는 다소 판매량에서 고전 중이지만, 아직은 높은 견식과 정보력으로 업계 내에서 인정받는 잡지다.

이번에는 『Eternal Nations』 특별 기획으로 최근에 흥하는 e스포츠와 엮어서, 유명 플레이어에게 인터뷰를 진행하고 있었다.

"사실은 이라 타쿠토 님도 와주셨으면 했지만요. 애석하게도 거절당해서……."

인사 이후로 화기애애하게 대화가 이어지고, 인터뷰 내용이 기세를 탔을 때였다.

편집자의 그 말에 클로저는 미간을 움찔하고, 조용히 다음 말을 재촉했다.

"클로저 님. 예의 소문은 사실일까요? 뭔가 아십니까?"

"글쎄, 모르겠네요. 저도 이전에는 녀석의 얼굴을 어떻게든 보고 싶다고 생각했지만요! 이제까지 한 번도 만나질 못했어요."

"하하하, 그렇군요."

『Eternal Nations』 플레이어…… 클로저는 항상 2등이었다.

세계적으로 인기 타이틀이라 수많은 협찬 스폰서가 붙는 『Eternal Nations』 공식 대회는, 게임의 특성상 무척 시간이 걸린다.

대회 관람자는 경기장은 물론, 인터넷을 통해서 깊은 전략과 자극적인 전투를 언제든지 즐길 수 있다.

하지만 플레이어는 부정 방지의 관점에서 높은 수준의 감시 아래에 놓이고, 운영진이 준비한 장소에서 플레이할 것이 요구된다.

덧붙여 며칠에 걸쳐서 진행되는 대회 중에는 자유 시간조차 호

텔에 갇혀서 항상 감시가 붙고, 휴식 시에도 외출이 금지된다.

그래서 이라 타쿠토라는 플레이어는, 무언가 사정으로 공식 대회에 참가할 수 없는 상황이 아니냐며 추측되던 것이다.

예를 들자면—— 책임 있는 업무나 직함이라든지, 가족의 이해를 얻지 못했다든지…….

혹은…… 중병을 앓고 있다든지.

이라 타쿠토의 소문 가운데 가장 가능성이 높다고들 하는 것이 바로 이 병에 대한 소문이고, 그렇기에 그의 정보를 알아내는 것은 반쯤 터부시되었다.

그 덕에 클로저는 『Eternal Nations』 공식 대회에서 항상 우승을 거두고 있었다.

수많은 스폰서로부터 거액이나 고급 상품이 나오는 이 대회에는 실력자도 다수 참전하여, 매번 뜨거운 대전이 펼쳐진다.

하지만 그 결과는 작은 변동이 있을지라도 거의 『Eternal Nations』의 인터넷 랭킹에 따른다.

이라 타쿠토가 나온다면 우승은 틀림없으리라.

기적적인 확률로 우승을 놓치더라도, 그가 2등 이하에 만족할 리는 없다.

그것이 『Eternal Nations』 팬 사이에 떠도는 소문이었기에 클로저는 항상 부끄럽다는 심정을 품고 있었다.

"그래서…… '제왕이 될 수 없는 제왕'이라 불리는 당신에게 이런 질문을 하는 건 조금 실례일지도 모르겠습니다만……."

"이라 타쿠토의 강함에 대한 비밀, 말인가요?"

사나운 미소를 지으며 클로저가 대답했다.

인터넷 한구석에서 일컬어지는 별명을 던지는데도 분노를 겉으로 드러내지 않았던 것은, 그가 딱히 인격자라서 그런 것이 아니다.

그 이상으로 이라 타쿠토라는 존재가 그의 마음속에는 강렬했기 때문이다.

이라 타쿠토라는 이름은 게임 관련 업계에 몸을 둔 사람이라면 한 번은 들어본 적이 있다.

『Eternal Nations』에서 전혀 정보가 노출되지 않는 정체 모를 랭킹 1위의 플레이어로 알려진 것과 함께, 같은 이름이 몇몇 게임에도 출현한 적이 있는 것이었다.

그 게임들 전부에서 경이적인 결과를 남기고, 그가 그렇게나 강할 수 있는 비밀을 알고 싶은 인간이나 미스테리어스한 내력에 매료된 팬이 끊이지 않는다.

그런 일종의 유행성 신자들에게, 이 편집자도 무언가 서비스 같은 게 필요한 것이리라.

실제로 만나서 취재를 할 수 없다면, 어떻게든 가까운 인물에게 들을 수밖에 없다.

그런 취재거리가 된 것 같아서 조금 불쾌하기는 했지만, 클로저로서도 불필요한 트러블을 일으켜서 업계 안에서 경원시되는 우를 저지를 생각은 없었다.

게다가…… 그 기분은 아플 만큼 잘 알았다.

그렇기에, 립서비스만 대답해 준다. 자신이 아는 이라 타쿠토를.

"그러네요…… 어떤 특징이 있거든요. 나쁜 버릇이라고 할까?"

"그건 뭐죠?"

"그는 매번 논단 말이죠. 힘을 뺀다고 할까, 상대를 얕잡아 본다고 할까, 『뭐, 이런 느낌이면 괜찮겠지』같이 무른 판단을 하죠. 그런 나쁜 버릇이 있어요."

"허어…… 하지만 초반부에서 그런 짓을 한다면 순식간에 패배하겠죠? 『Eternal Nations』가 그런 싱거운 게임이 아니라는 건 저도 잘 압니다."

정말 그렇다며 고개를 끄덕이고, 클로저는 편집자에 대한 평가를 마음속으로 아주 조금 높인다.

일일이 설명하지 않더라도 사정을 파악하고 있다는 것은 인터뷰어로서 필요최소한의 소질이다.

게다가 바로 그렇기에 다음의 말도 이해할 수 있으리라고, 클로저는 이라 타쿠토에 대한 거짓 없는 평가를 입에 담았다.

"그러니까 그 녀석이 최고인 거예요."

무언가 생각에 잠기듯 조용히 눈을 감는 클로저.

그의 머릿속에서, 이제까지의 게임 플레이가 마치 실제 화면이 눈앞에 있는 것처럼 재생된다.

경이적인 사고와 게임의 반복 작업 끝에 얻은 일종의 스킬로, 그 기술은 이미 존재하지 않는 플레이를 시뮬레이션할 정도가 되었다.

하지만 클로저에게는 아무런 의미도 없는 것이다.

……영상 안에서 플레이하는 그는, 시뮬레이션을 몇 번이나 거

듭해도 이라 타쿠토에게 패배했으니까.

클로저는 단언한다. 자신이 그를 제외하고 세계에서 가장 『Eternal Nations』를 잘 알고, 가장 강한 인간이라는 것을 확신하며.

사람이라는 존재가 가진 일종의 정점 중 하나에 도달한 남자가, 하늘을 올려다보고 체념 속에서 단언한다.

"──진심을 발휘하는 이라 타쿠토는 아무도 넘어설 수 없어요."

진지한 감정이 섞인 그 말에, 편집자는 무심코 꿀꺽 침을 삼키며 침묵했다.

……마치 모든 것이 멈춰 버린 듯 말 없는 시간이 흐르고, 녹은 얼음이 유리잔 안에서 달그락 울리는 소리와 함께 움직이기 시작했다.

"알겠나요, 편집자님. 저는 말이죠, 그 녀석이 어딘가 기업에서 개발한 AI가 아닌가 의심한 적이 있어요. 뭔지는 몰라도, 무언가 부정을 이용해서 그렇게나 강한 모습을 유지하는 게 아니냐고."

클로저는 떠올린다.

자신의 패배와 이라 타쿠토의 강함을 인정하기에 이른 경위를.

미친 듯이 이라 타쿠토의 그림자를 쫓던 어느 날, 딱 한 번 보이스 채팅으로 대화를 나눈 적이 있다.

무척 가냘픈 목소리로, 정말로 이게 그 이라 타쿠토인가? 그리 생각할 정도로 현실성이 없었다.

그래서 클로저 안에서, 의심과 함께 상대를 확인하고 싶다는 심정이 솟구친 것도 어쩔 수 없는 일이었으리라.

"충고할게요. 이라 타쿠토에게 흥미가 있다는 건 알겠지만, 부디 그 녀석을 화나게 만들지 않도록 하세요."

그런 일은 절대로 없다며 편집자는 대답하려고 했지만, 이의를 허락지 않는 클로저의 표정에 마치 뱀 앞에 놓인 개구리처럼 움츠러들고 말았다.

기사를 위해서는 때로 조금 과격한 수단이 필요해지는 경우도 있다. 그렇게 생각하던 것을 마치 꿰뚫어 보는 것 같았으니까.

"특히 그 녀석을 빡치게 만들었을 때는 최악이에요. 그야말로 온갖 수단을 써서 보복하고 마음부터 꺾어 버리죠. 저는, 두 번 다시 그 녀석이랑 엮이지 않겠다고 맹세했어요."

이라 타쿠토와 클로저 사이에 과거 무슨 일이 있었는지, 편집자도 신경 쓰이기는 했다.

여기서 억지로 알아내어 기사로 쓴다면 매상도 무척 오르고, 편집부 내에서의 지위도 올라갈 것이다.

하지만 그런 일이 탁상공론이라는 사실은 그의 겁먹은 표정을 보면 잘 알 수 있다.

"아직도 그 녀석의 이름을 들으면 긴장되거든요."

편집자는 조용히 끄덕이고, 이 이상은 파고들지 말자고 마음속으로 맹세한다.

클로저의 손은, 분명히 떨리고 있었다.

## 제12화 종언

"그럼 세션 참가자인 이라 타쿠토의 이름으로, 쿠하라 케이지 군의 **징벌 동의**를 발의할게."

SystemMessage
**게임 마스터 쿠하라 케이지에 대한 징벌 동의의 발의를 수리하였습니다.**
**이후 심의가 종료될 때까지 모든 진행을 정지합니다.**

"……어?"
그 누구도, 그 일에 따라갈 수 없었다.
성기사도, 마녀도, 성녀도…… 그리고 게임 마스터도.
또다시 시간이 멈췄다.
불가사의한 힘이 그 자리를 지배하고, 그 이상의 모든 권력 행사를 부정한 것이었다.
이제는 풍전등화였을 타쿠토의 목숨.
하지만 그것이야말로 속임수였다는 이야기를 파멸의 왕이 꺼내기 시작했다.
"아니, 깜짝 놀랐어. 뭔가 갑자기 자기 이야길 하니까. 그런 거 최근에 유행하는 걸까……. 어떻게 생각해, 아투? 아, 그렇지. 아투는 아직 그쪽 편이니까 너무 말을 걸면 안 되겠네. 아니, 정말로 동요하고 있구나. 차분하질 못한다고."

수다스럽게 이야기하는 것은 역시나 그 말 그대로 동요가 있었기 때문이리라.

그로서는 드물게도 말이 많았다.

다만 그것은 누군가 대상이 있는 말이라기보다도 혼잣말의 의미가 강했다.

애당초 커뮤니케이션 능력이 부족한 그에게 타인과 대화를 나눈다는 행위는 무척 난이도가 높았다.

물론 상대가 적대자라면 그것은 또 다르다.

커뮤니케이션이란 상대를 생각하는 마음이 필요하니까.

처음부터 상대를 배려할 필요가 없다면 타쿠토는 얼마든지 이야기할 수 있었다.

"그건 그렇고, 쿠하라 군? 이름을 말해줘서 정말 잘됐어. 아무리 다양한 사람의 모습을 빌려서 설득해도 전혀 그런 정보를 꺼내지 않았으니까. 그게 말이지, 징벌 동의는 세션 안이 아니라 그보다 바깥쪽, 그러니까 플레이어의 차원에서 선언해야만 하니까. 구별하기 위해서 상대가 가진 진짜 이름이 필수였거든."

플레이어로서의 차원과 무대 위의 차원은 다르다.

예를 들면 아투나 에라키노는 누구보다 강력한 능력과 힘을 가지고 있지만, 어디까지나 게임의 설정을 빌린 무대 위의 말이다.

하지만 플레이어는 이에 대해서 상위 차원의 성질을 가진다.

쿠하라는 테이블 토크 RPG의 시스템과 말을 조작하는 GM으로서의 성질을 가졌고, 타쿠토는 SLG의 시스템과 말을 조작하는 플레이어로서의 성질과 동시에, 지도자 겸 영웅이라는 게임의 말로서의 성질을 가진다.

징벌 동의는 어디까지나 게임 밖에서의 대화이기에, 필연적으로 이라 타쿠토와 쿠하라 케이지의 이름을 끄집어 낼 필요가 있었다.

그렇기에 타쿠토는 이제까지 다양한 책략을 시도한 것이었다.

결코 누구에게도 들키지 않도록 GM의 이름을 알고, 그 힘을 봉인하기 위해서.


SystemMessage
**플레이어 이라 타쿠토, 이의 신청의 내용을 말해 주십시오.**


시스템이 타쿠토를 재촉했다.

일시적인 중단은 본래라면 피해야 하는 상황이다.

테이블 토크 RPG의 규칙에 충실한 이 시스템도, 아마도 게임을 빠르게 재개하고 싶을 것이다.

물론 타쿠토로서도 그 의견에는 찬성이었다. 이런 시답잖은 연극을 빨리 마무리하고 싶었다.

"이런, 미안미안. 그럼 바로.

——쿠하라 군의 잘못은 다음과 같아.


장시간에 걸친 인사 거부.

주사위 결과의 이유 없는 강제 변경.

그에 따른 참가자 소유 캐릭터 강탈.

주사위를 이용하지 않고 GM 권한을 이용한 게임 내 데이터의 부당한 조작.

게임 진행을 자신에게 유리해지도록 자의적으로 조작.

상위 차원인 GM의 권한을 개시하여 게임 내 세계관과 질서 붕괴.

소유 캐릭터 에라키노의 참가자 이라 타쿠토 비방 중상.

플레이어 쿠하라 케이지의 참가자 이라 타쿠토 비방 중상.

어―, 그리고 겸사겸사.

장면의 흐름을 무시하고서 물어보지도 않은 자기 이야기를 한 것, 도 추가해 둘게.

⋯⋯이상을 바탕으로, 본 테이블 토크 RPG――『엘레멘탈 워드』의 규칙에 따라 원활한 게임 진행을 맡은 GM으로서 부적격하다고 판단. 이런 이유들로 징벌 동의를 발동.

참가자 각각에게 본 세션 게임 마스터인 쿠하라 군의 GM 권한 박탈 가부를 묻겠어."


SystemMessage
**요청을 수리했습니다.**

**정당한 징벌 동의 발동 사안이라 인정하고, 계속해서 참가자의 다수결로 정하겠습니다.**


게임의 시스템은 플레이어에게 유리하게 작동하지만, 그렇다고 해서 완전한 아군은 아니었다.

시스템은 규칙의 노예인 것이다. 아무리 플레이어가 바랄지라도 규칙 외의 행동은 결코 하지 않고, 아무리 플레이어가 불리할지라도 규칙을 왜곡하지는 않는다.

반대로 말하면, 규칙 안이라면 어떠한 무법도 통한다는 것이기도 하다.

그렇기에, 시스템을 이용하는 것은 규칙 파악이 무엇보다도 중요했다.

"소, 소아리나! 타쿠토 님을 막아요! 서둘러서——."

"시스템. 방해할 것 같으니까 막아줘."


**SystemMessage**

**오니의 아투와 화장의 성녀 소아리나의 행동을 캔슬하고, 이후 행동불가로 합니다.**


말 하나로, 아투와 소아리나의 행동은 무로 돌아갔다.

이상하게도 그것은 GM이 사용하는 《심판자》의 권능 같은 행위이고, 그렇기에 이미 거스를 방법이 없다는 현실을 마지못해 이해하게 만들었다.

"그럼 계속할게. 다음 다수결 말인데…… 예, 우선은 나. 이라 타쿠토. GM 권한을 박탈하는 편이 좋다고 생각합니다! 이런 행동은 못 봐준다고, 시정이 필요해."

한 손을 들고 타쿠토가 선언했다.

무언가 반응은 없지만, 그저 그의 선언이 강한 의미를 지녔다는 사실은 누가 보더라도 자명했다.

이대로 심의를 계속하게 두어서는 안 된다.

순식간에 궁지에 빠진 쿠하라는, 자신이 도저히 해결할 수 없는 사태에 희롱당하면서도 필사적으로 대항을 시도했다.

"GM 권한 박탈은 부당해! 반대한다!"

"징벌 동의를 당한 본인은, 심의에 참가할 수 없어."

무자비한 말이, 그 시도를 근본부터 박살냈다.

심의 대상인 쿠하라가 참가할 수 없다면, 남은 플레이어는 타쿠토 단 하나.

적어도 이곳에서 심의에 참가할 수 있는 것은 그뿐이었다.

필연적으로 결과는 단 하나, 이 대화도 그야말로 촌극이나 마찬가지.

처음부터 이라 타쿠토의 주장이 통하도록 짜여졌으니까.

SystemMessage

**가결: 1명**

**부결: 0명**

**이상의 결과를 바탕으로, 쿠하라 케이지의 게임 마스터 권한 박탈을 결정합니다.**

이곳에서, 진정한 끝이 났다.

성녀들의…… 아니, 테이블 토크 RPG 세력의 패인은 무엇이었을까? 게임 시스템에 대한 이해 부족? 동료 사이의 연계 부족?

아니면 상대의 작전을 간파하지 못하고 이름을 꺼내어 버린 방심? 그것들 모두 옳고…… 그리고 동시에 그르기도 했다.

무엇보다도 이라 타쿠토라는 인간을 적으로 돌린 것이 결코 용납되지 않는 과오였으니까.

"아, 물론 원상복구도 부탁할게. 이런 세션, 결과로 받아들일 수 없으니까. 플레이어로서 그건 당연한 권리야. 음— 뭐, 전부 되돌린다면 지나치게 대규모가 될 테니까, 부정으로 여겨지는 부분만이면 충분할까."

"자, 잠깐!"


**SystemMessage**
**쿠하라 케이지의 게임 마스터 권한을 박탈.**
**또한 본 세션에서 부정하게 실행된 결과는 복구 처리합니다.**


이번에는, 조금 전과는 반대의 지옥이 돌아왔다.

건물이 와르르 무너져 내리고, 성기사단원들은 비명도 지르지 않고 또다시 시체로 돌아갔다.

거리에서는 또다시 불길이 오르고, 썩은 대지가 사람들을 잠식했다.

그리고 사라졌을 터인 파멸의 군세가 점점 모습을 드러냈다.

마이노그라의 군세는 이 상황을 좀처럼 파악하지 못하여 다들 의아하다는 표정을 짓고 있었다.

하지만 결판이 났다는 사실은 이해하는지, 조용히 상황을 살피며 사태의 추이를 지켜봤다.

　왜냐면…… 모든 게 끝난 뒤에는, 할 일 따위 하나도 없으니까.

　이라 타쿠토에게 패배한 성스러운 군세에게, 더 이상 무언가를 할 권리 따위는 존재하지 않으니까…….

　"어째서냐?! 어째서 그런 일이 가능하지! 어떻게 그런 일이 가능하다는 걸 알고 있었어?!"

　에라키노의 입을 빌려서, 쿠하라가 분노가 담긴 비통한 물음을 던졌다.

　쿠하라에게 이 결말은 너무나도 예상 밖이었다.

　주사위의 신에게 운 나쁘게 선택되어, 주사위의 신에게 운 좋게 선택된 시스템이 주어졌을 때, 쿠하라는 동시에 룰 북도 입수했다.

　이곳이 아닌 더욱 상위의 차원에 있는 공간에서, 두꺼운 그 서적을 몇 번이고 거듭 읽었다.

　자신의 부하이자 자신의 의사를 바깥 세계에 강림하기 위한 말인 에라키노 역시도 무수한 시행착오를 거듭하여 완성에 이르렀다.

　퀼리아 북방주를 궤멸시키고, 성녀의 반격을 당하고, 테이블 토크 RPG과 관련된 능력이 얼마나 성가신지 깨닫고…….

　몇 번이고 계속해서 같은 싸움을 반복하고, 동료와 수족이 되는 부하, 그리고 국가를 손에 넣는 것이 얼마나 중요한지를 이해하고서 필사적으로 여기까지 왔을 터.

　그리하여 간신히 적대하는 세력 하나를 감쪽같이 앞지르고, 그들의 강력한 캐릭터까지 손에 넣고…….

동료도 나쁘지 않다고 생각하던 무렵이었다.

모든 것이, 수포로 돌아갔다.

너무나도 예상 밖의, 이런 억지라고도 할 수 있을 방법으로 끝날 줄은 생각도 하지 않았다.

"아, 쿠하라 군은 확실히 주사위로 선택되었구나. 그렇다면 모르는 것도 당연한가."

타쿠토는 납득한 듯 끄덕였다.

하지만 그의 납득과는 달리, 쿠하라로서는 도저히 납득할 수 없는 사실이 명백해졌다.

"『엘레멘탈 워드』가 예의를 중시한다는 건 유명해. 그리고 찬반 양론이 있다는 것 또한 사실. 그 원인이 바로 이 징벌 동의를 비롯한 플레이어 사이의 분쟁에 있어. 누군가와 한 번 세션을 진행한 적이 있는 사람이라면, 그게 얼마나 귀찮은지 싫을 정도로 알고 있을 거야."

그것은 암묵적인 양해. 혹은 명문화되지 않은 독특한 문화라고도 할 수 있었다.

테이블 토크 RPG는 말과 주사위로 이야기를 만든다. 그렇기에 참가자의 행동에는 높은 협조성과 윤리관이 요구된다.

그중 어느 쪽이 부족한 경우, 멋진 일이어야 하는 공동 창조가 순식간에 혐오스러운 오물로 변할 것이다.

불쾌함만 존재하는 잊고 싶은 게임 체험이 있어서야 될까?『엘레멘탈 워드』 제작팀은 그것을 무척 꺼렸다.

그래서 온갖 장면을 상정하여 서로가 양식과 매너를 준수하도록 게임 시스템을 설계.

항상 멋진 게임 체험을 얻을 수 있도록 최대한의 배려와 노력을 쓴 것이었다.

하지만 그들은…… 지나치게 욕심을 부렸다.

그 결과가 편집적일 정도인 매너나 룰 기재, 그에 따른 세션 참가자의 비난 대결이 될 줄은 모르고서…….

그들은…… 잊어버린 것이다.

아무리 규칙이나 구조에 배려를 더할지라도, 결국 최종적으로 이야기는 사람의 말과 주사위로 만들어진다는 사실을…….

"『엘레멘탈 워드』는 몇 번인가 인터넷으로 즐긴 경험이 있으니까. 다양한 사람들의 세션에 참가했어."

어떤 훌륭한 시스템을 구축하더라도 단 하나, 분위기를 못 읽고 룰에서는 가능하다며 제멋대로 행동하는 참가자가 존재하는 것만으로, 테이블 토크 RPG라는 최고의 게임은 망작으로 전락한다는 것을…….

예를 들자면…….


"——나는 그 게임 전부에서, 반성하라는 소리를 들었어."


이런 인간이다.

양팔을 펼치고, 마치 자랑스러운 추억이라고 그러듯이…….

타쿠토는 과거, 다른 세션 참가자가 그만 격노할 뻔했던 대사를 주눅 들지도 않고 말했다.

아마도 인사 부재에 따른 방해가 통한 시점에서, 이 작전이 성공할 것을 확신했으리라.

혹시 징벌 동의를 포함한 상위 차원의 요청이 불가능했을지라도, 달리 무언가 수단을 생각했음에 틀림없었다.

그것이 이라 타쿠토라는 인간이다.

그에게 뒷공작은 통하지 않고, 그야말로 모든 상황을 지배한다.

『Eternal Nations』 랭킹 1위의 두뇌는, 결코 타의 추종을 허락하지 않았다.

"뭐, 이런 짓을 하면 상대와의 신뢰가 단번에 무너져서 다음부터 세션에 불러주지 않을 테지만……. 뭐, 안심해. 나, 그런 쪽으로는 경험이 풍부하고 익숙하니까."

타인의 감정이나 기분 따위는 전혀 생각하지 않는다는 그 태도로 파멸의 왕은 그렇게 말했다.

그리고 시스템의 처리가 끝나며 모든 것이 돌아왔다.

종착점은 GM 쿠하라 케이지가 지금의 에라키노를 만든 단계.

다시 말해——.

"자…… 그렇게 되었으니까. 나의 아투를 돌려받을게, 쿠하라 케이지 군?"

《오니의 아투》를 빼앗긴 것보다도 아득히 이전의 상태였다.

## 엘레멘탈 워드 룰 북

## 문제 행동에 대해서

당신이 멋진 게임을 함께 상상하고 싶을지라도 , 때로 그것을 달갑게 여기지 않는 사람이 나타나는 것 또한 사실입니다 .

안타깝게도 모든 사람이 선의에 기준하여 타인과 협력하지는 않는다는 사실을 , 우리는 이해하고 각오할 필요가 있습니다 .

참가자의 행동이나 발언에 문제가 있다고 판단될 경우에는 게임을 일단 중지하고 , 곧바로 이 문제를 해결해야만 합니다 .
물론 그것들은 양식과 윤리관 , 그리고 룰 북을 감안하고 모두의 양해를 바탕으로 진행되기를 바랍니다 .

문제를 미루고 게임을 계속하는 것은 , 게임 체험의 질이 떨어지기에 본 룰 북에서는 추천하지 않습니다 .
모든 세션 참가자에게는 , 최고의 게임 체험을 창조할 권리와 의무가 존재하는 것입니다 .

※너무나도 도가 지나친 행위 혹은 개선의 의사가 보이지 않는 참가자가 있을 경우 , 다른 참가자는 게임에서의 제외를 포함하는 강한 페널티를 부여하는 것을 목적으로 한 '징벌 동의' 를 제창할 수 있습니다 .
그때 , 대상자를 제외하고 다수결을 거치며 , 이에 과반수의 동의가 있다면 강제적으로 세션을 중단시키고 게임 내용을 재검토할 수 있습니다 .
물론 징벌 동의는 GM 역시도 대상이 되며 , 과반수의 동의를 얻었을 경우 게임을 즉시 종료하고 진행 상황을 리셋할 수 있습니다 .

**( ※제 4 판에서 추가 )**

모두 되돌려졌을 때…… 아투는 모든 것을 잊고 타쿠토에게 달려갔다.

"타쿠토 님!"

"아투!"

자신의 주인 품으로 망설임 없이 뛰어드는 그 모습은 마치 이야기의 히로인 같아서, 받아든 타쿠토도 적극적인 그 모습에 한순간 당황하면서도 표정이 풀어졌다.

"아, 다행이야. 계속 걱정했어. 정말로 돌아와 줘서 기뻐."

"저야말로…… 걱정을 끼쳤어요, 타쿠토 님! 하지만! 저를 이 감옥에서 반드시 꺼내주실 거라 믿고 있었어요!"

과연 되감기는 그녀의 마음의 어디까지 벌어졌을까? 아니면 그녀 안에 있는 의심은 소속이 돌아가며 흩어졌을까.

여하튼 아투는 감동에 몸을 떨고, 이런 절망적인 상황에서조차 멋지게 적을 속이고 희롱한 주인에게 평소보다도 더욱 큰 감동과 충성심을 품었다.

"완전히 사로잡힌 공주님인 거예요."

"진심으로 죽이려고 했으면서—."

반대로 시종일관 이 남녀에게 계속 희롱당한 쌍둥이 소녀들은 불만스러워 보였다.

그렇다고는 해도, 그녀들로서도 아투가 돌아온 것은 기뻐할 일이었는지, 불평하면서도 얼굴에는 미소를 짓고 있었다.

"왕이시여, 이번 작전에서 총사단의 목표. 모두 달성했습니다."

"응, 고마워."

그렇게 어떤 의미로 명랑한 분위기를 전환하듯, 어느샌가 곁으로 다가온 몰타르 옹이 무릎을 꿇으며 보고를 했다.

타쿠토는 굳이 그렇게까지 할 필요는 없다고도 생각했지만, 몰타르 옹 본인이 아투와 마찬가지로 타쿠토와 화려한 수완과 힘에 감복했다는 사실은 깨닫지 못했다.

"자, 그럼. 여기까지 왔다면 이제는 잔여 시합이네. 정말 제대로 진행됐어."

테이블 토크 RPG의 시스템은, 타쿠토에게도 최선의 형태로 돌려놓아 주었다.

성기사들은 대부분이 다치고 쓰러져서, 어느 이는 망각에 미치고 어느 이는 질병에 괴로워했다.

부활했을 터인 성기사단장 피요르드는 마치 그 사실이 꿈이었던 것처럼 전장 구석에서 절명했고, 부상에서 회복했을 터인 펜네는 쓰러졌고, 소아리나는 기적의 연속 구사에서 오는 피로 때문에 제대로 서 있지도 못하는 상태였다.

반대로 마이노그라의 군세는 모두가 멀쩡하다고 해도 될 상황이었다.

물론 《족장충》이나 《브레인 이터》 사이에 소모는 다소 있었지만, 다크 엘프 총사단이나 몰타르 옹 등등 중요인물에 피해는 전혀 없었다.

시스템은 쿠하라 케이지가 《심판자》의 능력을 이용하여 부당하게 얻은 결과를 원래대로 되돌린 것이었다.

그것도 테이블 토크 RPG 세력에게 이익이 된 결과만을 선택적으로.

그렇기에 이쪽이 준 대미지는 확실하게 남고, GM에게 회복되었다는 현상만이 취소되었다.

빛의 나라의 군세는, 더는 전력을 유지하지 못할 정도로 궤멸적인 상황이었다.

그렇기에 타쿠토와 아투는 조금 전처럼 이 자리에 어울리지도 않는 대화를 느긋하게 피로할 수 있었던 것이다.

이곳은 이미 그들이 긴장해야 할 전장이 아니기에.


"으윽⋯⋯."

"왜, 왜 그러시나요, 타쿠토 님?!"

타쿠토의 말대로 이제부터는 잔여 시합. 그렇게 여겨지던 그때였다.

그는 갑자기 머리를 부여잡고, 두통을 견디는 것 같은 동작을 보였다.

그 행동을 가장 빨리 알아차린 아투가 안색이 바뀌어서는 그의 어깨를 부축하고 상태를 살폈다.

"아니, 살짝 무리를 했을지도 모르겠네⋯⋯."

그것은 그가 플레마인으로 변화했을 때에도 한순간 내비치던 동작이었다.

온갖 모습을 모방하는 그 권능.

게임의 시스템조차 모방해 버리는 그것은, 사용하기에 따라서 비교할 바 없이 강력한 힘을 발휘한다.

그 응용력은 무한대, 계략에 뛰어난 타쿠토가 활용한다면 그야말로 무적.

아투의 능력 탈취와는 또 다른 형태로 맹위를 떨칠 그 힘을, 아무런 리스크도 없이 쓸 수 있을 리가 없었던 것이다.

"타쿠토 님! 설마 절 구하기 위해 뭔가 무리를?!"

"뭐, 조금 말이지……."

아투는 그 사실을 금세 깨달았다.

자신의 주인이 자신을 구하기 위해서 얼마나 수고를 거듭했는지를.

그가, 얼마나 부담을 느꼈는지를.

그것들 전부가…… 자신을 구하기 위해서 행한 일이라는 사실을.

"타쿠토 니이이이임!"

아투는 오열했다. 마치 어린아이처럼 으아──앙 울면서 타쿠토에게 안겨들었다.

콧물과 눈물로 질척질척한 자신의 옷을 보고는 역시나 생각하는 바가 있었는지, 타쿠토는 아투가 상처받지 않도록 배려하며, 하지만 천천히 자신에게서 떼어 놓았다.

"그래그래, 착하지. 그건 그렇고, 아직은 일단 전장이니까 좀 떨어져."

"아투 씨, 이쪽인 거예요."

"확보──."

"아아! 이 무슨 억지스러운 짓을~!"

척척 맞는 호흡으로 엘프루 자매가 아투를 회수했다.

그녀들로서도 이대로 어설픈 연애 촌극을 보고 있을 수야 없다고 생각했을 것이다.

냉큼 마무리하고, 냉큼 돌아가고 싶다.

그것이 두 사람이 품은, 거짓 없는 본심이었다.

"좋아, 그럼 뒷정리하고 돌아갈까. 좀 피곤하니까 느긋하게 쉬고 싶어."

마치 동료들끼리 캠핑이라도 온 것 같은, 그런 가벼운 태도로 타쿠토가 명령을 내렸다.

성스러운 자들은 대부분 상처 입어 쓰러졌고, 이 나라의 사람들은 쌍둥이 소녀가 흩뿌린 역병과 망각에 지금 현재도 시달리고 있는데.

타쿠토에게는 그것조차도 그저 일상의 한 장면에 불과한 것일지도 모른다.

왜냐면 그는…… 파멸의 왕이니까.

"그렇지, 몰타르 옹. 지금 모두에게 명령해서 집합시켜 줄래?"

"알겠습니다. 바로 부하들을 집합시키겠습니다."

브레이브 퀘스투스의 기술로 이 자리에 군대를 불러낼 수 있다면, 그 반대 역시도 가능할 것이다.

타쿠토가 마치 자신들을 무시하고 돌아갈 채비를 시작하는 것에, 쿠하라가 권한을 박탈당하며 의식을 되찾은 에라키노가 외쳤다.

이런 패배는 결코 인정할 수 없다고.

"아직—— 아직 끝나지 않았다고오오오오!"

하지만 안타깝게도, 이미 끝난 일이었다.

"커헉!!"

"정말로, 아직 끝나지 않았다고 생각하는 거야?"

뛰어드는 에라키노를 부하가 배제하기 전에 걷어찬 타쿠토는, 황급히 뛰쳐나가려는 부하들을 향해 한 손을 들어 제지하고는 천천히 걷어찬 곳으로 걸어갔다.

……에라키노의 배에는 커다란 구멍이 뚫려 있고, 한 손은 썩어서 떨어졌다.

그것은 처음에 소아리나의 모습을 본뜬 타쿠토가 만든 치명상이고, 또한 캐리어 때문에 썩어서 떨어진 것이었다.

GM이 이유도 없이 부당하게 회복시켰으니까, 당연히 그것들도 원래대로 돌아왔다.

이미 움직이는 것조차 기적으로 여겨지는 에라키노를 상대로, 타쿠토는 전혀 흥미가 없다는 태도로 한숨을 내쉬었다.

"GM의 기적은 이미 사라졌어. 아마도…… 이쪽에 간섭할 수단을 잃었을 테지. 직접 마무리를 짓지 못하는 건 조금 마음에 걸리지만. 뭐, 이쪽으로 내려오지 않는 이상 어쩔 수 없나."

쉬익―, 쉬익―, 메마른 호흡을 되풀이하는 에라키노.

마녀라서 그런지, 아니면 게임의 중요한 캐릭터이기 때문인지.

생명력은 아직 그녀를 이 세계에 묶어놓고 있었지만, 이르든 늦든 생명의 불씨가 꺼질 것은 모습을 보면 명백했다.

"너는…… 어디까지나 테이블 토크 RPG의 캐릭터야. 모든 힘은 그 시스템의 은혜 아래 발휘되고 있지. GM의 권한이 박탈된 이상, 설령 네가 부상을 당하지 않았을지라도 이 이상 살아있을 수는 없어."

마치 무지한 자를 타이르듯이, 에라키노를 내려다보며 타쿠토가 현재 상황을 설명했다.

물론 에라키노도 그런 것은 말하지 않더라도 알고 있었다.

그렇기에 증오에 물든 날카로운 시선을 타쿠토에게 향하고, 대답 대신에 욕설을 던졌다.

"빌어먹을…… 남의 힘을 빌려서 허세만 부릴 뿐인 잔챙이가! 그렇게 까불어 대는 거, 언젠가…… 언젠가 죽여주겠어!"

그 말에 역시나 마찬가지로 무시를 관철하는가 싶던 타쿠토는, 갑자기 큰 소리로 웃음을 터뜨렸다.

"아하하하핫! 여기 있는 모두들, 누구든 무언가로부터 힘을 빌리고 있을 뿐인데, 이상한 소리를 하는구나. 설마 자기만큼은 아니라고? 그만큼 GM의 힘으로 제멋대로 굴어놓고서 말이야! 그게 뭐야, 하핫, 아하하하하하!!"

마치 훌륭한 코미디를 본 것처럼 배를 붙잡고 웃었다.

갑자기 드러낸 그 모습이 이상하고 꺼림칙해서, 사태의 추이를 지켜보던 부하들조차 무심코 깜짝 놀랐다.

"──지금은 웃을 장면이 아니었나. 실수했네. 영 힘들어, 이런 건."

그 웃음도 뚝 그쳤다.

겸연쩍은 듯 머리를 긁적이며, 등 뒤에 있는 부하들에게 흘끗 시선을 향했다.

어째선지 그렇게 해야만 한다고 느낀 부하들이 자연스럽게 머리를 숙이는 가운데, 어느샌가 쌍둥이의 구속에서 빠져나온 아투가 조용히 다가왔다.

"타쿠토 님……."

"아투……인가. 으—응, 그러고 보니, 아직 안 했네."

"타, 타쿠토 님?"

걱정스럽게 주인 곁으로 다가온 아투를 보고, 무슨 생각인지 타쿠토는 음음 신음하며 생각에 잠겼다.

그러는 의도를 전혀 알 수가 없어서, 자신이 무언가 실수를 해 버렸나 아투는 그만 불안해졌다.

하지만 그런 그녀의 예상과 달리, 타쿠토가 생각하던 내용은 이번에도 터무니없는 것이었다.

"아니, 생각을 좀 해 봐. 나는 아투를 빼앗겨서 굉장히 슬펐는데, 그걸 아직 갚아주지 않았구나 싶어서. 제대로 마무리를 짓지 않으면, 공평하지 않잖아?"

"……예? 마, 마무리 말인가요?"

그래.

단적으로 대답하고, 타쿠토는 또다시 고민했다.

타쿠토가 가차 없이, 적대하는 상대를 철저하게 물리치고 마음을 꺾어 버리는 성격임은 아투도 잘 알고 있었다.

『Eternal Nations』에서도 라이벌로 대등하게 게임을 즐긴다는 행위에서 이탈하여, 폭언을 내뱉거나 매너 위반을 저지른 상대에게는 가차가 없었다.

이렇게까지 하나 싶은, 이상할 정도의 보복이 항상 존재했던 것이다.

물론 그 말을 듣고서 에라키노가 입을 다물 리는 없었다.

그녀는 꺼져가는 생명을 짜내어, 생각대로 굴게 두지는 않겠다며 최후의 저항을 했다.

"누가 네놈 따위한테 꼬리를 흔들겠냐, 이 히키코모리 자식이! 냉큼 아투 가슴에 얼굴이라도 파묻고 희열에 잠기라고 이——."

하지만 잊은 것은 아닐까? 상대는 다름 아닌 이라 타쿠토.

고작해야 마녀 따위, 그 안에 품은 악의로 대적할 수 있을 리가 없다.

그러니까…… 복수는 아직 계속되고 있었다.

"시스템에게 질문. 공석이 된 게임 마스터의 권한은 남아 있지?"

"——허?"

SystemMessage
**세션은 지속 중입니다.**
**게임 마스터는 현재 미설정입니다.**

시스템이 대답을 보냈다.

이 순간. 바로 옆에서 일이 돌아가는 것을 지켜보던 아투는, 간신히 자신의 주인이 무엇을 목적으로 하는지 모두 이해했다.

자신을 구해낸다는 목적은 분명히 있었을 것이다.

하지만 그것으로 끝이 아니었다. 그 정도로 끝낼 법한 사고를 그는 가지고 있지 않았다.

그렇기에 이제까지의 모든 것이 거짓이고, 조금 전의 보란 듯이 고민하는 모습도 그저 퍼포먼스의 일환이었을 것이다.

왜냐면……

"──그럼 그 GM의 권한, 내가 받아도 되지?"

모든 것은, 이 순간을 위해 용의주도하게 준비되었던 것이니까.

모두가 이 전개를 예상하지 못했다.

이 자리에 있던 모든 이들이 그 의미를 한창 이해하려는 와중에, 타쿠토치고는 드물게도 비교적 목소리를 크게 내어 모두에게 들리도록 이야기를 시작했다.

"나는 이제까지 룰 북에 의거해서 적절하게 게임을 플레이했어. ……뭐, 주사위를 굴린 횟수는 정말 적지만, 그래도 규칙을 준수한 건 확실해. 공정하며 부정을 허락하지 않고, 폭언같이 틀을 망가뜨리는 행위도 전혀 안 해. 정말로 모범적인 플레이어야."

타쿠토는 계속 말했다.

그것은 마치 시스템에게 설명하는 것 같았지만, 아는 사람이 보기에 그것이 에라키노와 혹시라도 이 상황을 아직 보고 있을지도 모르는 쿠하라에게 건네는 것임은 명백했다.

"어떨까? 시스템에게 요청. 게임 마스터의 권한을 이라 타쿠토로 설정할 것을 제안."

SystemMessage

요청을 수리하여, 게임 마스터의 권한을 이라 타쿠토에게 부여합니다. 새로운 게임 마스터여. 최고의 게임 체험을 즐겨주십시오.

이곳에서 『Eternal Nations』의 지도자이자 『엘레멘탈 워드』의 GM이기도 한, 상대에게 최악의 플레이어가 탄생했다.

"에라키노라고 했나? 자, 다음은 네 차례야. 뭐, 이런저런 일이 있었지만, 앞으로는 동료로서 잘 부탁할게."

싱긋 미소를 만들고 말을 건네는 타쿠토.

하지만 그 미소는 어디까지나 잔혹하고, 마치 감정이 담기지 않은 공허한 것으로 느껴졌다.

"그게 말이지? 나는 확실하게 갚아주는 타입이니까."

"그, 그만——."

GM: Message
게임 마스터 권한 행사.
에라키노의 관리 권한을 초기화.
새로운 게임 마스터 이라 타쿠토가 관리한다.

그리하여 누구도 꺼리지 않고 공정하며 모범적이라고 그래놓고는 그 《심판자》의 힘을 무제한으로 휘두를——, 갑자기.

■ ■ ■ ■ ■

신이 부여한 권한을 말이 탈취하는 것은 규정 위반.

**판정—— 신벌을 내린다.**

세계가 멈췄다.

무언가 이질적인 공간이 타쿠토를 감싸고, 영혼의 깊은 곳에서 부터 경종을 울렸다.

자신이 무언가 내디뎌서는 안 되는 장소에 들어선 것을 타쿠토 가 이해하고, 황급히 대처를 생각하려 했지만.

■ ■ ■ ■ ■

逾槭, 縺졺縺?纋翫→鬧偵→蟷쏙貌☆纋倶옙→九r險펭縺輔

기각.

뚝, 이 세상의 어디로도 여겨지지 않은 막대한 소리와 힘의 충 돌을 느끼며……

세계는, 움직임을 되찾았다.

"윽! ……칫."

스스로는 파악할 수 없는, 더욱 상위의 차원에서 무언가 공방 이 있었다는 것을 어떻게든 헤아린 타쿠토.

위기 상황이었음을 이해하고, 무심코 혀를 찼다.

"시스템에게 문의. 상황을 확인하고 싶어."

이제까지 뇌리에 떠오르던 시스템의 답변은, 그 침묵으로 해답 이 되었다.

"……역시나 그건 무리였나."

앞으로는 방침을 더욱 신중하게 변경해야겠다고, 타쿠토는 의식을 전환했다.

게임의 시스템을 제멋대로 사용하려고 꾀했지만, 자신은 쿠하라 케이지보다도 들어가서는 안 될 영역으로 손을 뻗은 듯했다.

당초의 목적은 이것으로 실패로 그쳤다.

하지만 최소한 달성해야 하는 아투 탈환을 이뤘고, 게다가 이 세계에서 벌어지는 불가사의한 분쟁에 대한 정보도 어느 정도 알 수 있었다.

결과를 평가한다면 뭐, 합격점이라고 할 수 있었다.

"그렇게 됐으니까, 이건 이제 필요 없겠네."

그렇다면 이런 장소에 더 이상 용건은 없었다.

타쿠토는 자신의 품에서 사람이 들기에는 너무나도 거대한 리볼버형 권총을 꺼내고, 총구를 에라키노에게 향했다.

"에라키노!!"

"오면 안 돼, 소아리나!!"

무척 지친 소아리나가 어떻게든 친구를 구하고자 소리 높였다.

하지만 수도 없이 기적을 구사하고, 거대한 악에 정신이 깎여 나간 그녀에게 이미 싸울 힘은 남지 않아, 자신의 성스러운 지팡이를 짚고서 어떻게든 서 있는 것이 고작이었다.

"도망쳐. 이 녀석한테는 상대가 안 돼. 틀림없이 소아리나가 오더라도 죽어 버려. 도망쳐."

에라키노는…… 자신의 패배와 죽음을 깨닫고 소아리나를 향해 힘없이 웃었다.

이제 자신은 여기까지. GM이 없는 이상, 이라 타쿠토가 말하다시피 여기부터 반격하는 것은 불가능.

그러기는커녕 여기서 그에게 시간을 주고 만다면, 또다시 생각도 못 한 수단으로 자신들을 괴롭히고자 획책할 것이다.

그러니까 그 전에 에라키노는 그녀만이라도 도망쳤으면 했다.

"……신기하네. 게임은 되돌아갔는데도, 성녀 소아리나의 《흡입》이 풀리지 않아. 뭔가 이면의 규칙 같은 게 있나?"

반대로 타쿠토는 마치 실험동물이라도 보는 것처럼 이 상황에 흥미를 품었다.

테이블 토크 RPG의 시스템에 따라 그들에게 이익이 되는 모든 영향은 걷어냈을 터.

그렇다면 에라키노의 《흡입》── 다시 말해 세뇌 능력도 풀려야만 한다.

그럼에도 불구하고 그녀들의 우정은 아직 존재하는 모양이라, 그가 강렬한 의문을 품게 만들었다.

"아투도……"

그리고 그 대상은 에라키노와 소아리나만이 아니었다.

"아투도 이걸 죽이는 것에 주저했지. 어째서?"

아투 역시도, 그녀들에게 일정한 배려심을 드러내고 있었다.

본래 그녀의 성격이라면, 세뇌가 풀린 순간에 격앙 그대로 성녀들에게 공격을 가하는 것이 올바른 모습이다.

그럼에도 아투는 그런 태도를 드러내지 않고, 얌전히 타쿠토의 명령을 기다리고 있었다.

아투의 충성심은 잘 알기에, 그것이 참으로 신기했다.

"예?! 아뇨…… 그건, 저는 타쿠토 님의 충실한 종복! 겨, 결코 그런 일은!"

"정말? 어쩐지―, 수상한데―."

정곡을 찔렸을 것이다. 아투가 당황한 모습을 내비쳤다.

그녀 스스로도, 소속이 원래대로 돌아왔을 터인데도 아직 존재하는 그들에 대한 감정을 어떻게 하면 좋을지 몰라서 곤란하던 것이었다.

물론 그녀는 마이노그라의 영웅이기에, 명령이 내려지면 일체의 정을 버리고 그들을 죽일 것이다.

하지만 버릴 수 없는 정이 존재한다는 사실이, 문제였다.

"―마음이에요."

그들의 의문에 대답한 것은 의외의 인물.

《화장의 성녀 소아리나》였다.

"그게 뭐야?"

조금 불쾌한 듯, 타쿠토는 물었다.

어느샌가 에라키노 옆까지 다가온 그녀는 자신의 친구를 걱정하면서도, 말해야만 한다는 듯 타쿠토에게 강한 눈빛을 향했다.

"아무리 당신들이 강력한 힘을 휘두르더라도, 결코 뒤집을 수 없는 게 있어요. 사람의 마음은 결코 부술 수 없어요. 당신에게 충성을 맹세한 아투 씨가, 우리의 동료가 되어서도 당신을 계속 생각했던 것처럼. 모든 생명이 가진 사랑은 영원히 불멸이에요."

그 말에 타쿠토는 머쓱했다.

하지만 결코 말을 가로막지 않고 그 이야기를 듣는 만큼, 조금
은 생각하는 바가 있는 모양이었다.

"소아리나……."

"저는 에라키노에게 구원을 받았어요. 그녀의 밝은 모습이 제
게 용기를 줬어요. 그녀가 있었기에 스스로의 의지로 걷는 것을
떠올리고, 진심으로 이 나라를 좋게 만들기를 바랐던 거예요. 그
마음은, 설령 무언가의 힘이 작동했을지라도 뒤집히지 않아요.
그러니까——."

하지만 이라 타쿠토라는 인간은 그렇게까지 참을성이 강한 성
격이 아니고…….

"그러니까 자기 이야기는 그만하라고."

무엇보다 타인에게 흥미를 가질 인간도 아니었다.

"커헉!"

"에라키노!!"

타앙, 화약이 터지는 강렬한 소리가 울리고 에라키노의 심장을
정확하게 꿰뚫었다.

이미 끝나가는 생명이 강제적으로 꺼지고, 이곳에서 한 마녀가
끝을 맞이했다.

"소아리나…… 도망쳐. 너만이라도…… 살아……줘."

"에라키노! 에라키노! 어째서, 어째서 이런 일이! 아아!!"

아주 약간 남은 힘을 짜내어, 가장 사랑하는 친구에게 작별의
말을 고했다.

자신의 품속에서 꺼져가는 생명에 뚝뚝 커다란 눈물을 흘리며,

소아리나는 오열 섞인 목소리로 친구의 이름을 불렀다.

"사랑이라든지 마음이라든지 어려운 소릴 해도 잘 모르겠네. 지금은 좀 피곤하니까, 다음에 또 생각해 볼게."

그런 성녀의 모습을 보고서도, 타쿠토는 흥미 없다는 듯 중얼거리는 것이었다.

## 제13화 소아리나

《화장의 성녀 소아리나》는, 퀼리아의 가난한 촌에 살던 아무 특이할 것 없는 소녀였다.

성녀란 단 한 사람의 예외를 제외하고 후천적으로 획득하는 특수한 성질이다.

실재가 확인된 성신이 어떠한 기준으로 그녀들을 선택하는지는 알 수 없다.

하지만 선택된 사람에게는 예외 없이 상급 성기사를 넘어서는 전투 능력과, 무엇보다 유례를 찾을 수 없는 특수한 기적이 주어진다.

소아리나에게 주어진 능력은 화장.

더없이 강력한 화염을 조작하며, 파괴력에서는 성녀 중에도 상위에 속하는 경이적인 힘이었다.

소아리나는 행복하게 살고 있었다.

마을과 집은 가난했지만 그래도 어떻게든 하루하루 살고, 신에게 기도를 빼먹지 않고 계속하여 모범적인 신도로서 손색이 없는, 행복한 나날을 보내고 있었다.

신이 준 기적. 성녀로서의 인정에는 대가가 필요했다.

그것이 성녀의 강력한 힘에 따른 것인지, 아니면 신의 의지에 따른 것인지는 확실하지 않다.

하지만 과거의 성녀는 예외 없이 그 힘을 얻을 때에 무언가를 대가로 했고, 그 결과 사람들로부터 신앙과 숭배를 한 몸에 모으는 성녀이면서도 비참한 최후를 맞이하는 사람도 적지 않다.

소아리나의 대가는, 그녀의 주위에 있는 친근한 사람들 모두였다.

가족, 친구, 지인.

그녀의 마을에 사는 사람들 거의 모두.

뜻밖의 사고나 비극적인 사건 등이 벌어진 것은 아니다. 다름 아닌 그녀 자신이 모두 태워 버린 것이다.

중앙의 지시에 따라.

……그녀가 사랑한 사람들은 성녀의 힘에 미쳐 있었다.

자신의 마을이 성녀를 배출했다는 것으로 일종의 권위를 얻은 그들은, 자신의 욕망을 다스리지 못하고 다른 마을에 부당한 요구를 시작했던 것이다.

성신 아로스를 믿는 이 나라에서 성녀의 권세는 절대적인 것이다.

노동력, 식량, 끝내는 재화까지.

성녀의 이름을 꺼내면 간단히 손에 넣었다.

소아리나가 그만하라고 주의를 줘도, 일시적으로 그럴듯한 표정으로 고개를 끄덕이지만 얼마 후에는 도로 아미타불.

가난한 촌에 쏟아진 행운과 부.

이미 소아리나의 마을 사람들은, 스스로는 그 욕망을 제어하지 못하게 되어버렸다.

물론 소아리나도 그저 허둥대며 체념한 것도 아니고, 중앙도 자비의 마음이 없었던 것은 아니다.

하지만 소아리나가 직접 중앙까지 가서, 직접 신위의 성녀에게 울며 매달리면서까지 얻은 시간을 쓴 수많은 방책과 설득은, 번번이 실패로 그치고 말았다.

이윽고 주변 마을에서 아사자와 동사자가 나온 단계에서, 그녀는 결단해야만 했다.

그들은 겸허한 신의 신도가 아니라, 악마에게 씐, 멸해야 할 악귀라고.

타락한 영혼을 정화할 필요가 있다고.

가족도, 친구도, 지인도…… 모두 불탄 뒤에 남은 것은 흐드러지게 핀 꽃들.

마치 공물처럼 사자에게 바치는 꽃은 그저 그곳에 있을 뿐, 소아리나에게 아무런 이야기도 건네주지 않았다.

그것이…… 화장의 성녀 소아리나가 태어난 날의 이야기.

한 소녀가, 슬픔 속에서 마음을 닫은 날의 이야기였다.

그 슬픔이, 그 괴로움이.

이제 곧 보답을 받으려던 참이었는데…….

"뭐…… 그래서~!"

경쾌하며 경박한 선언이, 소아리나에게 날아들었다.

그 말을 듣고, 그 모습을 본 순간.

소아리나는 이 세상에 이만한 절망이 있느냐며 신을 저주했다.

"즐겁고 즐거운 복수의 시간이야! 소아리나~ ♪"

"……에라키노."

그곳에 있던 것은 조금 전 그녀의 품 안에서 임종을 맞이했을 터인 에라키노.

아니…… 에라키노의 모습을 본뜬 이라 타쿠토였다.

"그래, 에라키노야♪ 소아리나의 둘도 없는 친구. 서로를 강하게 생각하는 진짜 친구! ……그리고, 네가 또 죽인 친구야."

"아니야, 아니야……."

소아리나는 머리를 부여잡고 오열을 흘렸다.

과거의 죄가 이제 와서 자신을 덮치고, 어째서 죽였느냐고 머릿속에서 합창했다.

"아팠지. 괴로웠지……. 있잖아, 소아리나? 어째서 너는 그런 무모한 소리를 꺼낸 거야? 파멸의 왕을 쓰러뜨린다니, 에라키노는 처음에 그렇게나 반대했잖아?"

알고 있었다.

누가 가장 잘못했는지. 이런 처지가 된 모든 원인이 어디에 있는지.

어디에 있는지 모두 이해하고 있었다, 이해하고서도 계속 눈을 돌리고 있었다.

"욕심을 냈구나, 소아리나♪ 욕심을 냈으니까, GM의 힘이 있다면 무적이라고 생각했으니까, 그러니까 그런 무모한 짓을 해버렸구나."

"아니, 아니야…… 용서해, 용서해 줘요, 에라키노……."

틀림없이, 떠올리고 말았을 것이다.

오랜만에 누군가와 마음을 터놓고 이야기할 수 있어서.

자신을 성녀가 아니라 그저 한 사람의 소녀로서 대해 준 에라키노가 눈부셔서.

그래서 착각하고 만 것이다.

자신은 특별하다고.

이대로 잘만 풀리면 잃어버린 것을 모두 되찾고, 또한 그 과거처럼 행복하고 평온한 나날을 보낼 수 있다고.

그곳에는 에라키노가 있고, 매일 함께 웃고, 두서없는 대화를 나누고, 때로는 싸움을 하고, 하지만 화해하고…….

그런 나날을, 자신이 보낼 수 있다고 착각했던 것이다.

"용서할 수 있을 리가 없어. 그게 말이지, 다들 죽어 버렸으니까. 성기사 여러분도, 펜네도, 그리고 이 나라의 국민도…… 전부전부 죽어 버려. 에라키노처럼."

"아아, 아아아!!"

"어차피 너도 그 마을의 소녀에 불과했던 거야. 오만하게도 자신에게 힘이 있다고 착각해서, 그저 모조리 탐을 내고, 그리하여모든 걸 잃어버린다…….”

에라키노의 말 그대로였다.

결국 자신도 그 마을의 사람들과 근본은 같았던 것이다. 비겁하고, 스스로에게 무르고, 자제심이 없고, 남의 고통을 생각하지않는다.

그러니까 벌을 받았다.

받을 받아서…… 또다시 소중한 사람을 잃고 말았다.

성녀에게는, 그 힘의 대가가 필요하다는 것을 너무나도 잘 알고 있었으면서도.


"전부 네 탓이야, 소아리나♪"


이제 소아리나에게 대답할 힘은 남아 있지 않았다.

이대로 모두 끝내고 싶었다.

그러면 또다시 에라키노와 만날 수 있을지도 모르니까.

천국 같은 건 이제 믿지도 않지만, 그래도 또 그 사람들과 만날 수 있다면…….

자신이 존재하고자 희생되어 버린 사람들과 만날 수 있다면.

그때는, 사죄의 말을 건네자.

용서해 줄지는 모르지만…… 용서해 줄 때까지. 영원히.

계속, 계속.

소아리나의 시야 구석에서 에라키노의 손톱이 번쩍 빛났다.

저것으로 찢겨나간다면, 아무리 성녀의 강인한 육체라도 죽음은 면할 수 없으리라.

그것으로 충분했다.

그것이면…… 끝이다.

그리고 강철을 넘어서는 강도를 가진 손톱의 칼날이 내려오려는 찰나——.

기묘한 파열음이 울렸다.

"……으윽!"

소아리나는 죽지 않았다.

어째서 아직 얄팍한 삶에 매달려 있는지 알 수 없었던 그녀는, 한순간이지만 그저 멍해지고 말았다.

그런 그녀와 가짜 에라키노 사이에 난입한 존재가 있었다.

"도망쳐, 소아리나! 네게는 아직 할 일이 있잖아!"

"펜네…… 님."

그것은 고개 숙인 성녀 펜네 카므에르.

이미 베일은 전투의 충격으로 너덜너덜하고, 배에서는 시커먼 피 얼룩이 보였다.

그럼에도 펜네는 자신의 생명을 짜내어 그녀를 도우러 왔다.

"여긴 내가 막겠어! 에라키노가…… 친구가 말했잖아! 살라고! 그렇다면 그 사명을 다해! 이런 곳에서 멈춰 서지 마! 소아리나!!"

베일 아래의 얼굴은 지독히 나이를 먹은 노파의 모습이었다.

아름다운 목소리와의 차이에 소아리나는 놀랐지만, 성녀가 대가를 필요로 하는 존재임을 다시금 떠올렸다.

틀림없이…… 그녀에게는 그녀 나름대로의 이유가 있었을 것이다.

에라키노와 손을 잡은 것도, 이라 타쿠토가 단언한 '그저 자신이 행복해지고 싶었기에, 마녀와 손을 잡은 어리석은 여자'라는 말도.

틀림없이, 그녀가 무언가에 계속 희망을 품은 결과로 나타난 것이라고.

자신에게 소중한 무언가가 있었다시피, 펜네에게도 소중한 무언가가 있었을 터.

그것을 버리고 자기만 도망쳐도 과연 괜찮을까? 게다가…….

"도망쳐, 소아리나! 얼른!"

대체 어디로 도망치라는 것일까?

"아니, 아무렇지도 않게 도망치지 말라고. 여기서 죽여 둬야지 뒤탈이 없으니까."

어느샌가 원래 모습으로 돌아온 이라 타쿠토가 어이없다는 듯이 말했다.

어차피 이 사악한 세력의 포위를 빠져나가지 않고서는 도저히 도망칠 수 없다.

두 성녀는 인정하지 않았지만, 그것은 도저히 불가능한 일이었다.

"뭐, 포기하고 다음 인생을 기대해. 어쩌면 너희한테도 있을지도 모르니까."

이라 타쿠토가 또다시 무언가를 모방하려고 했다.

그의 윤곽이 뒤틀리고, 무언가의 모습이 그 안에서 나타나려던 그때였다.

"──?! 으윽!!"

갑자기 타쿠토가 머리를 누르며 뒷걸음질 쳤다.

"타쿠토 님?! 왜 그러시나요?!"

사태를 지켜보던 아투가 허둥지둥 달려오고, 분노한 표정으로 소아리나와 펜네를 노려봤다.

하지만 그녀들도 이 결과는 예상 밖.

무슨 일이 벌어졌는지 그녀들이야말로 알고 싶었다.

"젠장…… 캐리어, 메어리어."

"예—."

"예, 임금님."

이윽고 머리를 계속 누르면서 타쿠토가 엘프루 자매를 불렀다.

조금 걱정스러운 모양이었지만 변함없이 대답하는 둘에게 타쿠토는 짧은 말로 질문을 했다.

"상황은?"

"차질 없음, 이에요."

"완벽!"

그 말에 끄덕이고, 이어서 몰타르 옹에게 시선을 향했다.

"부대는 모였어?"

"예, 이미 집합을 마쳤습니다…… 허나 왕이시여, 무슨 일이십니까?! 거기 성녀들이 무언가 위해를?!"

"아니…… 그건 아냐. 아니지만, 철수할게. 당장 내 주위로 모여."

이 이상의 질문은 불필요.

하지만 몰타르 옹도 무언가 예상 밖의 일이 타쿠토 안에서 발생했다는 것은 바로 이해할 수 있었다.

그렇다면 왕의 명령에 따라서 신속하게 행동할 의무가 그들에게는 있었다.

"——예!"

"전원, 왕의 주위로 모여라!"

몰타의 옹의 눈짓에 기아가 큰소리로 지시를 외쳤다.

그러자 이미 대기 중이던 마이노그라의 부하들이 타쿠토 주위에 집합했다.

"모였네. 범위도, 괜찮나…… 좋아."

그 말과 동시에, 타쿠토는 아이스록을 모방했다.

다크 엘프 몇몇이 무심코 경계태세를 취하고 말았지만, 황급히 자세를 바로 하고서 지시대로 집합을 유지했다.

"용건이 좀 생겼다. 오늘은 이쯤에서 실례하겠다."

소아리나와 펜네에게 말을 건넸다.

그곳에는 약간이지만 초조함이 있었지만, 동시에 절대적인 승자로서의 여유가 있었다.

"다음은── 가능하다면 우호적인 형태로 이야길 나눌 수 있다면 좋겠네."

그 말을 전하기 위해 한순간 원래 모습으로 돌아온 타쿠토는, 또다시 아이스록을 모방했다.

그리고 브레이브 퀘스투스를 플레이했다면 누구라도 알고 있을 전이 주문을 영창하고는, 부하들과 함께 기묘한 소리를 울리며 날아갔다.

………

……

…

남은 것은 친구를 잃은 소아리나와, 부상당하고 정신을 잃은 펜네.

그리고 레네아 신광국이라는 이름의, 꿈의 잔해.

"으으…… 으으으."

모두 끝나버렸다.

그녀의 꿈도, 친구의 꿈도, 모든 것이.

눈을 감으면 에라키노의 허물없으면서도 어딘가 밉지 않은 수다가 들리는 것 같았다.

지금도 문득 뒤를 돌아보면, 사람을 놀리는 것같이 장난기 넘치는 그 태도로 훌쩍 얼굴을 드러낼 것 같았다.

하지만 에라키노는 이제 이 세상에는 없고…….

"으아아아아아아!!"

그저, 소아리나는 울부짖을 수밖에 없었다.

# 제14화 약속

성스러운 세력과 마에 속한 세력이 결판을 지은 그날.

마이노그라의 수도가 존재하는 대주계로 돌아온 그들은, 간신히 팽팽하던 긴장을 풀었다.

"타쿠토 님!!"

감동의 재회가 감격적으로 이루어졌다.

하지만 본래라면 러브코미디처럼 무척 과장스러운 대화가 펼쳐졌을 왕궁에서는, 안색이 새파래진 아투가 자신의 주인에게 매달려 있었다.

"바로 쉬세요! 그 이상은 몸에 나빠요!"

타쿠토의 소모는 눈에 보일 정도로 명백해서 당장 휴식이 필요했다.

이유는 간단했다. 앞선 전투에서의 소모가 격렬했던 것이다.

영웅《이름도 없는 사신》. 온갖 존재를 모방하고 자연현상마저 재현해 내는 힘이다.

세계의 방식을 일시적으로 바꾸는 것조차 가능한 그 힘을 아무런 부담도 없이 쓸 수 있을 리가 없었다.

굳이 그 상황에 철수를 선택한 것을 봐도 그 사실은 명백했다.

아마도 타쿠토는 상대에게 마무리를 지을 여유도 없었던 것이리라.

실제로 왕국으로 돌아온 뒤로는, 아투의 말에 따라 순순히 침대에 누웠다.

"상태는 어떠세요? 뭔가 식사라도 준비할까요?"

침대 옆에 앉아서 자신이 간병하겠다는 듯 바지런히 말을 건네는 아투를 보고 타쿠토도 무심코 웃음을 흘렸다.

그녀가 돌아온 것을 간신히 실감하고, 팽팽하던 긴장의 끈이 간신히 느슨해진 것이었다.

……실제로 이번 작전은 무척 아슬아슬했다고 할 수 있었다.

타쿠토가 자신이 한번 본 상대의 능력을 모방할 수 있다는 《이름도 없는 사신》의 능력을 지니고 있는 것은 이번 일련의 전투에서 불행 중의 다행이었다.

하지만 그 대가는 무척 막대했다. 그가 전투 중에 이따금 드러낸 두통도 그렇고, 지금도 그에게 강하게 덮쳐오는 근본부터 힘이 빠져나가는 듯한 피로감과 권태감 또한 그랬다.

앞으로 몇 수…… 상대의 수가 더 많았다면, 모방의 능력도 한계를 맞이해서 전황이 뒤집혔을 것이다.

하지만 그 고난을 넘어서서 승리하기에, 이라 타쿠토는 다름 아닌 1위 게이머로서의 이라 타쿠토로 있을 수 있었다.

"식사는…… 괜찮아. 그보다도 구하는 게 늦어져서 미안해."

아투에게 온화하게 말을 건네는 그는, 그 싸움이 거짓말이었던 것처럼 자비와 다정함, 그리고 무엇보다 아투에게만 보이는 특별한 감정으로 가득했다.

아투 역시도 세뇌당했던 격동의 그 나날을, 마치 다른 누군가의 기억처럼 느끼며 또다시 타쿠토와 함께 있을 수 있다는 사실을 기뻐했다.

"부디 사죄 같은 건 하지 마세요. 그 상황에서 선수를 빼앗긴 저야말로 혼이 나야 하니까요."

"아니아니. 하지만 책임은 나한테 있어. 다른 게임이 이 세계에 와 있을 가능성을 고려하면서도, 대책을 게을리했어."

"아뇨아뇨, 타쿠토 님을 지키는 것이야말로 제 역할. 본래라면 그 상황에는 제가 대처해야만 했어요!"

그 후로도 아니아니 내가, 아뇨아뇨 제가, 그렇게 서로 겸손과 사죄의 응수가 이어졌다.

그리고 이내 누가 먼저인지도 모르게 웃음을 터뜨리고, 결국 둘 다 반성할 부분은 있었다며 화해했다.

평온한 시간이 흐르고 있었다.

아투는…… 타쿠토가 아직 완쾌한 상태가 아님을 이해하면서도, 이 시간이 영원히 계속된다면 좋겠다는 생각마저 들었다.

"저기, 아투. 화해한 김에, 하나 부탁을 해도 될까?"

"부탁인가요? 오히려 명령하신다면 무슨 일이라도!"

문득 떠오른 것처럼 타쿠토가 이야기를 꺼냈다.

드문 표현이었다. 직접 명령하면 될 텐데, 마치 무언가 중요한 사실을 전하려는 것 같은 분위기조차 있었다.

가만히 바라보는 눈빛에, 아투는 그만 얼굴을 붉혔다.

"어, 그게, 제가 할 수 있는 일이라면……."

어쩌면 이것은 그것으로 골인하는 게 아닐까?

아무래도 아직은 테이블 토크 RPG 세력에 있던 기분이 조금은 빠지지 않은 아투는, 자신에게 있어 최고의 망상을 시작했다.

하지만 타쿠토의 부탁은, 그녀의 망상과는 조금 다른 모양이었다.

"그럼, 모두와 사이좋게 지내 줘."

"예……? 사이좋게, 말씀이세요?"

너무나도 이해할 수 없는 부탁에, 무심코 앵무새처럼 되묻고 말았다.

그도 그렇다. 이 상황에 이야기하는 모두란 그러니까 마이노그라의 국민이고, 타쿠토의 부하들이었다.

아투는 이제까지 그들과 사이좋게 지냈다 생각하고, 그들도 아투를 신뢰한다고 생각했다.

어떠한 의도로 이런 이야기를 꺼냈을까. 그것도 굳이 평소와 다른 태도로 부탁이라는 말까지 덧붙여서.

"저기…… 혹시 제 태도가 좋지 않았다든지? 저도 모르게 미움을 샀다든지?"

우호적으로 대한다고 생각하던 것은 자신뿐인 걸까? 아니면 이번 일로 알력 다툼이 벌어질 걱정이 있는 걸까?

하지만 머리 위로 물음표를 띄우며 연신 고개를 갸웃거리는 아투를 보고 타쿠토는 쿡쿡 웃음을 흘렸다.

"아니야. 뭐, 지금은 그렇게 신경 쓸 필요 없으려나. 모두와 사이좋게 지내야 한다고 기억해 주기만 하면 돼."

"아, 옙……."

"약속이야. 아투."

애매한 대답으로 일단 납득하는 아투.

더 묻지 않은 것은, 타쿠토에게 너무 부담을 주고 싶지 않다는 생각이 있었으니까.

신경 쓰이기는 하지만, 그가 회복한 다음에 물어보더라도 늦지 않을 것이다.

그런 생각을 하는 사이, 타쿠토가 살며시 새끼손가락을 내밀었다.

"그럼 손가락 걸고 약속하자."

"아, 예! ……앗."

"왜 그래?"

"아, 아뇨. 손가락 걸고 약속하는 건 처음이구나 해서."

"우연이네. 나도 그래."

서로가 조금 서글퍼졌지만, 동시에 처음으로 손가락을 걸고 약속한다는 사실에 조금 두근두근하는 기분을 품었다.

이윽고 타쿠토와 아투가 서로 새끼손가락을 걸고.

"손가락 걸고 한 약속이니까―― 어기면…… 바늘 천 개는 아무리 그래도 가여우니까. 그러네, 내가 살짝 아투한테 실망할게. 그런 걸로 해둘까?"

"세상에! 바늘 천 개를 먹는 게 차라리 나아요! 반드시 지킬게요!"

"하하, 그럼 괜찮겠네."

손가락을 걸었다.

약속이야.

그 말과 동시에, 건 손가락이 떨어졌다.

조금 전까지 느끼던 작은 온기가 사라지고, 아투는 어째선지 형용할 바 없는 쓸쓸함을 느끼고 말았다.

"아아, 안심했어……."

그렇게 중얼거린 타쿠토도 끝내 피로가 한계에 다다랐는지, 이제까지 이상으로 생기가 사라졌다.

이쯤에서 물러날 때이리라. 이 이상 대화를 나누다가는 정말로 몸에 지장이 온다.

그러니까 오늘은 이것으로 끝.

타쿠토의 회복을 기다려서, 또 분주하면서도 행복한 나날이 시작되는 것이다.

"그럼 타쿠토 님, 느긋이 쉬세요. 제가 모두에게 사정을 설명해 둘 테니까."

그리고 아투가 자신의 주인에게 미소를 건넨 순간.

타쿠토의 눈동자에서, 이제까지 느껴지던 지혜의 빛이 완전히 사라지고──.

"타쿠토 님?"

"저기…… 너는, 누구야?"

그저 곤혹스럽게 이쪽을 바라보는, 그녀의 주인이 그곳에 있었다.

그 후로 벌어진 일은, 마이노그라에게 이제까지 이상으로 충격적이고 비극적인 일이었다.

마이노그라의 왕인 이라 타쿠토는 그날부터 기억상실에 빠졌다.

자신이 누구인지 떠올리지 못하고, 이곳이 어디인지도, 상대가 누구인지도 알지 못했다.

언어나 사물의 이름 따위는 어느 정도 떠올릴 수 있는 모양이지만, 인물이나 에피소드의 기억은 완전히 사라졌다.

덧붙여서, 대부분을 깊은 수면으로 소모하게 되었다.

타쿠토의 침실.

어두운 실내에서 아직 잠들어 있는 타쿠토 옆에서, 더없이 초췌한 표정의 아투는 그저 그의 얼굴을 바라봤다.

"……들어와요."

형식적인 노크가 들린 후, 입실을 허가하자 나타난 것은 몰타르 옹이었다.

그 역시도 아투 정도는 아니지만 초췌한 모습으로, 이 상황에 강한 스트레스를 느끼는 것은 분명했다.

"왕께서는 좀 어떠십니까?"

"여전히, 변함은 없습니다. 계속 주무시기만 하고, 깨어나셔도 저는, 거의 못 알아보시는 모양이에요."

몰타르 옹에게서 비교적 동요가 드러나지 않는 것은, 이미 그의 부활을 직접 목격했기 때문이리라.

아무리 절망에 빠질지라도, 그것은 얄팍한 다크 엘프가 무척 빈약한 지식의 범위에서 판단한 결과에 불과하다고.

반드시 왕은 또다시 그날처럼 건재한 모습을 보여줄 것이라고. 그런 확신이 어딘가에 있었으니까.

그렇기에 그는 우선 이 상황을 해결하고자 타쿠토가 기억을 잃은 원인 파악과, 국내의 안정에 주력하기로 했다.

"대체 왕의 신변에 무슨 일이 벌어졌는지…… 부하들도 이것저 것 조사하고 있습니다만, 원인은 알 수가 없습니다."

"아뇨, 아마도 힘을 지나치게 사용하신 게 원인이겠죠. 모든 건…… 제 잘못이에요."

"아투 경……."

그 가능성은 몰타르 옹 역시 고려하고 있었다. 왕의 힘은 굉장 했다. 누구도 그것을 이해하지 못하고서 희롱당하기만 하며 모든 일이 끝났다.

하지만 그만한 힘을 대가도 없이 휘두를 수 있을 리가 없었다. 십중팔구, 힘의 사용이 무언가 영향을 미쳤다고 보는 것이 옳으 리라.

지금은 타쿠토가 힘을 되찾기 위한 어둠의 술법을 조사 중이 고, 온갖 수단을 이용하여 수많은 문헌 입수에 나선 상태였다.

물론 그에게 아투를 책망할 생각은 없었다. 모든 일은 왕인 타 쿠토가 판단을 내린 것이었다.

그렇다면 부하는 그 결단을 무엇보다도 지지해야만 한다.

"저는 무력해요. 이런 때에 무엇을 해야 하는지도 모르고, 그저 허둥댈 수밖에 없다니……. 타쿠토 님은 그런 절망적인 상황에서 도 간단히 저를 구해 주셨는데도."

몰타르 옹이 이곳에 찾아온 것은 타쿠토의 상태를 보려는 목적 도 있었지만, 사실은 아투에게 조력을 청하려는 것이었다.

그녀는 타쿠토가 잠시 기억을 되찾은 어느 날에, 마이노그라를 이끌 권한을 받았다.

그것은 즉, 일시적인 지도자가 되었으며, 많은 부하나 시설 건축을 지시하는 것이 가능함을 의미했다.

지금 필요한 것은 바로 그 권한이고, 만에 하나 타쿠토가 오랜 기간에 걸쳐서 회복되지 않을 경우에 대비해서 국력을 증강시킬 의무가 있었다.

덧붙여서 레네아 신광국과 성녀가 그 후로 어떻게 되었는지도 시급히 조사할 필요도 있었다. 솔직히 지도자의 부재는 위험한 상황이었다.

하지만 아투의 모습을 보기에, 그것도 힘들어 보였다.

지금 그녀는 너무나도 초췌해서 도저히 국가를 이끌 여유는 없는 것처럼 여겨졌으니까.

"저는 무리예요……."

지금의 그녀에게서는 약한 소리밖에 나오지 않았다.

하지만 그 후로 이어진 말은 몰타르 옹의 예상을 배신하는 것이었다.

"──그러니까, 그 사람에게 부탁하겠어요."

"그 사람……이라면?"

앵무새처럼 되묻는 몰타르 옹.

아투의 눈에서 비장한 느낌이 사라지고, 대신에 무언가 각오 같은 것이 엿보였다.

이윽고 계속 잠이 든 타쿠토의 뺨을 천천히 쓰다듬은 아투는, 그대로 조용히 일어서서 몰타르 옹과 마주했다.

"영웅 비토리오."

그리고 그녀의 입에서 몰타르 옹이—— 아니, 다크 엘프 모두가 처음 듣는 이름이 나왔다.

"《행복해지는 설화 비토리오》. 계략과 책모가 특기인, 이런 상황에서 가장 힘을 발휘할——."

그렇다, 그것은 새로운 영웅.

다크 엘프들은 전혀 모르는, 하지만 아투를 비롯한 마이노그라에 원래부터 소속된 사람은 잘 아는…… 모를 수가 없는 영웅.

"마이노그라 사상 최저, 최악의 영웅이에요."

『Eternal Nations』에서, 온갖 악명을 한 몸에 가진 영웅이었다.

# 삽화 인형

일찍이 마이노그라에 어떠한 위협의 그림자도 존재하지 않았을 무렵…….

마이노그라에서는 지도자인 왕 이라 타쿠토의 의향에 따라 국민이 오락을 즐기는 것이 추천되고 있었다.

이 방침은 타쿠토가 생전에 지낸 환경에서 기인한 것으로, 블랙 노동은 절대로 용서하지 않는다는 현대적 가치관을 바탕으로 하는 것이기도 했다.

그리고 본인에게 일만 하는 인생 따위는 절대로 싫다는 강한 신념이 있는 것도 이유이리라.

다만 생애 대부분을 병상에서 보낸 타쿠토가 무슨 말인가 싶기는 했지만…….

여하튼, 이곳 마이노그라에서 왕이 선언한 말을 전적으로 부정하는 사람은 하나도 존재하지 않는다.

그것이 백성을 생각하기에 내린 결정이라면 더더욱.

이런 경위가 있어서, 마이노그라의 주민들인 다크 엘프에게는 다양한 취미나 오락을 즐길 문화적 토양이 한창 구축되고 있었다.

그리고 그것은 딱히 다크 엘프들만으로 그치지 않았다.

"으으음……."

마이노그라 왕궁의 한 방.

왕의 침실 바로 옆이라는 일반적인 궁정의 상식으로는 도저히 불가능한 장소에 자기 방을 획득한 아투는, 어쩐지 복잡한 표정을 지으며 책상 위의 한 점을 응시하고 있었다.

"이건…… 뭐라고 할까."

오늘 그녀는 이른바 비번이었다.

마이노그라의 핵심 중 하나이자 어둠의 영웅인 아투에게 비번이나 휴일이라는 것이 필요한지는 아직 의문이었다.

하지만 그녀의 주인인 타쿠토가 그러라고 하는데 고개를 가로저을 수 있을 리가 없었다.

사실 아투는 24시간 타쿠토에게 붙어 있고 싶었지만, 국민에게 휴일이나 오락같이 노동 이외의 즐거움을 주겠다는 타쿠토의 방침에 찬성해 놓고 제멋대로 굴 수는 없었다.

그 결과, 그녀로서는 드물게도 타쿠토 곁을 떠나서, 이렇게 자기 방에서 자신만의 시간을 보내고 있었다.

"터무니없는 걸, 만들어 버렸어요……."

툭 하고, 어딘가 근심에 찬 목소리를 흘렸다.

그녀의 시선 끝에 원인이 하나.

그것은 무어라 형용해야 할까. 그녀가 들인 노력을 배려하지 않는다면, 천으로 만든 영문 모를 덩어리라고 평가하는 것이 가장 적절할 물체였다.

"아무리 그래도 타쿠토 님 인형이 이렇게까지 완벽하게 실패할 줄이야……."

슬프게도 그것은 아투가 혼신의 힘을 쏟아서 만들어 낸, 타쿠토를 본뜬 인형인 듯했다.

그녀의 손길로 이 세상에 태어난 그것은, 일단 전체적으로 검붉고 꺼림칙한 형상이었다.

애당초 타쿠토의 복장에 빨간색을 사용한 부분이 거의 없음에도 불구하고 그런 모양새가 되었고, 문제점은 이것만으로 그치지 않았다.

어설프게나마 각 파츠를 만드는 것만큼은 잊지 않았던 폐해라고 할까…….

검붉은 덩어리의 이곳저곳에서 크기도 다양한 인체 파츠 비스무레한 게 엿보이고, 그것은 마치 산 자를 증오하듯 허공으로 튀어나와 있었다.

어떻게 꾸미더라도 인형이라고 주장하기에는 도저히 무리인 존재였다.

어린아이라면 틀림없이 울음을 터뜨린다.

호러 매니아라면 희색을 드러내고서 구입을 청할 법한 물체가, 아투가 만들어 낸 작품——타쿠토 인형 1호였다.

"아, 아무리 그래도 이걸 타쿠토 님께 보여드릴 수는 없어요. 하지만…… 이래서야, 어디서부터 손을 대야 능숙해질까요."

스스로도 너무하다고 생각하는 것이리라.

어딘가 켕기는 기색으로 자신의 작품을 바라보는 아투.

이 상황에서 그럭저럭 볼 만한 상태까지 능숙해질 방도가 전혀 보이지를 않는 것이었다.

게다가 그녀는 제대로 교본을 읽었다.

굳이 타쿠토의 수고를 끼치면서까지 마련한 그것을 이용하고서도 이런 꼴이었다.

전도다난. 그렇다고 해서 퇴각은 불가능.

왜냐면 취미를 가지는 것은 타쿠토가 강하게 추천한 일이었으
니까…….

'이제까지 도전한 취미는 셀 수도 없어요. 요리는 처음에 숯 덩
어리를 만들고는 마음이 꺾여서 좌절. 복식은 센스가 궤멸적이라
고 보증. 스포츠나 격투기는 상대가 다칠 테니까 금지고 게임은
솔직히 서툴러서…… 이제 제게는 이것밖에 없어요!'

물론 세상에는 그 밖에도 다양한 취미가 있다.

다만 취미란 마지못해 하는 일도 아니고, 가능하다면 아투로서
도 자신이 즐길 수 있는 것으로 하고 싶었다.

인형 제작이라면 타쿠토 인형을 만들어서 자신이 즐길 수 있으
면서, 귀여운 취미라며 타쿠토에게 어필도 된다.

타산과 실익을 모두 겸비한 취미였기에, 이 참상에도 단념한다
는 수단은 택하고 싶지 않았다.

"뭐…… 그저 연습만이 살 길일까요. 언젠가 타쿠토 님과 저의,
꿈의 페어 인형을 완성할 그 날까지!"

큰소리를 터뜨리며 또다시 자신을 격려하는 아투.

본래라면 마이노그라의 영웅이자 타쿠토의 심복인 그녀가 이
렇게까지 의욕을 낼 필요도 없다.

심심풀이로 적당히 즐기면 그만일 것이다.

하지만 이대로 있을 수는 없다는 생각과, 너무나도 지독한 자
신의 수공예 능력에 반대로 불이 붙은 듯했다.

반골 기질의 결의와 어째선지 샘솟는 신기한 두근거림을 가슴에 담고, 확실히 취미를 가지는 것도 좋은 일이라며 아투는 자신의 주인에게 더더욱 숭배의 심경을 품었다.

　"그렇다고는 하지만, 우선은 이걸 처분해야겠네요. 누가 보기라도 했다가는 조금 곤란하겠죠."

　특히 위험한 것은 타쿠토다.

　애당초 타쿠토를 본뜬 인형을 만들어 놓고서 이런 꼴이어서야 애써 꾸미더라도 불경한 일이고 무엇보다 부끄러워서 참을 수가 없다.

　다행히도 아투 본인이 말하지 않는다면 이 천 덩어리가 타쿠토 인형이라는 사실은 아무리 뛰어난 두뇌를 가졌을지라도 추측할 수 없으니 안심이지만……

　살며시 인형을 안고 쓰레기통으로 가려던 그때.

　"어—, 아투……?"

　그 인형의 모델이 된 인물과 눈이 마주쳤다.

　"타, 타타타타타타쿠토 님! 어째서 여기에?!"

　"아니, 그게…… 미안해."

　"아뇨! 타쿠토 님이시라면 언제든지 오셔도 돼요!"

　어느샌가 자기 방에 있는 자신의 주인.

　그리고 그의 시선이 못 박혀 있는, 양손 안에 있는 타쿠토 인형.

　상황은 최악이었다.

　설마 타쿠토가 갑자기 자기 방에 나타날 줄은 생각도 하지 않았던 아투도 이 사태에 그저 혼란스러웠다.

한편 타쿠토도 이것은 예상 밖이었다.

물론 그도 여성의 방에 허가 없이 들어와서는 안 된다는 것은 잘 알고 있었다.

당연히 입실 전에 노크를 하고 말도 건넸다.

하지만 그럼에도 대답이 없었기에 아투한테 무슨 일이 있나? 라며 걱정이 되어 그만 행동에 나서고 만 것이었다.

냉정하게 생각하면 조금 더 다른 방법도 있었을 테지만, 타쿠 토도 아투 일이라면 조금 폭주하고 말 때가 있었다.

당황해서 이런 일이 되어버렸는데 책망하는 것도 조금은 너무 하리라.

무엇보다도 그는 커뮤니케이션 장애다.

대체로 이런 경우에는 항상 오답을 고르는 것이었다.

그리고 그런 타쿠토도 마음속의 수라장은 아투와 마찬가지였다.

아니다…… 이 경우, 그가 더 심할지도 모른다.

'틀림없어…… 저건 실패작이야! 뭔가를 만들고, 뭔가를 실패 한 거야!'

마이노그라 전체의 취미나 오락을 추천한 것은 다름 아닌 타쿠 토였다.

그도 아투에게 무언가 취미를 가지도록 충고를 했기에, 이 상 황을 이해하는 것은 비교적 쉬웠다.

물론 타쿠토로서는 아투가 어떠한 취미를 가지든 그것을 존중 할 생각이었다.

덧붙여서 그것이 어떠한 결과를 부를지도 특별히 생각한 것은 없었다.

취미니까 본인이 즐겁다면 최고이고, 결과의 좋고 나쁨만으로 모든 일을 헤아리려는 무정한 생각은 전혀 없었다.

그래서 아투가 취미에서 실패작을 만들었다고 해도 특별히 아무런 생각도 없었다.

그렇다, 그 점은 문제없다.

문제가 있다면…….

'멍청한 소리를 했다가는 아투가 상처를 입고 말 거야! 이, 이 경우에는 뭐라고 하는 게 정답이지?!'

"멋진 인형이네. 마이노그라 고유 유닛인 쇼고스일까?"

"타쿠토 님이에요……."

분위기가 얼어붙었다.

완전히 선택지를 그르쳤다고, 두 사람은 마음속으로 눈물을 글썽이며 외쳤다.

타쿠토는 어림짐작으로 물어본 것을.

아투는 주인에게 거짓말을 하고 싶지 않았기에 사실대로 말해 버린 것을.

침묵이 말 없는 두 사람을 가차 없이 파고들었다.

이대로는 둘 중 누군가가 참지 못하고 울음을 터뜨릴 때까지 현상유지다.

하지만 그렇게 두지 않겠다며 이곳에서 용기를 짜낸 남자가 있었다.

그렇다……. 마이노그라의 왕, 이라 타쿠토였다.

"뭐, 뭐어, 무슨 일이든 처음에는 잘 안 되는 법이야. 신경 쓰지 마."

"으으, 감사합니다……."

어떻게든 궤도 수정을 꾀했다.

첫 번째 말은 성대하게 실패했지만, 두 번째는 아무래도 합격인 듯했다.

이어서 그는 말을 거듭했다.

"게다가 열심히 연습해서 능숙해지는 편이 이래저래 검증도 될 테니까."

"그런가요? 그건 대체……."

"《문화력》 향상."

화제를 바꾸어 미묘한 분위기를 얼버무리려는 의도도 있었을 것이다.

타쿠토는 그때까지 누구에게도 말하지 않았던, 자신 안에 있던 일종의 작전을 이곳에서 아투에게 이야기했다.

그것이 《문화력》이라 불리는 요소의 검증.

이 말이 일반적인 단어가 아니라 『Eternal Nations』에서 국가 스테이터스 중 하나임을 떠올린 아투는, 납득과는 별개로 조금 의아하다는 표정을 지었다.

"《문화력》 말인가요? ……그러고 보니, 『Eternal Nations』에는 문화 승리도 있었죠."

"기본적으로 우리한테는 관계없는 항목이었으니까 말이지……."

《문화력》이란 『Eternal Nations』에서 다양한 문화가 가진 영향력을 수치로 표현한 것으로 정의된다.

음악이나 회화 등의 예술, 법률이나 종교.

그리고 언어나 용모, 국민의 식사에 이르기까지 그 국가를 상징하는 특징적인 요소를 총칭한 것이 문화이자 《문화력》이다.

그리고 문화 승리란, 넘쳐흐르는 그 문화로 다른 나라에게 선망의 대상이 되어, 그들이 자연스럽게 순종이나 우호를 바라게 되는 상태를 추구하여 얻을 수 있다.

애당초 사악 속성인 것에 더해서, 문화 창출이라는 말과는 거리가 먼 《유사 인간》이 기본적인 국민인 마이노그라와는 인연이 먼 개념이었다.

"하지만 《문화력》으로 무언가 영향력을 행사하는 건 마이노그라로서는 힘들지 않을까 하는데요."

"정말로 그래. 그러니까 이건 굳이 따지자면 실험에 가깝거든."

아투의 질문은 당연해서, 타쿠토 역시도 그 질문에 당연하다는 듯 긍정으로 답했다.

마이노그라를 너무나도 잘 알고, 그 정점에 선 남자가 자신이 이끄는 국가의 특징을 이해하지 못할 리는 없다.

그렇다면 통상적인 상황과는 다른 의도가 그곳에는 존재할 것이다.

"실험이라고요?"

"응, 이 세계에서 『Eternal Nations』의 시스템은 우리가 아는 게임 그대로 작동하지 않는다는 건 이미 명백해졌잖아."

그 말에 아투는 말없이 끄덕여 동의했다.

이것은 이제까지의 경험을 바탕으로 이미 판명된 사실이었다.

이 세계에서 게임의 시스템이란 때로 자신들의 예상과 다르게 움직인다.

마치 게임의 설정을 알기 쉽게 만들고자 누군가가 조정하는 것만 같은 그것은, 좋든 나쁘든 예상이 되지 않는다는 점에서 그들을 고민하게 만들었다.

"문화 역시도 비슷하다고 할 수 있지 않을까. 게임 안에서는 최악의 경우에 문화 수치가 0이더라도 국가는 존속하지만, 평범하게 생각하면 문화가 존재하지 않는 나라라니 이상하잖아?"

"확실히 그러네요……."

적당히 해석되는가 싶으면, 쓸데없이 세세한 해석이 요구되는 경우도 있다.

그것이 『Eternal Nations』 시스템이 이 세계에서 보여주는 모습이었다.

이제까지의 경험을 바탕으로 문화에 대해서도 무언가 진흥을 꾀하고, 그에 따라 시스템이 작동하는 것을 확인해 두는 편이 낫겠다고 타쿠토는 마음속으로 결단을 내렸다.

다만 원래는 다크 엘프들이 너무나도 일만 하는 것 같아서 걱정이 되었다는, 너무도 배려심 넘치는 계기였지만…….

"과연, 그런 의도도 있었군요."

"응, 그래. 그렇다고는 해도 어디까지나 본래는 모두 자유로운 시간을 즐겼으면 좋겠다고 느꼈으니까. 가벼운 느낌이면 충분한데."

사실 타쿠토는 하나 더 확인하고 싶은 것이 있었다.

바로 그것이 『마이노그라의 유닛── 다시 말해 게임에서 유래한 존재는 성장하느냐?』라는 것이었다.

이것은 아투가 영웅으로서 가진 레벨 업 능력이나 고유 능력으로서의 능력 탈취와는 별개의 것.

그러니까 일개 개인으로서의 인생 경험 등이 본래 가진 캐릭터 설정을 넘어서 덮어쓰기가 되는가? 그런 의문이었다.

그것은 그녀가, 그들이 어떠한 존재인지를 판단하는 일종의 연구적 행위나 마찬가지.

그녀들은 설령 기억을 가지고 있을지라도, 어디까지나 게임의 캐릭터에 불과한가? 아니면 이미 그 틀에서 해방되어, 하나의 생명으로서 누구에게도 침범당하지 않는 확고한 자아와 영혼을 가지고 있는가?

혹시 후자라면, 그녀들은 누구로부터 그 힘을 받았는가?

아니면…… 자신들은 무엇에 의해 어떠한 의도를 가지고 이 세계에서 생을 받았나?

대체 자신은 어떤 존재인가?

타쿠토는 최근, 조금은 그런 생각을 하게 되었다.

그렇다고는 해도…….

'뭐, 깊이 생각해봐야 지금으로서는 해답은 안 나오니까 너무 신경 쓸 필요도 없겠지만 말이지!'

비밀은 아직 베일 안에 가려져 있고, 개요의 일부조차 드러나지 않았다.

하지만 이 의문의 해답을 알아내지 못하더라도 아무런 문제가 없다는 사실은 분명했다.

'아투가 나와 계속 함께했던 아투라는 건 틀림없으니까.'

──그것만큼은, 틀림없다.

아투가, 그녀야말로 그 나날을 함께 보낸 반신이라고도 할 수 있을 존재임은 틀림없었다.

근거가 없어도, 확실히 그렇다고 말할 수 있는 불변의 확신을 가슴에 담았다.

그 사실이 존재한다면, 이라 타쿠토라는 인간은 어디까지든 나아갈 수 있을 것 같았다.

그녀와 함께라면 어떠한 고난이라도 넘어설 수 있을 것 같았다.

그것이야말로…….

"그건 그렇고 타쿠토 님……."

퍼뜩, 깊은 물 밑바닥으로 가라앉던 의식이 떠올랐다.

자신이 아투를 내버려 두고 생각에 잠겨 있었다는 사실에 조금 놀라서, 얼버무리듯이 그녀에게 시선을 향했다.

그곳에 있는 것은 타쿠토 인형 제1호.

자신과는 전혀 닮지 않은, 그야말로 이형의 무언가였다.

"시, 실력이 늘까요……?"

"천리 길도 한 걸음부터라고 그러니까, 괜찮아. 나는 아투를 믿어."

순식간에 그 말이 나왔다는 사실에 타쿠토는 스스로의 성장을 강하게 느꼈다.

조금 전의 대화도 다소 실수가 있었지만, 충분히 만회했다.

겸연쩍은 분위기 가운데 얻은 경험치는 확실히 이 몸에 깃들어 있었다.

괜찮다, 자신의 대화 능력은 확실히 늘었다.

그렇게 감탄했지만…….

"저는 제 재능을 전혀 안 믿지만요. 그래요, 이제까지의 수많은 실패를 생각하면……."

"어, 어어……."

그만 말문이 막히고, 후회했다.

조금 전의 확신은 어디로 갔는지…….

타쿠토는 들키지 않도록 굳은 표정으로도, 당장에라도 울 것 같은 눈빛을 보내는 아투에게 최대한 꾸며낸 미소를 짓는 것이었다.

# 후기

오랜만입니다. 카즈노 페후입니다.

『이세계 묵시록 마이노그라』 5권을 구입해 주셔서 감사합니다.
여기까지 보내드릴 수 있어서 영광입니다.

지난번 이야기에 이어서, 마침내 주인공인 타쿠토 군의 싸움을
적을 수 있었습니다.

어떠셨을까요? 주인공 주제에 5권까지 변변하게 싸우는 모
습을 보여주지 못했습니다만, 이번에는 그에 걸맞은 활약을 전해
드릴 수 있었다고 생각합니다.

그건 그렇고, 전혀 엉뚱한 이야기에 끈질기지만, 오늘도 기운
차게 트위터를 하고 있습니다.

괜찮으시다면 팔로우해 주시기를. 팔로워 숫자가 늘어나면 제
가 싱글싱글합니다.

@Fehu_apkgm

아, 그렇지. 트위터라면 최근에 해외 쪽에서도 팔로우해 주셔
서 감사하기 그지없습니다.

현재 영어판, 프랑스어판, 한국어판이 출판되고 있는 모양이네요.

전 세계의 다양한 사람들에게 제 이야기가 전해진다고 하니 조
금 부끄럽기도 하고, 그 이상으로 기쁘기도 합니다. 해외 분들께
서도 마음에 들어 해주신다면 좋겠습니다.

그리고 보고드리자면, 전날——이라고 해도 이번 5권을 작업

하는 기간입니다만, KADOKAWA에서 운영하는 라이트 노벨·신문예 추천 사이트 '키미라노'가 주최한 『차세대 라이트노벨 대상 2021』에 본 작품 『이세계 묵시록 마이노그라』가 노미네이트되었습니다.

이미 최종 결과도 나와서, 세상에나 종합 16위. 웹연재 단행본 부문에서는 9위라는 쾌거였습니다.

독자 여러분의 응원 투표로 결과가 정해지는 본상에서 이만한 순위를 거둔 것, 무척 기쁘게 생각합니다.

아니, 정말 감사합니다. 노미네이트된 총 133 작품에 더해, 다른 작품이 모두 실력 있는 작품들. 라이벌 전원 최종 보스 상태였으니까 솔직히 전전긍긍했습니다.

다시금 응원, 투표해 주신 독자 여러분께 감사드립니다.

여러분의 응원과 기대의 결과를 진지하게 받아들여서, 앞으로도 팍팍 활약하겠으니 계속해서 모쪼록 잘 부탁드립니다.

그리고 미도리하나 야사이코 선생님이 그리는 만화판 『이세계 묵시록 마이노그라』도 절찬 인터넷 연재&서적 발매 중입니다.

드디어 이야기도 서적판 3권에 돌입, 후끈 달아오르고 있으니 아직 보지 않으신 분께서는 이 기회에 모쪼록 봐주시길. 미도리하나 선생님의 화력과 연출력이 화려하게 펼쳐집니다!

그럼 원고도 얼마 남지 않았으니 인사를.

일러스트레이터 준 님, GC노벨즈 편집부 및 담당 편집 카와구치 씨. 교열 분, 디자이너 회사, 그 밖에 많은 분들.

그리고 무엇보다 항상 응원해주시는 독자 여러분. 이번에도 정말로 감사했습니다.

마이노그라 5권,
축하합니다!

Mynoghra the Apocalypsis -World conquest by Civilization of Ruin- Vol.05

©2022 by Fehu Kazuno / Jun
First published in Japan in 2022 by Fehu Kazuno
Korean translation rights reserved by Somy Media, Inc.
Under the license from MICRO MAGAZINE, INC., Tokyo JAPAN

# [이세계 묵시록 마이노그라 5]

**2023년 4월 15일 1판 1쇄 발행**

저　　자 카즈노 페후
**일러스트** 준
**옮 긴 이** 손종근
**발 행 인** 유재옥
**본 부 장** 조병권
**담당편집** 정지원
**편 집 1 팀** 김준균 김혜연
**편 집 2 팀** 정영길 조찬희 박치우 정지원
**편 집 3 팀** 오준영 곽혜민 이해빈
**편 집 4 팀** 전태영 박소연
미　　술 김보라 박민솔
**라이츠담당** 김정미 맹미영 이윤서
**디 지 털** 박상섭 김지연
**발 행 처** ㈜소미미디어
**인쇄제작처** 코리아피앤피
등　　록 제2015-000008호
주　　소 서울 마포구 토정로 222, 403호(신수동, 한국출판콘텐츠센터)
판　　매 ㈜소미미디어
**마 케 팅** 한민지 최정연 박종욱
물　　류 허석용
전　　화 편집부 (070)4164-3962, 3963  기획실 (02)567-3388
　　　　　 판매 및 마케팅 (070)4165-6888, Fax (02)322-7665

ISBN 979-11-384-3612-0 [04830]
ISBN 979-11-6611-722-0 (세트)